黄河故道人

王安忆 —— 著

人民文学出版社

图书在版编目(CIP)数据

黄河故道人/王安忆著.—北京：人民文学出版社，2018
ISBN 978-7-02-013824-1

Ⅰ．①黄… Ⅱ．①王… Ⅲ．①长篇小说-中国-当代 Ⅳ．①I247.5

中国版本图书馆 CIP 数据核字(2018)第 027179 号

责任编辑　甘　慧　杜玉花
装帧设计　汪佳诗
封面绘画　林　田

出版发行　人民文学出版社
社　　址　北京市朝内大街 166 号
邮政编码　100705
网　　址　http://www.rw-cn.com

印　　制　上海利丰雅高印刷有限公司
经　　销　全国新华书店等

字　　数　248 千字
开　　本　890 毫米×1240 毫米　1/32
印　　张　10.25
版　　次　2018 年 8 月北京第 1 版
印　　次　2018 年 8 月第 1 次印刷

书　　号　978-7-02-013824-1
定　　价　49.00 元

如有印装质量问题，请与本社图书销售中心调换。电话：010－65233595

目 录

1 第一章
11 第二章
28 第三章
43 第四章
53 第五章
62 第六章
72 第七章
84 第八章
91 第九章
106 第十章
120 第十一章
131 第十二章
138 第十三章
152 第十四章
161 第十五章
177 第十六章

189　第十七章
198　第十八章
212　第十九章
227　第二十章
235　第二十一章
247　第二十二章
256　第二十三章
267　第二十四章
276　第二十五章
292　第二十六章
296　第二十七章
308　第二十八章
318　尾　声

第一章

夕阳很灿烂,河水染得金红。金红的水从他墨墨黑的臂膀上滑下来,又滑上去。厚重的水覆盖着他细小的身躯,又被他细小的身躯穿破。他游得不快也不慢,却从容。

"三林,上来了!"四淇叫着。他赤条条地穿着一条湿淋淋的裤头,拖着一个树墩,树墩上放着他俩的衣裳、鞋子。他向着夕阳跑,裤头上的水珠滴下来,金珠似的。

三林不回答,不紧不慢地向前游。游到了桥洞。

桥上摆着西瓜摊,鲜红红的一瓢一瓢,破了边的蒲扇赶着蝇子。西瓜浓郁的香味搅和着桥下河水的腥味。架子车,自行车,叮叮当当地挤着。

三林游过了桥洞。

四淇走不动,车子过不完。好容易过去了,回头一看,树墩上的鞋少了一只,又回过头去找鞋。

"三林,上来了!"四淇喊。

太阳落在河边一片屋脊下了,河水变黑了,黑黝黝的河水与他墨墨黑的身躯融为了一团。

他抬起眼睛,沿着小提琴的四根弦望过去:小提琴,小提琴,小提琴；中间横着中提琴，中提琴；然后，对面是大提琴，大提琴，倍大提琴，定音鼓。再从定音鼓往回看过来：长号，小号，圆号，长笛，双簧管，黑管，大管。合唱队穿着深色的演出服，整整齐齐地排列着，所有的演员都上了，包括舞蹈队的。指挥抬起了胳膊，指挥棒轻轻地，然而庄严地划了下去——定音鼓起来了，男声女声哼鸣，弦乐颤弓，圆号长音。一个女高音陡然而起……他背上慄然起了一层鸡皮疙瘩。

女声吟唱着总理的恩德。

他看见第一排一个老太太在流泪。

演员前所未有地认真，动了感情。很多人哭了，晶莹的泪珠在灯光下闪烁。

乐队前所未有地认真，音很准。长号没有破一个音，小号的高音上去了。

他被感动了。

男高音，女高音，男低音，女低音，忠实而勤恳地唱着自己的声部。声部搭成了一座宏大的建筑，那声部与声部之间的神秘的空隙，充斥着无声的气流。这气流无声地撑起了横梁立柱，使之坚实而稳固。

他深知自己是不及的，他的那份谱子上，声部是像做填空那样填起来的。

定音鼓渐强而又渐弱，女高音融入一片哼鸣之中。天地间充满了宏大的悲哀。这是大的悲哀，而不是像他的那一般凄恻哀怨。他深知自己是不及的了。

大幕落下，灯暗了。

他从身上扒下演出服，他把演出服直接套在身上了。

"我来帮你叠。"郑瑛瑛夺他的演出服。

他让开了:"我自己来。"

"我说,还是你写的曲子好听。"郑瑛瑛倚在服装箱上嗑着瓜子,瓜子皮就吐在地上。

"哪能。"他说。他说的是真心话,可听起来总有些像赌气。

"真的。"郑瑛瑛吐出一片瓜子皮,认真地说。

他不再理会她,低头叠好衣服,交给郑瑛瑛。她嘴里在哼着一个什么调子,怪熟悉的。当他走出后台,才想起,她哼的正是自己那个被枪毙了的曲子,脸上不禁一阵燥热。

舞台上正在卸平台,纱幕落在了地上,几个舞蹈队的女孩子在拆着别上去的金字:纪念周总理逝世一周年。

他宽慰地想:就算没有枪毙,也不过这么演一场就算了,没多大意思的。是啊!他把这句话想了两遍,却并没有宽慰起来,甚至更加沮丧了。

走出剧场,他去自行车棚推车子。几个合唱队的在他前面推着车子走,他放慢了脚步,与他们拉开距离。不料,后面又上来几位合唱队的,他便不好太慢了。最后,他还是上了车,飞快地追过前边一伙人,扬起右手说了声:"喂,不下了!"溜了过去,骑进散场的观众群中。留下他们在后边推着车走。

他慢慢地在人群中崎岖地穿行,到了路口,一蹬车子,下了淮海路,骑上一条小路。

到了奎河。他顺着奎河,向西去。

奎河两岸是鳞次栉比的院落,灰色的瓦楞在月光下发着挺新鲜的蓝光。墙剥落了,露出砌得结实的青砖。秃秃的枝杈升过屋檐,在深蓝的天幕上画了一张篱笆。这里几乎集中了这城里最老的也是当年最殷实的人家。

奎河的水浑得发稠,流不动了,停着,结了一层膜似的,在月

3

光下发出油亮的微光。

他在一扇破木板门前下了车，门是虚掩着的。他推开门，月光照在院子中间的碎砖地上，每一块碎砖的边缘都像是用墨笔勾勒出来似的清晰。树枝的影子在砖地上轻描淡写了几画。

"吕老师。"他推门进去。

吕老师只穿了一件破绒衣，脑袋上却冉冉地冒着热气。他鼓捣着一个铁铸的架子，只来得及"嗯"了一声。

他在角落里的床边上坐下了。一张单人床，沿着墙放了一排书，占去三分之一的地方。书上放着一长片硬纸板，纸板上用黑白颜色画出钢琴琴键的样子。

他坐在床上，看着吕老师，过了一会儿问："什么时候能做成？"

"三年。"他抬起眼睛回答道，眼睛里流露出兴奋的光芒。

"哦，三年。"他吸了一口气，不再说话。

"杨森，你也该做一个的。"他热情地说道。

"是啊。"他伸手拿过那张硬纸板，放在膝盖上，手指在上面按着琶音。

"搞音乐没有钢琴怎么行呢？"

他按着琶音，说："吕老师，我的曲子被枪毙了。"

"演奏效果不好？"

"没有演奏。"

"没演奏怎么知道效果不好？"

"合唱队不愿唱。正好，老田从省歌带回来一个曲子，就唱那个了。"

吕老师坐直身子，抬起头望着正前方，愤慨地说："这是偏见，偏见！"

"不能这么说。"他说的是真心话，可听起来又像赌气，也不知怎么搞的。

吕老师丢下活儿，站起来，在乱糟糟的桌子上找着一支烟，吸了起来："自己学音乐真是难啊！不仅是学习本身难，更难的是无法得到社会的承认。"

"自己学，怕真不行。"他说。

"自己学，很难，很难。"他在房间里来回踱着。

"有许多技术上的问题，自己学，不行。"他说。

"只要是真有天分，无论多难也是埋没不了的！"他越加激昂起来。

"我怕没有什么天分哩。"他苦笑道。

东屋里有孩子夜哭，然后，有人拍打着，口齿不清地嗳嗫着什么。孩子不哭了。

"我们这一辈子是没指望了，不过我要我闺女搞音乐。我这个琴就是为她做的。"吕老师站定了，脸上掠过一道温柔的微笑。

"能做成吗？"他依然有些怀疑。

"为什么不能？"他反问道。然后便一一地解说起每一道工序，每一道技术，讲了许久。

"据说，最难的是调音。"等他说完之后，杨森说道。

他做了个不屑的手势。

他走了。月光移到了屋顶上，灰瓦照白了一大片。

奎河的水，静得可以。

他沿着奎河骑。

回到家，院门已经插上了，门栓的旁边有个洞，正可以伸进两个手指。他伸进手指，把门栓一点一点挪开了。

各家搭的锅屋把院子隔得三重九进，他拐了几个弯，来到自家门前。

东屋、西屋都睡了。他轻手轻脚地舀了一盆水洗脸，就着洗脸水洗脚，然后开门泼水。他懒得走远，就泼在院子当央了。一盆水哗啦啦地泼在石板地上，渗进石板缝里，干了。

他在当门的床上躺下，月光从门上方的玻璃窗里透进来，正好照在他脸上，他合上眼。却听见西屋有动静。二林下了床，趿拉着鞋，走出来了：

"回来了？"

"还没睡？"他睁开眼，看着二林向他走来，在他床沿上坐下，正好坐进那一方明晃晃的月光。

"演完了？"二林问。

"演完了。"他回答。

二林坐在床沿，两只手抱着一只膝盖，头垂在膝盖上。

三林躺在床上，头枕在两条胳膊上，眼睛望着纸糊的顶棚，破了一块，吊下几丝蜘蛛网。

"三林。"

"嗯。"

"你有钱吗？"二林说。

"有。"三林从脑袋下抽出胳膊，扯过盖在被上的棉袄，上上下下地摸着口袋，摸出一张五块的，摸出一张两块的，摸出两张一块的，还有一把毛票。他全抓在二林面前，"给你。"

二林看都没看一眼，丧气地说："我知道你也没钱，有问不问的，白问问。"

"你要多少？"三林坐了起来。

"我想买一只大立柜。"

"那，我也没钱了。"三林也丧气了。

"我是白问问的。咱俩都才抽上来不到三年,挣几个工资不够吃饭的,哪有钱哪!"

"二哥,你要大立柜干啥?那玩意儿不买也罢了,俗气!"三林劝他。

"我不能太屈了妮妮。"

"她看中的是你的人,又不是大立柜。"

"大立柜咋啦?大立柜能盛东西,盛得多!"二林有点生气,声音放高了。

三林也有点火:"大哥结婚就没要大立柜。"

"他不要是他,我要是我。"

"我是怕你东西要多了,人就没了。"

"怨不得咱们家,就是人多东西少。"二林冷笑。

"你别阴,咱家的人就是比别人活得有人格。"

"咱家人都比人活得累!"二林又冷笑。

三林恼了,伸出脚一下子把二林踹到床下去了。二林也恼了,爬起来,抓过三林的袄,蒙住他的头,按倒在床上,举起拳头就捶。三林两条腿直蹬,把床边上一只缺腿的放花的几子蹬翻了。幸好上面只搁了一只铝锅,"乒零乓啷"响了一片。两人吓蒙了,二林不捶了,趴在三林身上,三林也不踢腾了。

"谁?"隔壁响起一个声音,带有几分蒙眬的睡意,却不失威严。

两人屏住气,一动不动。过了一会儿,二林才从三林身上爬下来,扯开棉袄,看看三林还活着,便把棉袄扔在他脸上,回屋去了。

那方月光移到砖地上,砖地上散落着几张票子,分币闪闪发光,像星星似的。

三林气恨恨的，越想越觉着自己吃了亏，忍不住翻身而起，追到西屋。

西屋很黑，新挂了窗帘，拉得严严实实。他伸手拉亮了灯。

日光灯闪了几下，亮了，照耀着刚刷过不久的墙，惨白惨白。一只五斗橱孤零零地靠着山墙，窗下是一张写字桌，写字桌旁是一个小竹子书架，一把椅子。一张大床占去了房间的三分之一。屋子不宽敞，墙壁却显得太空，越发惨白起来。墙上挂了一幅年历，一张没有裱过的画，画的是几朵牡丹，朱红颜色。却依然弥补不了那墙壁的空寥。二林坐在新床上的旧被窝里，脸衬着雪白的墙，又黄又瘦。

三林"啪"地把灯又拉灭了，气呼呼地说："一个大立柜要多少？"

"一百三。"二林气呼呼地回答。

"还缺多少？"

"整一百。"

"缓我两天，后天给你。"三林说着要走，二林叫住了他：

"你上哪儿弄钱？"

"找十个弟们打会。"

二林不再说话。

三林也不说话，他想着：人倒是现成的，小军、少杨几个早就商议着，就等发工资了。不过，这钱他是要买书，买总谱，买东西送吕老师的，快过年了。

"其实，咱家有钱。"二林小声说。

"你咋知道？"三林抬起头看他。

"你算算，俺爸俺妈的工资加起来，再加上咱俩每月一人交二十，大林他们每月交三十五。你看看，咱吃啥了？穿啥了？买啥了？咱家的存款少不了这个数。"二林举起几个手指头，看不清。

三林手痒痒的，又想揍架了。咬牙切齿了半天，才说了一句："你算这个账干啥？"

"不干啥，白算算的。"二林往下一溜，钻进被窝，不再理他了。

三林一个人站在黑暗里，气鼓鼓的，不好发作，没有来由哩。站了一会儿，站得没趣了，退了出来，回到自己的床上。

月光移到墙根上，墙根摆了一溜咸菜坛子，寒碜得很。他扭过脸不去看它们。

不知过了多少时间，院里有了动静。对面四淇家的门开了，鞋底踩在石板上踏踏地响。哗啦啦一阵，一抱柴禾丢在了地上，四淇妈生火烙烙馍了。

他湿淋淋的上了岸，一条鱼似的一抖身子，水珠子洒了一地。他等着四淇跑上来，龇着白牙笑了。四淇哭丧着脸：

"天都黑了，俺不理你了。"

"不理就不理。"

四淇一下子哭了出来："俺不理你了。"

"不理就不理。"

"俺不理你了。说不理，就不理！"四淇哭着，手里却还拖着绳子，绳子拴着树墩，树墩上是他俩的衣服。

三林龇着白牙乐了，夺过四淇的绳子，把四淇推倒在树墩上，背起绳，叫了一声：

"坐好了！"撒开脚丫子跑了起来。

四淇抱住他俩的衣裳，不哭了。

他拖着四淇向前跑去，跑得飞快。树墩子蹦跶着，险些儿把四淇掀翻在地上。四淇抓住绳，咧开大嘴笑了。

他跑得更来劲了，一下子撞倒一个小孩。那小孩扛了一张网，正要下河沿逮鱼虫的，爬起来就翻了脸：

"你瞎眼了？"

"我没瞎，是你！"三林回嘴。

"你！"他说。

"你！"三林说。

"你！"四淇也说。

他继续往前跑，跑过桥，跑过打糖的老头，老头吆喝："小孩，打糖玩！"

他们不理会，向前跑。

第二章

月色很好，河水闪闪发光。河岸下，有人逮鱼虫，撒下一张小网。

他骑着车，沿着河岸走。河岸有柳树，每隔一二十米，柳树间便伸出一盏幽暗的路灯。路灯下有一个小小的人影，走出了路灯的照耀，走进了暗处，不见了。不一会儿，却又神奇地出现在下一盏路灯的照耀下。

他渐渐地骑近了，看清这是个女孩子，蒙着一条很大的白围巾，随随便便地蒙住头，再交叉甩在背后。她双手插在浅色蒙袄褂子的斜插袋里，不紧不慢向前走，重新走出光圈，融入黑暗。这一回，她没有完全消失，在黑暗中浅浅淡淡地隐现着。当她再一次出现时，他看见她围巾上面白绒绒的闪光。

他从她身边慢慢地骑过去。他看见她白围巾下面一片乌黑的刘海，刘海下有一双很大的眼睛，镇定地看着前方。眼睛下边，是口罩。

他慢慢地骑过去，把她丢在了身后，心里却有点空虚，好像丢了一件东西。他慢慢地掉转龙头，拐了弯，骑了回来。他面对面地从她身边擦过去了，他头都没转一下，却清清楚楚地看见她睫毛上亮晶晶的，是口罩里呼气哈上来结成的霜。

他重新骑到她身后，放慢了速度，跟着。

她围巾裹着的是什么样的头发？短发，辫子，还是像他们那些舞蹈队的小妮儿那样，盘起来的头发？她口罩遮住的又是什么样的鼻子、嘴和下巴？那围巾和口罩保护着一个秘密，他觉着。

她走下河岸，河岸下是一个长长缓缓的坡，坡上有一条人踩出来的道，一直通向一扇大门，大门里竖着楼。他知道，这是电业局的宿舍。

她消失在大门里面了。

水，哗啦啦地轻响了一阵，小网从河里提起，罩着晶亮的月光。

"同志。"有人喊他，他吓了一跳。两个大城市模样的中年人，笑眯眯地看着他。

"嗯！"

"同志，请问这是什么河？"他们说着标准动听的普通话。

"这是废黄河。"他回答他们。

"三林，快来家，你家来客了！"

"你诳我。"

"不诳你，真是的！你老家河南来的，一个女的！"

"真是的吗？"

"真是的哩！"四淇急眼了，跺跺脚。

"你要诳我，四淇，你听着，我不饶你！"说完，他拔腿就往家跑，跑进窄窄的丁字巷。

"这孩子跑的，别摔了！"小慧爷爷推着糖葫芦的小车出来，喊他。

他还是跑，跑到院门口，才停下来，放下卷巴着的裤腿，撸撸头发，掸掸土。然后，才消消停停地走进院子。四四方方的院子，扫得干干净净，小憨蛋趴在地上打琉弹，不会打，琉弹在石板地上乱滚。三林看了直乐，想停下来教他一会儿，又想快去见客，不知来的是谁。

还没推门，就叫大林拽住了。大林蹲在门口看小画书：

"俺爸不叫进。"

"来的是谁？"三林急呼呼地问。

"一个女的。"大林头也不抬，回答他。

"老的，还是少的？"

"不老，也不少。"大林不紧不慢地翻着画书。

"住咱家吗？"

"住吧。"

三林这才放心了，还是有机会见的。他走回院子当央，要教小憨蛋弹琉弹。小憨蛋不愿意他教，他非要教，硬把琉弹从憨蛋手里挖出来：

"你看，这么打。这么着，一打，不就打出去了。"

小憨蛋学不会，他便没了耐心，自己打了起来，打得琉弹满院子乱飞。他忽然歇住了手，他听见有人在哭。小小声的，抽抽噎噎却很伤心。他站起来，四下里乱找。这才发现，就是他家里有人哭。他撂下弹子，跑到门口。推门，门不动，原来门插上了。他贴着门听，又没动静了。大林依然蹲着看画书，三林不明白他怎么这样能沉住气：

"俺哥，是那女的在哭吗？"

"哭过好几回了。"大林平静地回答。

"怎么啦？"三林十分激动，紧问道。

"不知道。"大林慢慢地回答。

三林再也不能平静下来，他激动不安地在门前走过来，走过去，蹲下去，站起来。四淇妈挎着筼子卖烙馍回来，见了他说：

"犯鸡爪疯了？乖儿。"

三林依然走来走去，不小心碰了大林，大林往边上挪挪，不和他计较。

天色黑了，各家都做饭了，门才打开。三林赶紧往边上一让，开门的是妈，然后才是一个陌生女人，穿着花褂子，肥裆裤，头发短短的齐耳，头顶上挑了个圆箍，用红头绳扎了个小辫。她低着头，快步走下台阶，走到墙根提起桶就走出院子，挑水去了。

"妈，该叫她啥？"三林立刻问道。

"叫表姑。"妈说，把案板往屋当央放放，准备和面。

"她住咱家吗？"他问。

"住。"妈妈端出发面，面发得好，漫到黄盆边边了。

"住多长时间？"

"没说准。"

"她在河南没工作吗？"三林越发问个没完。

"三林，"爸在屋里说话了，"别问了，没有你的事，做作业吧！"

"别问了，"妈也说，然后又压低声音对三林说，"没考上高中，在家歇着呢。你可千万别问她啊！"

正说着，她挑着水上台阶了，三林冲着她叫了声："表姑！"

她脸一红，没应，头埋得更低了。把水倒进门后水缸里，便要来和面。妈夺不过她，只好让她和了。她和得有劲，一双结结实实的手腕按着面团，叫它长就长，叫它扁就扁，看了叫人痛快。就是不肯抬头，一直到吃饭，也没看清她的五官长得是啥样。

吃饭了，她早早夺了勺子，站在锅边盛饭。都盛好了，妈和爸叫她吃饭,她才坐上桌。坐在桌子角上,光喝稀饭,吃馍,不就菜。见谁碗空了,赶紧站起来要给添饭,怎么也犟不过她。三林趁着和她夺碗,才瞅见她的脸。圆乎乎,红扑扑的,眉毛很黑,睫毛很密,脸上有一层密密的茸毛,上嘴唇的茸毛略深一点,鼻子、嘴都是圆的。原来是十分的年轻。

晚上,她就歇在西边小辛家楼上,原先奶奶住的屋里。表姑早早地上楼去收拾屋子了。三林想上去,却又不好意思。邀大林,大林在做作业;邀二林,二林忙着钉一个木头匣子,正钻锁眼儿;他想邀四淇,又觉着叫上四淇一同去了,就像是让四淇占了多大的便宜,有点不甘心。他坐立不安,不晓得怎么办才好。爸在里屋看报纸,妈在堂屋批作业,一边看着炉子上的水,水咕噜噜地响着,就要开了。

各人干着各人的事,三林觉得寂寥得很。

这时,门悄悄地开了,表姑站在门外,小声问:"拖把搁哪儿了?我想拖拖地。"她说了一口河南话,侉里侉气的。

"后边窗台上挂着哩。大林,给你表姑拿去。"妈说。

没等大林应声,三林就抢先站起来了:"我去拿。"说着,一步蹿出来,像怕人抢了似的。他跑到后窗户,拿到了拖把,说:"表姑,我替你拖地去。"

"不能哩!"表姑急了,又赶他,他三步两步蹿上了楼梯。楼梯又陡又窄,黑得伸手不见五指。他是走熟了的,他表姑哪走得过他,不说手里还提着一桶水。楼梯吱嘎嘎乱叫,一阵踢踢踏踏的细碎脚步子,是老鼠。

三林上了楼,怔住了。多破的一间屋,突然之间亮堂起来了。烂东西不知藏哪儿去了。奶奶睡过的床铺了一条方格床单,一床薄被叠得方方正正,枕头上铺了一块花手绢。破条桌用砖垫稳当了,上面放了半面镜子，一个断了把的茶杯插了一管牙刷，还搁了一只花盒子做摆设。那是前年，表叔去上海出差，回来送的一盒月饼。月饼吃完了，那盒子不舍得扔，留着了。盒盖上画了一个嫦娥，站在月亮门前。墙也扫过了，贴了一张年画，梁山伯和祝英台变作了蝴蝶。三林愣愣的，半晌才回过神来，问了一句：

"我奶的东西，都扔了？"

她笑了，不吱声。拿过拖把，浸浸水，开始拖地。拖得很下力，地都白了。

"我奶的东西，你可不能扔。"

她扑哧一声笑了，看看他，还不吱声。三林发现她挺俏皮的。又赶着问了一句：

"我和你说正经的，我奶的东西，不能扔。"

她停住手，把拖把靠在床档上，然后弯下腰，掀起方格格的床单，让三林看。三林看见，他奶奶的烂东西，一个破板箱，一个针线筐，一个破拐杖，都擦得干干净净的，摆起来了。表姑等他看完，把床单一丢，生气了似的。三林这才觉着了没趣，心中不免有点抱歉，有心想讨好讨好，便没话找话：

"你知道，那箱子里是啥吧？"

"我知道是啥？"表姑说。

"我瞅过。"他说。

没有反应。

"一箱的碎布条子。"

仍然没有反应。

他越发的没趣起来。

地拖得锃亮，干了的地方便发白。屋子里充满了一股阴凉的灰尘的气味。随着地板逐渐干燥，那阴凉的灰尘气味渐渐清新了。

"你怪会拾掇的哩，表姑。"他忽然又冒了一句。

表姑笑了，弯下了腰，用手掩住了嘴，半天直起腰，放下手，看着三林，说道："你这孩子真逗人哩！"

三林被她看得不好意思了，赶紧下楼。下去了，又上来，说："表姑，那床我奶睡过，你怕吗？"

表姑圆乎乎的嘴动了一下，像要笑，又没笑，摇摇头："不怕。"

三林从口袋里掏出个哨子，递给她："你要怕，就吹这哨子。"说完跳着蹦着下了楼，心里十分欢喜，似乎生活有意思了许多。

表姑来了之后，生活确是有点两样了。首先，干净了，屋里没有那么多灰。三林从来以为世界上就该有那么多灰，没有灰就不成其为世界了。没想到灰是可以擦干净的，没有灰的世界很明亮。抹布搓洗得又白又爽，不再那么油腻腻的。原先，三林也以为抹布生来就是油腻腻的，不油腻腻怎么是抹布呢？而是洗脸毛巾了。其次，吃饭上顿了。再不会因为炉子灭了，只好啃着冷馍去上学，也不会直到晚上八九点，肚子饿得不饿了，才吃晚饭。就是菜里的油少了。表姑炒菜老舍不得放油。妈说，那是因为河南生活苦，苦惯了。"晓得节省总是好的！"爸爸这么说。

最要紧的是，家里有人听三林拉呱儿了。学校里出了什么事，街上出了什么事，左邻右舍出了什么事，有个人可以说了。而本来，他只有对四淇说去，对同学胡小飞说去，在家里，没人和他说的。他们家的人都不大有话说的，三林一向以为，家里人就是没有话说的，家里人有什么话可说呢？可他现在晓得，家里有人说说话，也才好。所以，他下了学，就急急忙忙地赶回家，和表姑拉呱儿：

"张浩明又找我的事！"他愤愤地解下书包，丢在案板上。

17

"你怎么他了,他老不肯放过你!"表姑关心地询问。

"我们中队委员讨论他入队,我不同意他入,他就恼死我了。"

"你们干部开会,他群众上哪儿知道内情的呢?"表姑好生奇怪。

"不知叫哪个奸细捅出去的。我看一定是冯平,不,准是袁一建!"

"不兴瞎猜的,冤枉了好人倒不好了。"表姑制止他。

"走路走到他跟前,他就伸腿绊我,绊倒了,他还说我踩了他的脚,要和我剋架!"

"咱惹不起还躲不起嘛!"

"躲不过哩!刚才,他到丁字巷口截我呢!"

"这张浩明咋这样心狠手毒。"表姑咬牙切齿地骂。

"我和他剋去!"三林反身抓了把火钳,要往外走。

"慢着!"表姑喝住他,皱着眉毛,沉吟了一会儿,然后一扬脸,说,"坐下。"

三林坐下了。

她便慢慢地教给他:"今个儿罢了,下回,你见了他,别躲。他截你,你就迎头上去,大摇大摆的,显出不怕天不怕地的样子。街上那么多人,真打起来,你也吃不了亏。最多打掉两个门牙,怕什么!打了奶牙还长呢!"

三林照着她话去做,还真有用。张浩明见他这么大摇大摆直朝他过去,还以为三林会什么招呢。没走到跟前就让开了,只小声咕哝了一声:"我把你推黄河里去。"这不正好提醒了三林,三林有半个月没挨河边。

他有了什么难处,也来找表姑。上回把四淇的琉弹滚丢了两个,四淇天天撵着问他要。他想,找妈要钱赔吧,妈一准要请示爸,爸呢,一准要教育他,教育他的一准是:好好学习,别贪玩,少年不努力,老大徒悲伤。话都是对的,没有一句错的,都是要三林好,可是与现实究竟相去甚远。现实很浅显,很简单:琉弹丢了,要赔,三分钱一个,一共两个,就要六分。他想了想,就径直去找了表姑。表姑没吱声,第二天买菜的路上,拾了一些废纸、空瓶子、罐头盒,卖了八分钱,给了三林六分,还剩两分,她自己收起来了。

可是,就在这时候发生了一桩其实和他家毫无关系的事,却把他和表姑和谐的关系破坏了。

事情是这样的。

这一天,傍黑,院子里和往常一样,都在生炉子做饭,一院的烟气腾腾。烟气里忽然走进一个从来没见过的女人,大约有四十来岁,她先问了在玩方宝的四淇:

"琴宝家在哪里?"

琴宝家是这院子的房主。三林,四淇,小辛,小慧,小憨蛋,住的全是她家的房子,每月向她妈交房钱。她家有两个闺女两个儿,琴宝是老大,已经二十了,还没出嫁。她爸在月波街头摆了个小摊卖瓜子,她常常帮她爸去照应。这会儿,她正往热锅里倒油,要炒辣菜哩。没听见有人问她家,也没听见四淇指她给那女人看:

"那不是?"

那女人便径直朝了她走过来,走到琴宝跟前,上上下下地打量着她,把琴宝看愣了。她打量完了,就盯着琴宝脸看,看完了,忽然抬手抽了琴宝一耳巴子,又一耳巴子,打了有十几个耳巴子,把琴宝打坐在了地上,连哭都哭不出来了。院里的人都愣了,想起来要拉,那女人已经打完了,把锅掀了,炉子踢了,然后就号了起来:

"她偷我男人了！大爷大娘，大叔大婶，大姐大哥们，她早不是闺女了！她早是娘们了！她和我男人啥都有过了！……"

这天晚上，她爸和她大弟弟把她捆起来，拷打到半夜。门插上了，怎么打都打不开，站了一院子的人。三林爸气得浑身打颤，大声说："琴宝爸，你要出人命的！出了人命要受法律制裁的！"大家都趁着喊："杨老师都说话了！看杨老师面上，饶了她吧！"门就是不开，琴宝号得都没人声了，最后还是招了。

原来，那女的是住月波街上大名巷里的，她男人在巷口摆了个烤白果的小摊，和琴宝家的瓜子摊紧挨着跟前，常见面，一回两回的就熟了，就有事了。后来，不知怎么的，事破了，那女人就来了。

琴宝爸打完了琴宝，又冲到大名巷去打那烤白果的男人，据说那女人泼得很，琴宝爸没占着便宜，反惹了一肚子脏气，于是回过头来，还是打琴宝。

从此，琴宝就闷了，什么话也不说，见人不敢抬头。人见她过来，老远就站住了，看她。等她走过去，再看她背后，看到她走得看不见了，才转开眼。琴宝出了名，老远的有人来看她，看稀罕似的。却又不和她说话，连招呼一声"吃过了吗？"都没有。可是，却有一个人，从来不搭话的，这会儿却找她说话了。这个人就是表姑。她对琴宝表示出一种奇异的热情，倒把三林冷落了。

三林说："咱班上打架了，分两伙，张浩明他们一伙，郑思亮我们一伙。他们那一伙全是留级的，不学好的，坏透了的，专欺侮学习好的……"他说了半天，发现表姑没有听，就换了个话题：

"黄河沿掉下去个小孩，不淹死也得冻死！"

表姑脸上淡淡的，还是没兴趣。

他想到表姑近日里和琴宝接近，便和她谈论琴宝：

"人说是琴宝去勾那烤白果的……"一句话没完,就叫表姑顶了回来:

"你懂啥叫'勾'?你多大点儿人啊?'勾'咋了?不'勾'又咋了?你管好你自己不就得了!"

他一片热热的心肠叫表姑没头没脑浇了冷水,凉了半截,眼泪都激上来了。他这才明白,自己已经引不起表姑的兴趣了。

他气得不得了。要恨琴宝吧,一见她那张干巴巴的黄脸,就恨不起来了。恨人家干啥?怪可怜的。听四淇妈说,她不是闺女了。那么可是媳妇?他问,四淇妈摇头。不是闺女,又不是媳妇,那算是个什么哩?他不懂,只觉着她可怜。于是,他就恨表姑。

表姑叫他吃饭,他不吃,叫他睡觉,他不睡。表姑拾了一个花琉弹送给他,他不要,不要还不说,接过来就给扔阳沟里去了。表姑便不叫他吃饭,也不叫他睡觉,更不给他玩意儿,于是,他更加愤恨。

表姑全部心思都移到了琴宝身上。两人做着针线活,头挨着头,喊喊喳喳说着话。琴宝总是低着头,愁眉苦脸。表姑却很兴奋,紧追着问。有时琴宝回答,有时琴宝不回答,害臊了。表姑还逼着问个没完,像是挺巴结她的。三林一边冷眼瞅着,心里气得哆嗦。他从来没有这样气过,他从来没有这样恨过一个人。

她们俩如此不寻常的亲近,自然引起了一些非议,这些非议传到了妈耳朵里,妈又学给爸听,爸便说表姑了:

"琴宝固然可怜,年纪轻轻,误入歧途,自身总有些弱点。毕竟是一个女孩子家,不必视若虎狼,可是,然而,无须好得太过了,太过了总不妥……"

表姑低着头,脸红红的。三林却又为她委屈起来。

然而,事后表姑并无悔改,仍然和琴宝亲密无间。倒叫人不好多说什么了。

三林变得闷闷不乐的了。下了学，再不急急忙忙地赶回来，他在教室里做完了功课，就把书包顶在头上，满世界逛去了。

二十来天没下雨，河水浅了许多，浑浊浊的泛着绿色。河沿有瞎子在唱鼓书，围了一圈子的人。他也蹲在跟前听着。那女瞎子尖声尖气地唱：

"到了夏天给郎来换衣，大皮袄，二合衫都是奴买的。二样花了一百一十几。奴的小郎来，哎，奴的大哥哥，光洋花有一百一十几。到了外边有人问到你，你就说：小奴是你已娶的，千万别说小奴是你相好的。奴的小郎来，哎，奴的大哥哥，千万别说小奴是倒贴的……"

他听得不明白，一肚子的狐疑，想问人，人听得都入神。他忍了一会儿，还是没忍住，就往身旁一个老头跟前凑凑，小声叫：

"大爷。"

大爷张着大嘴，口水快淌下来了。

"大爷，"三林推推他膝盖，"啥叫倒贴？"

老头转过脸，茫然地看看他，骂了一声："姨孙养的。"重又转过脸去，不理他。

三林讨了个没趣，索然无味地站起来，走了。

他百无聊赖地逛着，遇到同学胡小飞，胡小飞一把扯住他说：

"杨森，快，快走！"

"干啥的？"三林被他吓了一跳，恼怒地看着他。

"张浩明从街上找来一帮姨孙野孩子，和咱们剋哩！郑思亮叫我招呼人哩！"

"在哪？"三林一下子抖擞起来，眼睛睁得溜圆。

"三民街，"胡小飞还没说完，就被三林拽得连滚带爬地下了河岸，穿过一片矮平房，撵得鸡飞狗跳。

当他们赶到三民街头上，便看见前边黄沙弥漫，硝烟滚滚。三林一下子没分清敌我，抓起一块石头胡乱扔起来，胡小飞赶紧拉住他，往一边跑去归队。

郑思亮他们占据了一个黄沙堆，张浩明他们却占据了一个碎石堆，显然地占了优势。郑思亮告诉三林，那碎石堆本来是他们的阵地，可是失守了，撤退到这里。

"笨蛋！"三林骂道，弯腰捧起一捧黄沙，奋力朝对面撒去，不料却暴露了自己。张浩明大声喊道："你个小三林，来得正好！"说着，便飞来一片碎石，枪林弹雨，三林只有卧倒再说了。

看来大局已定，死守在这里只有全军覆没，三林趴在黄沙堆上，低声喝道：

"撤！"

趁着一辆卡车隆隆开过作掩护，他们撒腿就跑。

跑过街，跑进巷子，穿出巷子，到了青年路，只听得身后一片脚步的踏踏声，张浩明他们追来了，他们跑过四中，旁边的天主教堂正开着门，便像一群追急了的鸡似的，一头栽了进去。

门厅的水磨石地，被他们的脚步敲响了，在高大空洞的天花板下激起了回声，好像跑进了一支军队。一个老头跑出来，往外撵他们：

"婊孙养的！"

他们东奔西跑，和老头玩了起来。老头跑不过他们，低声吼着。他们越发觉得有趣，跑得更欢了。

光滑冰凉的水磨石地上，放着一方一方的炭，他们跳到炭上，炭在他们脚下慢慢地塌了下去。于是，他们觉出了乐趣，在炭上肆意地走了起来。

炭在脚下粉碎,然后慢慢塌下去的感觉,有一种奇异的快乐。三林踩着炭,一脚又一脚,心里充满了一种恶狠狠的快乐。他踩了一块又一块,越来越不能住脚。而那炭却踩不完,一直铺进深深的门厅。他越来越往深处去,他收不住脚。那种粉碎了然后慢慢塌下去的感觉,搔痒了他的脚底,又传达到他心里。他奇异地亢奋着,而那亢奋中又有一种无可奈何的作恶,他却收不住。

他回过头,发现伙伴们一个都不在了,留下他自己,在这黑幽幽阴森森的大厅。头上是没有顶的黑洞,前边,那一扇打开的门里,透进一方浅浅的亮光。老头向他走来。他心跳了,他埋下头,拼命朝门口奔去。他从老头身边过去,感觉到老头伸出手抓他,没抓住,只在他身上擦了一下。

他没命地跑了出去,门在身后沉重地关上了。暮色浓了,街上人很稀少,一挂平车慢慢地过去,平车上放着几个破麻袋。他忽然感到一阵莫名其妙的寂寥,一阵刻骨铭心的寂寥。

两个小孩背着书包从他面前走过,背着乘法口诀表:

"五五二十五,五六得三十,五七三十五……"

他一哆嗦:他的书包哩?书包没了!他一阵软弱,往街沿上一坐,起不来了。

这天,天黑得看不见路了,广播里打过七点半了,他才回到家。家里早已吃过晚饭,爸在东屋看书,大林在西屋做作业,二林在油漆他的木头匣子,妈在批改作业本子,表姑在灌一壶开水。见他回来了,爸便叫他进去,问他:

"怎么回来得这样晚?"

"学校里出墙报哩!"他随口说了个谎。

"社会工作积极固然好,可也要适当注意作息时间。"爸说。

他答应着,爸便叫他去吃饭,回到堂屋,表姑已经在桌上放好两碟菜，菜上放着两个馍，炉子上已坐着稀饭锅。他坐下来，抓起馍咬了一大口，喉咙口哽住了，他不敢往下咽东西。好像东西一旦咽下去，就会有什么从眼睛里冒出来。他屏住气。

稀饭锅咕噜噜地开了，表姑盛了一碗，端给他。他觉得表姑瞅了他一眼。稀饭的热气腾了上来，热烘烘的。他把脸埋在稀饭碗里，大口大口地吞着稀饭。稀饭的热气烘着他的眼睛，什么也看不清了。

第二天晚上，他和胡小飞看电影回来，走过大同街口，看见表姑在和一个烤白果的说话。那烤白果的是个三十来岁的男的，干干净净的小白脸，像是挺聪敏的。表姑和他不知在说什么，看上去，表姑挺生气的，脸儿红红的。那男的低着头，挺为难的样子。两人说得很不对劲，说着说着，表姑一扭身走了。

三林挺纳闷，表姑家在河南信阳，在此地除他家没别的亲戚了。她除去到开明菜市买菜，哪儿都不去，哪儿来的熟人？哪儿来的这烤白果的老几？他心里忽然一动，琴宝那个相好，不是烤白果的吗？可是，都说那人是在月波街大名巷口卖烤白果的，怎么跑大同街来了？也说不定就是呢！出了那码子事以后，琴宝爸那个瓜子摊就挪到三明街去了，就不准他也挪地方吗？他越想越对路，就决定走过去瞧瞧。

他慢慢地走过去，走到烤白果的跟前，停住了。炉子前点了一盏电石灯，风吹着，火苗摇摇晃晃的，就是不灭。那人抓着两个合起来的罩子，翻来翻去在炉子上烤着。大颗大颗的白果在铁罩子里滚来滚去。那人的手很白，手指细长长的。他翻着罩子，对着三林一笑，牙齿在电石灯微弱的火苗下闪闪发亮。

"小孩，吃白果。"

"不吃。"三林一本正经地回答，看看那人。

"香哩。"他说。

"香也不吃。"三林从他的脸一直看到他的脚。他发现他的两只脚穿着两样的鞋。"是个瘸子。"他心里说。

不是那人,他想。琴宝咋能和个瘸子相好。可要不是那人又是什么人?表姑又咋会和他说话?他一肚子的狐疑,想问表姑,又不愿望她,硬忍住。忍到实在忍不住了,想问她了,不料却又出了一桩事。

家里一连来了三个电报。是一架摩托"突突突"地开到巷子里,停在院门口,大声地喊着爸的名字,给送来的。院里从来没来过电报,不知出了什么事,也不知是打哪来的,站了一院的人。妈满屋子找爸的私章,找了半天没找着,却原来私章正提在爸的手里。

电报来过之后,表姑就决定回河南了。她眼睛哭得通红,妈反复对她说着一句半话:

"不是嫂子不留你,实在是……"

三林问妈,妈先不说,后来三林紧问着,妈才说:

"你表姑是有男人的,起先我们并不知道。现在她男人要她回去哩。"

"她不愿回去?"

"她男人是个瘫子。"

三林倒吸一口冷气,浑身冰凉凉的。

他不知不觉来到黄河沿,八点缺一刻,她走上河沿了。

她穿着一件浅颜色的蒙袄褂子,围巾围住头,戴着口罩,两只手插在褂子的斜插袋里,不慌不忙地朝前走。

后面有卡车,喇叭嗒嗒地响,她不回头,朝旁边站站,等那卡车过去，就站上路来，继续向前走。他想告诉她，别慌着上路，有时候，卡车后面还有一节拖斗。

他慢慢地骑在她身后，想去撞她一下，要撞得正好，他可以让她坐在自行车后架上，带她去验伤，当然什么伤也不会有。要把地址留给她，万一有什么暗伤，什么后遗症，总之一下子没发现而以后慢慢发现的什么，就来找他好了，他会负起责任的。她的地址最好也留给他，过些日子，他可以去看看她，看她有没有什么地方不对劲，他不是那种不负责任的人。可是想到要撞疼她，他有点心疼。

她侧过脸，看看寒冷冷的河水。他便看见了她的眼睛，睫毛上挂着口罩里呼出的热气结成的霜，霜在她睫毛上化成细细的水珠。

他灵机一动，骑上前去，用普通话叫道：

"同志。"

她回过头来，眼睛很大却很平静。

"同志，这是什么河？"他装作外地人问道。

"废黄河。"她用真正的外地口音回答。那是带着南方味儿的普通话。

"废黄河？"他装糊涂。

"就是黄河故道。很早以前，黄河从这儿过，后来，黄河不从这儿过了。"她热心而平静地介绍道。

"什么时候不从这儿过了？"

"不知道。"

"为什么不从这儿过了？"

"不知道。"她抱歉地笑了笑，不再搭理他了。

他很想告诉她：是清朝咸丰五年，也就是公历一八五五年，黄河在河南铜瓦厢决口的时候，黄河就不从这儿过，从那里径直北去了。

第三章

"三林，我要走了。"

他装没有听见，逃跑似的跑出了屋，穿过院子，跑下台阶。巷子的碎石子路，硌得脚底生疼。一辆拉粪车在石子路上摇摇晃晃地过来。黄颜色的粪水在柏油桶的口里晃荡，晃荡。他侧过身子硬挤了过去，跑出巷子。

"三林，我要走了。"

他一头钻进一条窄窄的巷道，跑不动了，倚着墙站了下来，他气喘得不行。他倚着墙喘气。

"三林，我要走了。"

他倚着墙，抬起头，顺着墙往上看。墙高，把巷子夹窄了。高处有一方小窗眼，亮着黄黄的灯光。他慢慢缓和下来，气喘平了。他听见有一把二胡在拉着一个凄凄凉凉的调门，颤颤微微地巡回在这僻静的小巷上空。他渐渐平静了下来。

文工团上班的铃声在响。当他一溜烟骑到大门口时，铃声止了。他没下车，径直骑进了大院。练功房里正点名。

他一直往练功房骑去，停在窗外。等着点他，答过"到"后，才下车，慢慢地到自行车棚去放车。看见梁爽从男厕所出来。

"梁爽,"他叫道,"从武汉回来了?"

"昨天半夜到的。"梁爽眼圈有点发青,人也消瘦了许多,精神却很好,眼睛虎虎的有神。

"怎么样?"

"太棒了!"梁爽兴奋得脸都红了,"那才叫艺术!"

"怎么个艺术?"杨森被他感染得也有点兴奋。

"棒!"梁爽嘣脆地说,"马上,点好名,我们就要汇报了。"

"那你快去吧,我放了车就来。"杨森双手扶着把,一脚蹬在踏脚上,"嗞"的溜了过去。当他跑回来的时候,梁爽已经开始汇报了。

这次去湖北歌剧院学《洪湖赤卫队》,大大开了眼界。文工团虽然演过好几出歌剧,可是像《洪湖赤卫队》这样的歌剧,还是第一次见识。团里立即排了计划,造了预算,争取春节在本市上演。乐队,演员队,舞美队,宣布了严格的纪律,这套纪律也是梁爽从湖北带来的。总之,雄心勃勃。

排练厅里在放录音,是现场实况录音,效果不好,加上电压不稳,混沌得很,远不如梁爽描绘得鼓舞人心。可大家还是紧紧围坐着认认真真地听,每个人的态度都变得很不同起来。似乎,文工团的新纪元开始了。

总谱已经拿在老田手里,正安排着各声部抄分谱。

"老田,我这就去抄,给我吧!"杨森挤到老田跟前,动手去拿总谱。

老田只给了他序幕和一场的总谱。

总谱密密麻麻的,铅笔淡淡细细地点出小小的符头。他望着它们,有些疑惑。它们毫无表情地排列组合着各种毫无意义的队形,默然着。他跑到乐队排练室里,趴在角落里的定音鼓上,摊开总谱。

　　他先用首调的唱法哼了几行旋律,然后再学着用固定调哼。逢到升号或降号,他总唱不准,必须要用首调唱一唱,听准音之间的关系,再回过来换成固定调的唱名。他吃力地哼着旋律。而那旋律又不老老实实地在一行上待着,它一会儿跑到长笛上,一会儿跑到大提琴上,一会儿跑到圆号上,一会儿干脆没了,上哪儿也找不到了。他索性不去管它了,一行一行地唱。一边唱一边在想象中把它们重叠起来,垒在一起,他开始唱出一些意思了。

　　有人来,是圆号小军,他走到定音鼓跟前,把杨森吓了一跳。

　　"咱一起抄好吗?"小军说,他手里拿着谱纸和一把铅笔,"给你两支,老田叫发的。"

　　杨森接过铅笔,沉吟了一会儿:"小军,我帮你抄吧,我抄得快。"

　　"怎么好麻烦大哥你。"小军客气着。

　　"没关系,我抄得很快。"杨森牢牢地按着总谱,不打算丢手了。

　　"那多谢了,我的铅笔给你。"

　　"不要了。"杨森推着,推不过,还是接下了。

　　"我生炉子。清冷!"小军在门背后找着半个破板凳,提出去,几斧头就劈碎了,捧进来,再去端炭,忙得很欢。材料备齐了,他便仔细地往炉膛里填废纸、木柴,一边自言自语:

　　"人要实心,火要空心。"

　　填好了料,他站起来,往后退了几步,跺跺脚,掸掸身上的灰,搓搓手,准备点火。脸上的表情很郑重,好像是一座高炉要点火了似的。

　　火,砰的一下着了起来,他喊道:

"大哥，你抬头看看，烟道里出烟了没有？"

杨森无可奈何地抬起头，往窗户上方瞅了一眼，一大蓬黑烟从烟囱里喷然而出，"出了。"

"没治了！这炉子，没治了！"小军往炉里添着炭，兴奋地大叫。然后忽然想起了什么，又对杨森说："大哥，你把休止小节数查清楚了啊！要不，岔口对不上，指挥又训。"

"知道了。"杨森有点不耐烦了。音符一无意义地盯着他，好像白痴的眼睛。

屋子里陡然暖和起来，同时也逐渐充满了一股煤烟味。小号彭少扬进来了，也是要抄分谱的，杨森向他说：

"我替你抄。"

少扬把自己的两支铅笔给了他，作为酬劳。

尹欣的谱子，杨森也答应下来了。她便拿着琴到一边去练了，练的是帕格尼尼的练习曲，拉得十分熟练，技巧一无困难。可是，要她当首席，她却总挑不起来。

郑瑛瑛来了，带了一只红芋，要求在炉子里烤。小军不让，除非她答应烤熟了给他吃。郑瑛瑛只答应给他一半。

"那不行。"小军说。他霸道地垄断着炉子。

"给你一半还不行？"郑瑛瑛和他商量。

"不行。"

"这又不是你家的炉子。"

"就是我家的，我生的。"

"我拿一盆水泼灭了它！"

"你敢！"小军把火钳对着郑瑛瑛的鼻子尖，郑瑛瑛也不躲，只是咯咯地笑。

尹欣埋头对着墙壁拉琴。

杨森叹了一口气，索性摊开分谱纸，决定抄谱。一下子揽了这好几份谱，够他抄一气的。可是，倒也能熟悉各个声部了。他安慰着自己。

"让她烤。"少扬说话了，"和他闹啥，让她烤。"

小军这才把火钳放下来。

郑瑛瑛胜利地笑着，把红芋小心地放进炉门里边，然后说："替我看着点儿，别烤煳了。"

"你上哪儿去？"小军问她。

"不上哪儿去，就在这屋里。"她心情愉快地在屋里走着舞步，嘴里哼着：

"北风那个吹，雪花儿那个飘……"

她戴着两只大红色的手套，手套边上翻出白茸茸的毛毛，懒洋洋地张着两只胳膊，走着"北风吹"的舞步。虽然棉衣穿得胀鼓鼓的，可是仍然能显出颀长的线条。两条长腿很有弹性，臀部、胸部都很高，肩有些窄，却圆圆的丰满，两条小辫垂到肩上，系着红毛线绳。小军和少扬在后面看她。

"体型不错，就是太憨了。"小军说了一声，不屑地转过头去给炉子加炭。

少扬不说话，看她。

她忽然转了个身，问道："熟了没有？"

"想的！哪有这么快。"小军没好气地说。

"快了。"彭少扬却说，手里的火叉子拨弄着红芋。

"熟了叫我。"她说。

"叫你。"少扬答应，火叉子却在红芋上左一下右一下地捅，捅成了个马蜂窝。

她慢慢地挨到角落里，站在定音鼓旁边：

"抄谱子啊！"

"抄谱。"杨森答应。

"眼花吧？"

"眼花。"

"歇歇再抄。"

"歇歇。"

"吃花生吧？"她摘下手套，在方格格的蒙袄褂子口袋里掏着。

"不吃。"

"才香哩，大油果花生。东站买的。"

"不吃。"

"不吃算。"她自己剥着吃起来，扑鼻的花生香，他想打喷嚏，硬忍住了。他揉揉鼻子，说：

"少吃点吧，吃得太胖，跳不动了。"

"我才不问这些事哩，能吃就吃。"她说。又说，"我饭吃得少。你别看我老吃零嘴，我饭吃得少，早饭从来不吃，中午，晚上，二两饭都吃不了。"

见她絮叨，便打断了问道："《洪湖》没你的事？"

"没我的事。"

"赤卫队员里也没你？"

"嫌我太高了，不整齐。"

杨森看了看她，她倒也不是太高，就是有点突出，也不知是为了什么。她只能跳领舞，不能跳群舞。确实不整齐。

"那你也练练功。"

她不响，倚着定音鼓剥花生，花生壳扔了一地。红红的花生衣撒在他的谱子上，他一口气吹掉了。

"郑瑛瑛，给我吃点花生！"小军叫道。

"不给。"

"我夺啦!"小军站起来,还没迈步哩,郑瑛瑛已经笑软了:

"给你,干啥的呀!"她走过去,把花生分给他们,"我的红芋哩?"

"烤的才好。"小军从炉膛里扒出灰拓拓的一大疙瘩,上面满是疹人的窟窿眼。

郑瑛瑛恶心地说:"谁?这么缺德!"

"谁?我。"少扬似笑非笑地看着她,"这样才能烤透呢!"

她又笑,什么都觉得怪有趣似的。

杨森把谱子卷起来,走了。

一股清冷的空气迎面扑来,来不及呼吸,先呛了一下,打了一个寒噤,精神却抖擞了起来。他推出自行车,出了大院。阳光刺得眼睛睁不开,他眯着眼。天很蓝,阳光很暖,风有点割耳朵。他一手扶车把,一手捂住耳朵。骑一段,再换手。前边是下坡,他任凭车子往下溜,风在耳边呼呼地吹。他在心里唱着《洪湖》的序曲,那序曲似乎是有一种磅礴而激越的力量。

他骑过闹哄哄的开明菜市,进了丁字巷,碎石子地上泼着粪水,粪车刚过去。小孩儿蹲在院门口台阶上,高高的拉屎。

他扛着车子上了台阶,七绕八拐到家门口。大嫂爱玲正在淘米,招呼道:

"回来了?"

"回来了。下班了?"

"厂里停电,就来家了。"爱玲柔声柔气地说,也不抬头,在米里拣着沙子,手给冷水冰得通红通红的。阳光下,她眼角的皱纹显了出来,细细的,像一张网。

"我做饭吧。"他客气。

"我做了，你忙去吧。"她背过身去，拣着米里的沙子。

他进了屋，刚坐定，就听院里有人喊。推门一看，是指挥老田。

"开过队长会，我就找你，他们说你走了。"老田说。

"团里没地方抄谱，我拿家来抄了。"他解释。

"和你商量个事。"老田进了屋来。

"坐，坐。"他从东屋搬出一张藤圈椅。

"不客气，你别倒茶，我一会儿就走。"老田谦让着，"和你商量，借几个人。"

"借人？"

"咱们商量着，一定把这个大戏搞上去，好好干一番。'四人帮'打倒了嘛！"

"是啊，'四人帮'打倒了嘛！"他笑了，老田也笑，两人笑了一阵。

"咱们商量，演员乐队都要充实一下，不能凑合，不能混。乐队，我想和你商量一下，还缺什么，能借到什么。你在业余界挺熟，借人的事你办了。这回借人不是白借的，有报酬，按临时工的价，一天一块五。咱们怎么也要把个单管乐队置齐了。"老田兴冲冲的。

三林不由得也有些热血沸腾，他把椅子朝老田跟前挪挪："我说，小提琴最好能借两把。《沂蒙颂》时来帮过忙的丁齐现在正在待业，请他来没报酬都干。还有，双簧管能不能借一个，我知道铁路有一个，是二〇四宣传队下来的，我听过他吹。"

"小号呢？"老田有些迟疑地说。

他沉默了一下："小号的谱子我看了一点，怕少扬对付不了。可是假如借一个来，会不会影响他的情绪？"

"换了别人没事，就是他难缠。我也怕借了外边的人，他给我捣。"

"那时你们怎么弄来这么个小号呢？"

"说起来话就长了！"老田抓起放在膝盖上的皮手套，重重地抽了一下扶手，停了一会儿，还是说了，"他们不是一家都下放在令桥吗？文化局张局长，那阵子也下放在令桥，和他家挨着邻居，处得不错。后来张局长解放了，回城了，就把他带来考我们团。那时他才这么点高，黑不溜秋的，穿得像个要饭的。他没下放时，在学校是少先队的号手。那时，我们还没有买号哩，就到花园巷小学借了把队号，让他考的。听他吹得还亮。那阵子，此地哪有吹号的哪！把他留下了。"

"其实他刻苦还是刻苦的。"

"刻苦得太过了，生了肺病。想退他回去吧，又有点太那个了。"他摇了摇头。

"那阵子收了不少人啊！我们在农村就听说文工团招兵买马，蠢蠢欲动的。"

"排《红色娘子军》嘛！郑瑛瑛她们一批舞蹈队的，全是那会儿进的。要说起来，咱们这个团还全靠着《红色娘子军》呢。排《红色娘子军》，我们乐队第一次用线谱，在这以前，不用分谱的，大齐奏。大提琴拉旋律也可以，拉每小节第一个音也可以。拉累了，也可以歇歇。"

杨森笑了："尹欣、姜小莉几个上海人也是那次来的吧？"

"可不是。尹欣的业务没话讲。姜小莉考钢琴时，还有一个男知青考了，那小伙子比姜小莉弹得好。我们本要取他的。可姜小莉的父亲提出，假如录取姜小莉，就赠送我们团一架钢琴，八成新的。就这样，来了。那时姜小莉在云南兵团哩，是我去办的手续，腿都跑肿了。"

"唉——"杨森感叹了一声。

"都说我们团有过两次黄金时代,一次是《红色娘子军》,一次是《沂蒙颂》。这一次,《洪湖赤卫队》也许就是第三次了。"老田笑了。他正坐在阳光里,平时看着很白净的脸儿,这会儿显得发灰。皱纹里像是嵌进了灰,洗不干净似的。一头挺漂亮的鬈发有些稀疏,阳光透进去,照出了头皮。肚子大了起来,行动便露出了些微的迟钝。

"真要是这样的话,文工团就有希望了。"杨森由衷地说。

"照我的意思,乐队那几个捣蛋孩子,全换了。像小军,那圆号吹的!"

"这孩子人倒挺单纯,"

"我管他单纯复杂,业务不行就滚蛋!"老田又激动起来。他常常这样,把乐队的人得罪得不轻。大家都与他合不来,独独杨森还能和他拉拉。而他看不起所有的人,却奇怪地器重着杨森,这便使杨森惭愧起来,深知不配得到他的厚爱。老田本是"前线"歌舞团打定音鼓的,参加过世界青年联欢节,出访过好几国,是开过大眼界的。也难为他在这乐队里待下来了。

"可是,老田,"杨森委婉地劝他,"咱们这一级的团,总不能和'前线'比啊!要真有好的,'前线'、'省歌',又该要去了。"

"这话也是事实。"老田垂下了头,握着那一双黑皮手套,一下一下抽打着藤椅扶手,然后,站了起来,"借人的事,你放心上,想定了,开出介绍信,咱俩一起去跑。"

"那么,小号借不借?九中有个学生,据说是跟省歌的小号学的。学的时间不长,倒很有出息。"

老田抿紧嘴唇,然后松开来说:"借。管他娘的!"

杨森送他出门，看着老田下了台阶，推起自行车朝巷口走。

巷口赫赫然堵着一具大立柜，棕色的，穿衣镜反射着中午的太阳，雪亮。它巍然屹立在一挂小小的三轮车上，挺进窄窄的巷道，把老田和所有的行人一步一步地堵了回来。杨森赶紧拉开院门，开始紧张地视察道路：这庞然大物怎样才能进入这个分割得七零八落的院子，通过这条崎岖的道路，最后到达二林的新房。

不久，排练开始了。小号还是借来了，可是两把小号的节奏常常到不了一起去，尤其逢到三连音。少扬不能把一小节平均分配给三个音。

合唱队按着声部的位置，站在二提的后面。郑瑛瑛也挤在女低音声部里，合唱队长老黎看中了她的大憨腔，要她充数，反正她也没事。前奏奏完了，合唱队提了一口气，刚要亮开嗓门，不料老田一挥手，停止。他向合唱队转过身，说道：

"合唱队注意，不要光看谱子，一定要看我的手势。"他的指挥棒在空中划着优美的路线，"在这个点上出来。看清了吗？在这个点上，出来。我们的合唱队，总是不习惯看指挥，这太业余了。要学会用余光看指挥。"他又讲了一番"余光"的重要性，讲完了，转回身，把谱子朝前翻了几页，"乐队注意，九十八小节。"

刚起来，他又挥了一下手，"小提琴的音不准，双簧管，给个A音。"

于是，一片定音声，定音声里还夹着一些别的声音，好像是关于八一大楼新到的涤卡。

小提琴叽叽嘎嘎定音。

终于定好了，他重新提起指挥棒，定音鼓，小号出来：

"嗒嗒嗒，嗒嗒嗒，嗒嗒嗒，嗒嗒嗒。"

他犹豫了一下,还是挥了一下手。

乐队停住。

他抿紧嘴唇,指挥棒轻轻地打着总谱。

有人在讨论涤卡的颜色和质地。

小提琴轻轻地练着快弓,练得糊里糊涂。

他一甩头发,难得地微笑着,对少扬说道:

"少扬,这里一个小号就够了,是不是让小朱吹,你歇歇。让他也锻炼锻炼,你身体不好……"

少扬脸红了。他放下号,把号嘴拧开来,朝地上倒了几滴水,然后对身边的小朱说:

"你吹吧。"

排练进行。他放下号,走了出去,出去了很久,还没回来。已经九点半了,老田宣布:

"再拉一遍就结束。要不要休息?"

"不要了,不要了,接着来吧,练完了回家睡觉!"大家纷纷说。

"也好。"他抬起手,又放下了,"少扬呢?谁去找找他?"他四面看了一遍,最后看到了郑瑛瑛:"你去叫一下少扬好不好?"

她一扭身,不干:"他要在厕所里我怎么好找!"

大家都乐了。

正谈着,他来了。

"你到哪里去了?"老田克制着脾气问道。

"撒尿,憋得慌。"他望着老田。

大家又笑。

"都在等你,知道吧?"

"我有这么重要?不敢当。"他笑嘻嘻地看着老田。

39

大家笑得更欢了。

"好了，你赶紧坐好吧，别啰唆了。"

"我早就坐好了，是你还在啰唆。"他回敬道。

笑声稀落了一些。

排练结束了，大家拥出排练场，到自行车棚推车子。杨森推出车子，打打座垫，刚要上车，却被人拉住了后座：

"带我，带我走。"郑瑛瑛说，她的两颊叫风吹得通红，像一个熟透的苹果。两个大眼睛愣愣地瞅着他，什么心眼儿也没有。

"我和你不顺路呢！"他说，"你找别人带吧。"

"你把我在八一大楼那里放下，就不用管了。"

"那有啥意思，反把你绕远了，你家不是住下洪？"

"那里有小路可以绕呢！"她缠着杨森，杨森烦了。这时，少扬从旁边走了过来：

"我带你吧！"

"你也不顺路。"杨森说。

"我可以绕一绕，雷锋叔叔又回来了嘛！"他冲着郑瑛瑛一抬下巴，郑瑛瑛又笑了，扶着他的腰上了车。上了车，手还不松，围着他的腰。

"憨妮子！"杨森在心里说道，也上了车。

家里人都没睡，在生气，为了二林的大立柜。

三林一进门，便被爸叫到东屋去了。爸从抽屉里拿出一个信封，从里面数出十张十元钱，递给三林：

"把那一百元钱还了人家去。"

三林不接："我没借人家钱，是打会。我不过领了头一会罢了。"

"变相借债。我们家从来没有欠债的规矩，更何况是为了大立柜。"

"大立柜也并不是什么奢侈品。"三林说了这么一句。

"毕竟没有借钱去买的必要。"爸说。

"二林结婚,也该尽力办好一些,爸。"三林说。

"有能力就买,没能力就不买。有多少钱结多少钱的婚罢了。"

"二林插队八年才回来,没有积蓄,也有他的难处。"

"想想农村那些艰苦的日子,就更应该节俭才好。"

"那么说,插队落户的就该苦一辈子了。"他忽然动了气,提高了声音。说完就走,还把门帘摔了一下。他很窝囊,心里明明都是反对二林和大立柜的,可是一站到爸跟前,却不知不觉和爸对抗起来,二林听见了,不知要怎么得意呢!到头来,倒是他和爸吵了一架,而且吵得乱七八糟,好像一句一句都没对上茬口。彼此都气恼得要命,道理还都没说明白。

他推开二林的房门,却见二林正站在大立柜前,满意地打量着那个庞然大物。欣赏一阵大立柜,又对着穿衣镜自我欣赏一回。来回欣赏着,乐趣无穷。听见三林进来,便说:

"钱你拿了?"

"没拿。"三林回答。

"不拿白不拿。"

三林正想刺他两句,却看见了墙上挂着的结婚照。

二林和妮妮偎依着,亲昵又有点不好意思,两人脸上都显出了苍老,与那亲昵和羞怯不协调着。他不再说什么了。

月亮婆婆的脸儿圆圆,银盘似的悬在中天。院子里的石板地,水洗过似的干净。石板地上铺了一张席子,他们躺在席子上,望着满天的星星。小慧愣要数星星:

"十三，十四，十五，十六，十七……"

四淇愣要乱她："三十七，二十八，八十，九十九……"

小慧从头数："一，二，三，四，五……"

四淇从头乱她："二十五，二十六，二十七，九十……"

小慧爷爷坐在竹榻上，说四淇："四淇子，你叫她查数，你去乱她又是为啥？"

巷子里响起二胡声，三林忽然一机灵，欠起身子问道：

"爷爷，这是个啥调调？"

"'夜深沉'呗。"

三林吼住四淇："别闹了！"他侧耳静听着，二胡声远去了，消失了。他回过神，摇摇爷爷的膝头：

"'夜深沉'是个啥意思？"

于是，爷爷就讲了一个霸王别姬的故事，他魔魔道道地讲了许久：

"秦汉之交，楚霸王就在咱的这块脚底下建的都……"然后他从项羽讲到刘邦，"刘邦是咱们此地人。此地风气好，人杰地灵，仗打乱了，把城打平了……"

都睡了，他还在讲，对着满天的星星。月亮把院子的石板地照得清冷冷的亮堂。

第四章

　　场灯熄了,剧场暗了。乐池里的灯光溢出来,在红丝绒的大幕上缀了一条光亮的底边。

　　音乐骤起,狂飙般地席卷了座无虚席的观众厅。

　　他无比兴奋地听见自己的琴声和谐地镶嵌在这宏大的乐声里,他还听见每一件乐器的声音都和谐地镶嵌在这宏大的乐声里,互相融入,互相依傍,互相衬托,互相照耀着。他富有表情地拉着弓子,他的手指异常自如地在指板上活动,滑行得极有把握。他听见了自己的琴声在这乐声里异常地和悦起来,于是他便越发地自信大胆。他忘我地拉着,忘记了自己是坐在最后一把提琴的位置上,忘记了自己卑微的位置。

　　大幕在合唱声中拉开,一片异常的光明照耀进来,使得乐池的灯光暗淡了。

　　他被一团灿烂的光明包裹住了,这光明来自四面八方,穿过他,互相交叉起来。

　　他进了中学。他的班主任是个男老师,姓顾,他教语文。

　　除了语文,他还会打篮球,会画画,会弹钢琴。

　　中学有一架钢琴。有时候,音乐课是用钢琴上的。

黑得发亮的键嵌在白得发亮的键上,顾老师只会按白的键,不会按黑的键。他只在白的键上弹,他只弹一个曲子,那是一个有点想叫人转圈的曲子,顾老师叫它作《波兰圆舞曲》,还解释了圆舞曲。那是每小节三拍,"嘭嚓嚓,嘭嚓嚓"。他示范着。他弹得很熟练。当他弹起来的时候,便眉飞色舞,身体摇摆,一会儿朝后仰,一会儿朝前趴。三林觉得他弹得复杂极了,高明极了,好听极了,十分地沉醉。

外面操场上在打球,球"嘭嘭"地投在篮板上,又弹回来。

他斗胆提出:"让我弹一下,好吗?"

"行。"顾老师往旁边挪挪,让他站过来。他张开五个手指,按在琴键上,他没料到这声音会是那么微弱。他用了一点劲,又用了一点劲,他用了全身的力气,分明是按到了底,再也按不下去了。可是声音那么微弱。白色的和黑色的琴键闪着光亮,嘲弄似地看着他。黑白相间的琴键,叫他眼花,有点晕眩。他感到一阵虚弱。

顾老师得意地笑了,一扬头发,弹起了《波兰圆舞曲》。琴声像淙淙的流水,流淌到很远很远的地方。

顾老师越发的伟大起来。

顾老师弹罢一曲,看看他,又笑了。他笑起来,左边的嘴角比右边的高。

"喜欢钢琴吗?"他这么一边高一边低地笑着问。

停了一刻,他说:"不喜欢。"

"现在学是太晚了。钢琴要从小学,五岁起就弹。"他说。

他不说话。

"家里要有琴,要有人教。最好父母自己就会弹琴。"

他不明白,家里怎么能够有一架钢琴。

"上海,好多人家家里有钢琴。"

上海是个很远很远的地方。

顾老师的手在琴键上慢慢地爬着:"叮,咚,叮,咚。"

"你家里有吗?"他忽然问道,挑战似的。

"没有。"他简捷地回答。

他倒不好说什么了。

他的十个手指一起按在了琴键上,发出了十分响亮的和声。"以前见过吗?"他问他,微笑着。

"见过。"他回答。

他似有些意外,看看他,然后把琴盖"嘭"地盖上,锁上锁:"打篮球去吧!"

三林脱了棉衣,摩拳擦掌,他要好好地打他一家伙,他心里恨恨地想。他不知为什么十分气恼,气得心里发胀。他两眼直瞪着顾老师,十分想把球朝他白净净的脸上发过去。

球发出去了,胡小飞接住了,向前运球,却被顾老师锁得严严的,一步也走不动。他飞奔过去,拍着手:"胡小飞!"胡小飞把球传给了他,却叫顾老师劫走了。顾老师反身向回跑,跑得不快,却有一股不可阻挡的势头。眼看着要追上,却永远追不上。球就像粘在他手上似的,又低又急促地直向前去。到了篮下,他虚晃一枪,球进了。

三林眼睛红了,他牢牢地跟着顾老师,却一点动他不得,反被他牵着鼻子满场地跑。跑着跑着,顾老师还回头朝他笑,左边的嘴角高过右边的嘴角。三林一阵晕眩,他几乎要向顾老师扑过去,可他扑不着他,他太灵活了,而且那么高大。

汗流到眼睛里,眼睛模糊了。可是他还是能够看见,顾老师跑步上栏的姿式有多么帅,博来阵阵喝采声,满场的风头全让他占尽了。汗顺着背脊往下流,似乎把鞋壳都流满了,脚重得抬不起来,棉裤绑着腿。

第一场结束了,他解开裤带,褪下棉裤,又把毛线衣扒了下来。然后,两手叉腰,大吼了一声:

"来啊!"

顾老师一只手顶着球,看着他,忽然扑哧笑了:

"杨森多么帅啊!"

"哄"地笑了。所有的人都转向他,有的弯下腰,有的坐倒在地上,有的干脆打起滚来。

三林低下头,只见上身是一件胳膊肘破了的白色的棉毛衫,下身是洗褪了色的棉毛裤,缀着一个极其新鲜的蓝色的裤裆,脚蹬一双老头棉鞋。他扬起脚,朝脚边的一只篮球狠狠踢过去,篮球飞过篮架,飞出围墙。

他永远消除不了对顾老师的敌意了,他恨他。他怀着报仇雪耻的决心等待着,有朝一日,要当众羞辱他。

他在黑板上,画了一幅漫画:一个人,头发纷乱地披在额上,像淋了一场雨似的。一张大嘴歪斜着,身上缠绕着一根飘带,飘带是一条黑白相间的琴键,上面写着五个大字:《波兰圆舞曲》。画好之后,他坐回到座位上,看着同学们笑得前仰后合,心中很是得意。

顾老师进来了,一眼看见了黑板上的画,站住在门口,端详着。

教室里鸦雀无声。他屏住气等待着,等待着顾老师怒气冲冲地大声发问:

"谁干的?"

他就慢慢悠悠地站起来,说:"我。"

"你诬蔑我!"他说。

"这上面写你的名字了吗?"他这么反问,态度十分友好。

顾老师端详着,然后慢慢地走到黑板前,拿起一支粉笔,在那张丑陋的脸的侧面加了几笔:

"我的脸是这样的,腮帮突出,下巴朝前翘。"

他在下巴颏上加了一道线条。那张脸果然与他非常地相像起来。同学们笑了。

"画漫画要掌握对象的特征,加以突出、夸张。"他说,"比如,画肯尼迪,就突出他的鼻子。"

他在黑板上熟练地画了几道线条,便勾勒出一张肯尼迪的脸,像所有的宣传画上那样,一手握着个炸弹,一手举了枝橄榄枝。

他放下粉笔,拍拍手上的灰:"杨森同学,请你把黑板擦擦干净。"

他走上黑板,发泄似的挥舞粉笔擦,白灰飞扬开来,迷住了他的眼睛。他呛得慌,想咳嗽,却屏住气,不出一点声,似乎咳嗽一声便露出了软弱。教室里静悄悄的,只听见粉笔擦重重地擦在黑板上:

"嚓,嚓,嚓,嚓。"

他咬住嘴唇。

他决定不放过他,他不放过他。他要牢牢地盯住他,伺机行动。

顾老师在此地没有家,住在学校后操场边上一间宿舍里。下了课总在学校里和同学们玩,打球,弹琴,聊天。他聊天很有意思,天南海北,中外古今,无所不知。同学们都喜欢听他聊,下了课就把他团团围住,三林坐在人群最外边,远远地注视着。他并不是喜欢听他吹牛,只不过是要抓住一个机会报复他。他这么想,心中便觉得坦然多了。

"贝多芬,你们知道吗?这是一个德国的大音乐家,他写作了有名的曲子。后来,他耳聋了。你们知道,音乐家最重要的是一双耳朵,好比一个画家,没有了眼睛怎么画画呢?……"

三林恨恨地听着,他找不着一点机会羞辱顾老师。顾老师讲的东西永远是他不了解的,顾老师永远有着新鲜的东西可讲,他没有办法戏谑他,调笑他。他只有忍气吞声地听着。

"大家十分爱戴他,因为他的音乐,表达出了人民的心声。有一次,贝多芬走在田野里,忽然,灵感来了。他耳朵边像是响起了一个音乐,其实那是响起在他的心里,因为他已经聋了。他蹲在路上,要把这音乐记下来……"

他听着。

"这时候,在他身后来了一列送葬的队伍。在那里,有一种迷信的说法,就是,假如身后走上来送葬的队伍,是很不吉利的事情。"

"就好比我们此地看见了黄狼子,也不吉利。"胡小飞插嘴。

有人笑。

"多嘴,娘们似的。"三林暗暗骂道。

"送葬的人们认出了贝多芬,他们轻轻地说:等一等,是他。于是他们默默地等着,一直等到贝多芬站起来,继续朝前去了,他们才挪动了步子……"

三林呆呆地看着他。他看见了三林,忽然笑了,左边的嘴角比右边的高。他说:

"你们看,他快哭了!"

同学们又笑了。

三林站起身,走出了教室,门在身后"砰乓"响着。他想起了那仇恨,他永远不会平息那仇恨的。

这仇恨是那样地搅扰着他,而顾老师浑然不觉。

"杨森同学,请你帮我把这筐苹果搬到我宿舍里。"顾老师吩咐道。他使唤人做事,总是很有礼貌却又不容违抗。

他只得搬了。这只是小小的一篮苹果,学校发给教师们的。他一手拎着苹果,另一手插在口袋里,跟在顾老师身后。顾老师手里夹着一摞作业本,另一只手也插在口袋里。走过后操场,到了一排平房跟前,从口袋里摸索出钥匙,开了门。

他把苹果朝门前地上一放,转身就走,却被叫住了:

"坐一会儿。"

他只得站住,扭过头不看他,看墙壁。墙壁上挂了一张上了色的照片,一个年轻女人。扎着两条大辫子,辫子上系着蝴蝶结。侧着身子朝后仰,又转过脸来,摆出电影明星的姿态。嘴唇上涂着鲜红的口红,十分艳丽,却仍然不失中学生的朴素味儿。

他介绍道:"这是我爱人,八十五分能打吗?"

三林不晓得怎么回答才好,莫名其妙地红了红脸。过了一会儿,才问:"她在哪里?"

"在南京,教音乐的。"

"你为什么不在南京?"他问。

"南京不容易进,大城市。"他告诉他。

"那么,她来就是啰。"

顾老师笑了,左边的嘴角比右边的高,却露出了一丝苦味儿。

他有点可怜他,脸色不觉和缓了许多。

"你过来,坐下。"顾老师吩咐道。

他老大不情愿地走过去,坐下。

他从一个铁罐里摸出两块雪白的饼干,放在他面前。他没有拿,却惊异地发现原来有这么雪样白的饼干,而且那么细腻,白细得有点不切实起来,好像是假的。

"吃吧,吃吧!"他从铁罐里摸出同样的一块填进嘴里。

他不动,他不能吃他的东西,而且是这样雪白的饼干。

"吃吧,吃吧。"他嘴里散发出一股奇异的香味,诱人得很。

他终于去拿那饼干了,吃了第一块,他就不再客气,把第二块也吃了。他全身都渗透了这一种奇异的香甜。他从来没吃过这样的饼干。这里的饼干很黑,很硬,很粗。

他打开抽屉,取出一叠东西,递给他看:"这都是我们在南京看戏、听音乐的说明书。这是前线歌舞团的演出,这台节目出过国。这是苏联小白桦艺术团……"

他贪婪地翻看着这一大叠说明书,心中的羡慕和向往是无法说的。

顾老师随他翻去,自己在抽屉里拿了一件什么小玩意摆弄着。

春日的阳光透过泛黄了的窗户纸照进屋来,鸟在树上"啾啾"地叫。

"杨森,你想过将来要当一个什么人吗?"他问道。

杨森翻着说明书。父亲时常教育他们兄弟仨,要做一个诚实、谦虚、勤俭、有学问的人,可这毕竟太笼统了,具体要做什么,他并没十分肯定地想过。曾经有一度,他刚学会骑自行车,他非常非常地想当邮递员。就这些。

"杨森,我这里有一样宝贝,你能从里面看到你所向往要做的那个人。你想做个什么人?"

杨森偷眼瞅着他手里的那个圆圆的东西,心里十分狐疑,好奇得不得了。

"你可以不告诉我,但你在心里必须要想好。"

他在心里轻轻咕哝了一声,轻得连自己都听不见了。

"你过来看吧!"

他将信将疑地站起来,走到顾老师跟前。顾老师用手捂着那宝贝,然后慢慢地移开了手。他看见了一面小镜子,镜子里是自己一张丑陋而稀脏的惊愕的脸。他听见顾老师纵声大笑起来,他推开椅子,走了出去。

"你听我说——"

他听见顾老师追了出来,在他身后喊。他不听,他不听。

"你听我说——"

他不愿听。他走到操场的围墙跟前,三蹬两蹬爬上了墙,抓住墙外的大槐树枝,跳了下去。

"你听我说——"

他跳了下去,掉在硬邦邦的泥地上面,把个卖青萝卜的老妈妈吓了一跳:"龟孙孩子!"

"你听我说——"

他不听,不听,不听——他忽然觉出了那饼干一股香甜的气息。

软景放了下来,沉重地落在了舞台上。

道具组的老叶,满舞台的找一杆枪,逢人就问:"看见一杆枪了吗?"

"没有。"人们回答他。

乐池里在拆谱架,乒乒乓乓地乱响。

卡车轰隆隆地到了后台门口。

硬景撤走了,舞台空旷起来。全城都在放电影《洪湖赤卫队》。演出结束了,演了十一场。第十一场只卖了三成座。

卡车满了,轰隆隆地开走了。大家坐在打点好的箱子上,等着第二趟车来。

"小朱，你们回去吧。"老田对那几个借来的小青年说。

"装完车再走。"他们说。

"要搞到半夜呢。"

"没事。"他们不走。

"你们的补助费，过些日子就给你们。眼下……"老田抱歉地说。

"我们是来帮忙的。"他们一起说。

老田扭过脸去，又说："走吧。"

他们不回答，也不走。

舞台上，几个女孩子在抢一个苹果，清脆的笑声在空荡荡的剧场里激起回声。

第五章

"你听我说——"

"我不听,可是——"

"你听我说——"

"可是你究竟要对我说什么呢?"

"你听我说——"

"其实,听一听也没有什么妨碍的。"

他踢着一块石子,来到了丁字巷口。巷口剃头挑子前,一个老头在给一个小孩推头。天黑得快看不见了,他的鼻子几乎碰上小孩的后脑勺,好像在嗅他。

巷子里传来妈的声音:

"三林,吃饭了!"

一架平车从巷道里过来,车轱辘压在石子地上,辘辘的响声盖住了妈的声音。

公园门口坐了个打糖的老头,一个小男孩花两分钱,两只手一起打,打着了那块最值钱的巧克力。

他骑着车子走过去,小声训他:"看你能的,快能散了!"

小男孩瞪起眼看他,不知他是什么来历。

他径直进了公园，票房里蹿出个娘们，对他喊："票。"

"去少年宫的。"他回答，一路进去了。

公园里很荒凉，光秃秃的树杈寒素素地伸向苍白的天空。没有人。湖水很平静，边上结着薄冰，泊了一溜舢板。岸上有一只船合倒翻在地上，顶上立了一只母鸡，凝视着湖水。

他骑过动物园，铁笼子里散发出难嗅的气味。一只孤独的狼趴在狭小的笼子里，猴子安静地捉着虱子，一个个不知怎么，毛发稀疏而蓬乱，露出一副穷途潦倒的神态。还有一只猫头鹰。

一丛迎春花，星星点点的开着寒碜的黄花。

前边旱冰场，白生生地透着寒气，阳光淡淡地照着一角。他看见那淡薄的阳光里坐着一个人，袖起的手搁在耸起的膝盖上。眼睛望着寒生生的旱冰场，嘴巴茫然地张开着。他认出了熟人，骑了过去。

"吕老师。"

吕老师微微一惊，抬头看看他，怔怔的。

"吕老师，你怎么在这儿？"

他慢慢地醒了过来，扶扶近视眼镜，说道："五十年代的时候，晚上在这里常常有舞会。"

"你怎么到这儿来？"他又问了一遍。

这次他听明白了，朝前指指："他妈坐大夜班，在屋里睡觉，我把她带出来，别吵了她。"

铁栏杆上，骑着一个四岁模样的孩子，头发很短，很邋遢，认不出性别。

"你到这里干什么？"吕老师问他。

"听说少年宫买了一架新钢琴，来看看。"

"什么牌子的？"

"听讲是星海牌。看看去吧?"

他犹豫了一下,站了起来。吆喝道:"晓晓,走了。"

晓晓从栏杆上翻下来,跌在地上,不哭也不叫,爬起来,拍拍灰,过来了。

少年宫就在湖那边,挨着公园的后门。一幢两层的楼房,样式很古怪,据说是日伪时期日本人盖的房子。外部全是用石头垒起来的,有一种阴森森的气氛。门锁着,没有人。他们只好退了回来。

"你的钢琴做得怎么样了?"他问。

"进度不快,可总是在一点一点完成。"他说。他的脸色有点憔悴,好像没有睡醒。他拿下眼镜,用手指擦着眼角的眼屎,指甲上缀了一道黑边。

晓晓在石头台阶那儿爬上爬下,一会儿也不闲着。

两个大人看着她。风吹过来,很有些暖意了。

"《洪湖》演完了?"吕老师问。

"演完了。"

"写什么东西了?"

"没有。"

晓晓趴在台阶上,不动,像是睡着了。忽然一翻身坐了起来,仰着头,看着上方,上方什么东西也没有。

"听说省里又要汇演,想写一个女声独唱。"他说。

"女声独唱,旋律一定要好。"吕老师说。

"我就是旋律不好。"

"那很难了。"他遗憾地摇摇头,"旋律很重要。"

"机会挺难得。我们团新来了一个女高音,声音很特别,就像,就像裹了一层糯米纸似的。"他终究也没有形容恰当,有些沮丧。

"《洪湖》里,她演唱谁了?"

55

"她演韩英的 B 角。"

"演了吗？"

"没轮到她上，就演完了。"

"哦，演完了。"

"演完了。"

"才半个月吧！"

"十一场。"

"十一场！"吕老师幸灾乐祸似的笑了起来。

"放电影了哩。电影票一毛五，戏票三毛、四毛。"

"你们演的又不如电影。"

"那当然，他们是省一级的。"

"在地市一级的里面，你们团也只能算差的。"

杨森想和他争辩，想了想，算了。

晓晓把一根手指头含在嘴里，喊道："爸，我要走家！"

"再玩一会儿。"他说。

"写好了，你帮我看看啊！"杨森说。

"你拿来就是啰！"

有小孩的叫声，从远处传来。晓晓像一只小狗似的，腾地翻坐起身子，机警地四下里望着。声音没了，她又重新无聊起来，拉长声音喊："我要走家——"

"走吧。"吕老师无可奈何地站起身，拍拍屁股上的灰。

"我跟你一起走。"杨森也站起来，推起自行车。

晓晓连滚带爬地下了台阶，扑到自行车上，拉住车大梁："我骑车！"

"别闹！"爸喝住她。

杨森却把她抱上车子，让她在坐垫上坐稳当了。

他们一起往回走。夕阳淡淡地照着湖水，湖水像是暖和了一些。

"吕老师，有个事，也是人家托我的……"杨森犹犹豫豫地说，偷眼瞅了瞅吕老师的脸色。

"什么事？你说嘛。"吕老师鼓励他说。

"文化宫的毛迪说，他们要搞业余文艺汇演，正找人刻谱子，当然是简谱。他们问我能找到人吧，有报酬，报酬相当可观。我想……"

吕老师打断了他的话："我没有时间，刻谱子是极乏味的活儿，别说我正忙，就是不忙，也没有兴趣。"

"那么就算了，我不过是随便说说而已。"杨森赶紧说。

晓晓伸出身子去揿铃，铃响个不停，很刺耳，又不好意思不叫她揿。

"假如是朋友之间互相帮忙，倒也不是不可以。可是毛迪算什么？他人不大，派头倒不小，找人抄谱，我想那总不是他自己写的谱吧！"他脸色发红，真的动了气。

杨森是后悔也来不及了。

晓晓揿着铃，没个完："嘀铃铃铃"，走出了公园。他们分手了。吕老师绷着脸，把晓晓抱下车，牵着她走了，走进一条窄窄的巷道。落日把他俩的影子斜斜地投在泥墙上，细长长地斜了过去。

杨森懊丧地看着他俩消失在小巷深深的尽头，他明明是为了吕老师好的，可却惹恼了他。他也太蠢了，怎么能让吕老师抄毛迪的谱子。要说他的作曲是跟吕老师学的，那么毛迪的作曲就是跟他学的。吕老师自然是要感到屈辱的。当时，毛迪本来是请他抄的，他不也是觉得不太对劲才敷衍道："我帮你找找人看，我没空。"他检讨着自己，推着车子慢慢地走了。

其实，这也没什么，管他是谁的谱子，有报酬就行，反正他没事，靠他老婆一个人挣钱，毕竟太辛苦了。他不由得又想，马上就反驳自己：吕老师并不是没有事做，他是要挑选更适合自己、发挥其所长的工作，他并不是那种能为五斗米随随便便折腰的人。想到这里，他更不能原谅自己了。他简直无法从这懊丧的心情中自拔。他近来时常感到懊丧，说不清是哪儿又是怎么了，就是——窝囊。

他推着车子慢慢地走，也不想上车，不知不觉走上了淮海路。

自行车像流水哗哗地涌过去，他眼睛一亮，翻身上了车，朝马路对面骑过去。

她正在济中桥头，站在烤红芋的炉子前，挑选一节红芋。

她围着围巾，却没有戴口罩。她的鼻子和嘴都很平常，人中有点短，把上嘴唇带得翘了。她远没有戴着口罩那么好看，那好看里有着一种神秘莫测的味道。但是他却没有感到任何失望，相反有点兴奋，她似乎更加切实可靠了。他骑到她身边，下了车，站在炉子跟前，饶有兴趣地在那黑擦擦的棉垫子下面挑选着红芋。看到红芋，他止不住一阵胃酸。在农村，他吃够了红芋。

她手上长满了冻疮，东一块，西一块，红红的，像个烂胡萝卜。他几乎想握住它暖一下。她犹豫不决地翻弄着，初步选定了两截，正在这两截之间裁决不下。他看见这两截红芋都不好，只是外观上比较整齐干净。他挑了一个不大不小，软软的而又筋筋的，他知道这个一定甜得像蜜。他对她说：

"这个好。"

她看了一眼，红芋有点焗了，赖赖巴巴的。她不要，仍然犹豫在那两截之间，已经决定要那节短短粗粗、笨头笨脑的红芋。他急了，又一次推荐：

"这个好，不诳你。"

她怀疑地看看他,又看看红芋。

"真是这个好!"

他的推荐有点太过火了,以至于她的目光变得怀疑起来。他正面地看着她的眼睛,他发现她眼睛的形状是方的。他越加恳切地说道:

"这个好。"

她犹豫了一会儿,接过来了,放在老头的秤上。当她等着秤时,她红肿的手轻轻地搭在炉子的边上,透露出一种令人怜惜的信赖。

路灯一盏一盏地亮了,照耀着越来越深的碧空。风,越加温和了起来。

这天,小军告诉他:

"昨晚上,我看见少扬和郑瑛瑛了,两人在彭城路那边遛呢,嗑着瓜子,有说有笑的。"

"嗯。"

"少扬追郑瑛瑛追得才紧,早上他专跑到练功房门口练小号,一边练一边看郑瑛瑛。"

"你随他去。"

"我当然随他去。"他说。又说:"你要比少扬强一百倍了。"

"你拿我和他比干啥?"杨森转过头,奇怪地看了他一眼。

"我……你……"他嗫嚅着没说出话来。

杨森重又转回头去看一份贝多芬的第五交响乐的总谱,这是刚向毛迪借来的。毛迪常去上海、南京出差,也舍得买书。他有钱,虽然才二十二岁,倒有六年工龄了。杨森读总谱总感到乏味,因为他无法使那十几行声部融合交织成一个句子,所以他便领会不到那阅读的快感了。

"大哥,你对郑瑛瑛真的一点没有意思?"小军忽然又冒出一句话。

他吃惊地看着他，说道："我凭什么要对她有意思？"

"人家都在说，她对你有意思……"

"胡八扯！"杨森喝住了他，小军只好住了嘴。可他却再也读不下去了。他心里痒痒的，微微的有点激动。被一个女孩子有着点意思，究竟是一桩不容易的事。于是，他慢慢地转过脸小心地问道：

"她怎么对我有意思，你倒说说。"

"你自己还不明白？"小军回答他。

"真不明白哩，我这个人是很粗的，真的。"他话音里已有了几分哀求的味道。

小军一笑："她尽找你说话。那时加班排《洪湖》，她总要你的车子带她。她还给你东西吃，换了我们，讨也讨不来的。"

"这么一说，还真有点儿呢！"杨森半真半假地说，心里甜滋滋的。

"你要愿意和她好，准能成。少扬算什么！"

"我？"杨森一惊，这才无比遗憾地想到，自己对她是一点点没有意思。

"其实，她不错，就是憨一点。形象、体形都好，又年轻，比你小好多吧，比我还小一岁呢。我和她在小学同过学。人才活泼，随和，就是太憨了。"

"你们同过几年学？"

"三年。文工团排《红色娘子军》把她招去跳舞了。我是中学毕业待业那阵子进团的。"

"排《沂蒙颂》那年？"

"你要喜欢她，我可以帮你去说。"

"我不喜欢她。"杨森赶紧说。

"你，不是我说你，你已经二十五岁了。"小军提醒道。

"我知道我二十几。"

"你别太挑了，得实际点儿。"小军谆谆地劝导他。

"总得找个可心的吧。"他把《第五交响乐》合起来，仰起头，望着天花板。天花板上映着定音鼓的金属边缘，一晃一晃地亮。

"你有喜欢的人吗？"小军来了兴致，轻轻地问道。

"怎么说呢！"他长长地吐了一口气。

小号吹着《拿坡里舞曲》。

唢呐呜里哇啦地吹，炮仗噼里啪啦地响，炸了一院的碎火纸片。四淇大哥娶亲了，喜字贴得通红通红。好胖好胖个新娘子，四淇妈喜得合不拢嘴，往三林口袋里装了一大捧花生：

"乖儿，吃去吧！吃完了再来装。"

"爷爷，人为什么要结婚？"憨蛋问小慧爷爷。

"憨孩子，人哪能不结婚？"爷爷说。爷爷穿得衣帽整齐，坐在门口板凳上，等着喝喜酒。

"爷爷，人为什么要结婚？"憨蛋还问爷爷。

爷爷正色说："媳妇不娶进门，在娘跟前过，再大也是个孩子，成不了人。"

"琴宝咋不结婚？"憨蛋又问。

爷爷的脸色沉了下来："不兴大声问的，憨蛋！不兴大声问的，好孩子！"

"琴宝咋不结婚？"憨蛋小声问。

"琴宝毁了，不是姑娘了，嫁不出去，可怜的儿啊！"爷爷小声说。

琴宝住的小楼上，紧紧地闭着窗，一点儿动静也没有。

第六章

　　黄河沿的柳枝子抽出了嫩芽儿，针尖儿大的那么一颗，一颗。远远看，看不出青，看不出绿，只觉得柳条儿活了，柔软了。昨晚下了一场雨，河水的绿浅了许多。两架自行车在电业局宿舍门口，慢慢地骑过来，骑过去，就是不走。

　　"她一准住这儿？"小军问。

　　"一准。"他回答。

　　"没问题，我有个同学也住在电业局宿舍。"

　　"谁？"

　　"邵力。"

　　"不知道。"

　　"他分在邮电局打电报。那次彩排《洪湖》，他还到乐池边上来喊我，叫我上他家去玩儿。你记得吗？"

　　杨森想了一会儿："不记得了。"

　　他们骑过电业局宿舍门口，慢慢地转着车头，像玩杂技似的。

　　"她一准这会儿出来？"

　　"一准。"

　　"那再等一会儿。你二哥结婚了吗？"

　　"结了。"

"可好?"

"好。每天早上不起,光听见屋里笑的,像有人胳肢他似的。"

"那么说,他过得很得意!"

"她来了。"

一家人围着饭桌呼噜呼噜喝稀饭,难免有些沉寂。爸说话了:

"你们在校都听说了吗?一中有个王小荣,天天给她院的军属大娘梳头,扫地。"

"听说了。"大林说。

"没听说。"三林说。

二林不说话。

"事迹已经送上南京,要评学雷锋积极分子,马上就要掀起向她学习的运动了。"

饭桌上说这些,连父亲自己也觉着过于严肃了一些,就不说了。各人埋头吃,吃完了散,各人干各人的。加上饭菜的粗陋草率,使吃饭越来越失去了乐趣,变成一桩例行的公事,也使得他们更有理由认为,吃饭在人生中本是无可奈何的事,对付对付就行了。于是,都将这衣食住行看轻。偏偏二林有点不甘于看轻,而且有些看重。

他进的四中,正挨着市委大院,班上的同学,大都是干部子弟。他时常带回来一些这样的消息:

"俺班的方玫玫戴了一条白围脖,多白多厚,像堆了一圈雪似的。"

"俺班的李志军给我吃了一块黑糖,叫作巧克力,味道才怪!"

他这些消息决计不传递给父亲,料到会碰钉子。他对妈说,对大林说,对三林说,可是反应都比较冷淡。慢慢地,他就不大说了,再慢慢地,他连一般的话都不说了,他变得不好说话了,而且和整个家庭都有些疏远起来。

有一天,妈刚到家,爸还没到家,二林的班主任来了。来了就坐在板凳上看妈和面、做馍,和妈聊天,聊凭票供应的白菜长了腻虫,蜂窝煤炉常常封不过夜,一直聊到爸回来。爸还没进门,她便站了起来,脸上露出紧张的神色,还有些尴尬:

"杨老师,"她招呼着,"才下班?"

"在教育局开会。"父亲回答,"有事?"

这位十分年轻的班主任忽然脸红了,一时上说不出话来。

父亲马上说:"进里屋谈吧!"

当她消失在东屋的门帘后边,妈和大林、三林陡然地紧张起来,二林可不是出什么事了?二林呢?

二林不在。

二林一晚上没回来。

二林干了要命的事。

二林把自家的小画书拿到黄河沿摆画书摊,一分钱看一本,两分钱看三本。

一家人没吃晚饭。父亲不吃,谁也不敢动筷子。虽是粗茶淡饭,规矩则是很严的。父亲坐在东屋写字台前吸烟,他极少极少吸烟的。

"吃饭吧。"妈劝爸。

"我怎么能有这样的儿子呢?"爸险些儿要掌自己的嘴了。父亲的为人是最讲清廉正直的了,人口皆碑。向来视金钱为粪土,以品格为重。

"饭还是要吃的,别气坏了身子。"妈劝道。

"都怪我对孩子的教育太放松。我自以为家风正,不得出逆子。唉！"

父亲沉重地叹气，好似鞭子抽打在大林、三林的心上。除去这个家庭的人，谁也不会明白二林做的事是如何地伤了父亲的心。

"等二林回来了，再训他。先还是吃饭吧！"

"二林，到哪里去了！大林，你去找找。"爸吩咐。

"哎。"大林立即站起身，走了。

父亲站起来，走到兄弟三人睡的西屋，对着二林同三林合睡的大床，看了一会儿。床上铺着灰拓拓的线毯，两个硬硬的枕头。房间里充满了一股脚汗臭味儿。

"哪是二林的东西！"父亲问。

三林弯下腰，撩起床单。床底下塞满了破破烂烂的瓶瓶罐罐，瓶瓶罐罐之间，有一个油得锃亮的小木匣子。三林拖了出来，放在床上。

"你把它打开！"父亲说。

"锁上了。"三林说。

"把它打开！"父亲命令。

"等他回来吧！"三林犹豫地说，他晓得，这里面都是二林的宝贝。

"打开！"父亲说。

很容易就撬开了，里面有一个生了锈的铁盒子，铁盒子里面是一个纸盒子，纸盒子里面有一张一毛的钞票，还有一把分币，三林一五一十地数了一遍，一共有五毛六分。

父亲抓起分币，摔在地上。分币落在砖地上，这边一个稻穗，那边一个天安门，在电灯光下，细细的花纹十分清晰。

"爸，找不着他。"大林回来了，向父亲汇报。

"你上哪儿找了？"父亲问。

"上他同学家了。张宁家,李志军家,都去了。"大林回答。

"这时候,他不会上同学家去的,二林最是要面子了。"妈妈说。

"要面子能干出这种事!"爸说。

"你还找什么地方了?"妈赶紧问大林。

"他还能到哪里去?"大林困惑地眨着眼睛。

爸愠怒地看着大林。三个孩子中就他最听话,可却出奇地无能。叫人爱也不是,恨也不是,只有生气了。

"我去找!"三林揭开门帘冲了出去。

"带上两个馍!"妈在后面追,人已经不见影了。

天很黑,没有月亮。他跑过巷子,脚步敲在碎石地上,噼噼啪啪地响。

他上河沿,河水黑幽幽的,风冷。河沿没有人。

"二林——"他不顾一切地大叫起来。他的声音一下子飘远了,落到河里,被黑幽幽的河水吞没了。

"二林——"他顺着河沿奔过去,心里忽然恐惧起来。他想起今年夏天,在这里捞上来过一个死孩子,四淇他们都看到了。他听到消息跑去时,那死孩子已被他家大人抱走了。

"二林——"他声嘶力竭地喊道,跺着脚。

没有人。

他的眼泪流了下来。他忽然非常非常地可怜起二林。二林总是那么孤僻,和什么人也不接近,一个人。一个人究竟在想什么?他从来没有去问过。他们兄弟之间,没有话说。总是各人干各人的,和外人倒有说有笑的,可自己弟兄仨一起一坐,什么话也没了。他们家里一点没有别人家里那种热热闹闹的气氛。他们家不热闹。

"二哥——"他哑着嗓子喊。

他想起小时候，二哥带他到桥头喝馄饨。

"多掌点作料啊！"他嘱咐那卖馄饨的安庆人。

"别坑俺小孩子啊！"他一句一句紧逼着。

他们两人喝一碗馄饨，一人一个，一人一个，谁都不吃亏。

他想起小时候，二哥和他去洗澡，泡半天，躺半天，临走要喝几大碗那不要钱的茶，把肚子喝得溜溜圆，要把那一毛七分洗澡票钱喝回来。

四淇妈说过："二林是过日子的人，路上见根针都知道拾回来。"

妈听了笑，晚上学给爸听，爸便说："有啥好的？贪小！"

风把云都吹拢来了，严严实实地锁住了月亮。三林沿着黄河沿跑着。很远很远的对岸，隐隐亮着星星点点的灯光。他觉得，这条河很宽很宽，看不见边；这条河很长很长，跑不到头。

三林跑过河沿，河沿下有一个废碉堡，碉堡里踡着二林。他睡着了，又冻醒了过来，隐隐听见有人喊他。再仔细听听，又没了，是风。他从碉堡堵了一半的枪眼里望出去，正好望见对岸的一盏灯，在夜晚的雾气里一亮一灭，一亮一灭。他把手在袖筒里插深一点，更紧地踡在一起，又睡着了。

直到第二天中午，三林才在东车站找到了二林。一夜下来，他像是瘦了一圈，下巴颏削尖，头发直竖在脑袋上，破破烂烂的书包带斜勒在稀脏的袄上，袄袖短了，露出骨骼很大的手腕，裤腿吊在脚踝上。三林忽然想起，有一次六一儿童节，二林临时从仪仗队被撸了下来，因为他没有蓝裤子，他穿的是一条灰的也是吊在脚踝上、打了补丁的裤子。他还想起二林很喜欢无线电，可是没有钱买那些无线电的零件，就没能参加无线电兴趣小组，他什么小组也就不参加了。他又想起，有一年，父亲一口气捐给灾区三百元钱。他一连串地想起这么多,自己都有些奇怪。

"回家吧!"三林拉二林。

"不!"二林挣着胳膊。

"你要上哪儿去?"三林问。

"上贾汪挖煤去。"二林回答,声音是嘶哑的。

"人家不会要你的,你还是学生呢!"

二林不响,扭过头去乱看了一阵,又说:"反正,家,我是回不去了。"

"家里找了你一夜。"

二林眼圈红了:"叫他们别找了,就当没我这个儿。我给爸妈丢了脸,我不是他们的儿了!"

三林也叫他说得唏嘘起来。

"你回去和他们讲,我不混出个人样,就不回去见他们。要是我老不回去了,就当我在外死了,叫野狗吃了。"二林悲壮地说着,自己先把自己感动了,哽咽起来。三林更是号啕大哭。

一车站的人都回过头来看他们,这邋邋遢遢的哥俩就像在作诀别似的。

两个人痛痛快快地哭着,哭完了,二林问道:

"你身边有钱没有?"

"有。妈给我的,叫我见了你别的都不说,先买馍。"三林赶紧在身上掏着。光顾着难过,把正事倒先忘了。

兄弟俩在车站旁的大马路上,找着卖吃食的小摊。

有卖馍的,也有卖包子的。二林思忖了一下,还是买了两个包子吃了。落到了这般境地,还改不了奢侈,三林唯有叹息了。

吃完包子,他的脸色稍稍红润了一些,想到要回家,不由又阴沉了下来。可他犟了一会儿,到底架不住三林生拉活拽,还是跟三林回家了。三林把二林护送到家,只来得及抓两个烙馍就跑去上下午学了。当他下了晚学回到家,家里很安静。钢精锅在炉子上咕噜咕噜唱着,正蒸米饭。妈在切葱,菜刀"嚓嚓"地响,旁边放了一条巧个儿鲤鱼。一片和平景象。他走进西屋,二林正端端正正坐着写检查,写好之后又抄了一份。一份交给学校,一份交给父亲。父亲把它压在自己书桌的玻璃板下,可以时时提醒自己教育子女,以取卧薪尝胆之意。至于二林看到之后是一番什么心情,就不知道了。二林变得越加没有话讲,倒是与三林稍稍亲密了一些。

他下了学后回到家,总是上楼待在表姑曾住过的那小屋里,一待就待到天黑。叫他吃饭,他便下来,吃过之后再上去,待到夜半。快成琴宝了。

他在楼上的时候,父亲总是显得有点不安。三林看见他好几次开门出去,出去之后站在门前,好像在犹豫着,是否要踏上那道暗而陡的木楼梯。他站了一会儿,干咳了一声,吐了一口痰,又重新进来。不知因为着什么理由,他总也下不了决心踏上那楼梯。

"大林,你上去看看,二弟在干什么。"有时候,他吩咐大林。

大林便上去,然后下来,回答道:"二林没干什么。"

"三林,你上去把二哥叫下来玩玩。"有时候,他吩咐三林。

三林上楼去,把他叫下来。下来之后,干什么?连父亲都不甚明了。坐在堂屋,听着炉子上的水"嗞嗞"地响,一家人格外地生分起来。坐了一会儿,爸站起身进了屋,随即二林也上了楼。

爸买了晚场的电影票,全家一起去看电影,二林不愿去,爸说:"去吧。"二林就去了。一家人早早地出了门,坐在电影院里,等着黑灯。半天,爸问了二林一句:

"学习还好吗?"

"还好。"二林回答。

"明年考高中吧?"

"明年。"

三林觉出爸有意在和二林接近,可是接近不了。他可怜爸,又可怜二林,他觉出一种深深的悲哀。他不知道,二林什么时候才能高兴起来,他似乎永远不会高兴了。他永远都是这么阴沉。这么永远地阴沉下去,可怎么得了。

灯黑了,音乐响了,大家都松了一口气。

父亲终于明白,全家出去看电影是没有乐趣的,于是再也不买电影票了。

三林决心把二林从楼上拉下来,他再也受不了二林带有挑战意味的沉默了。他噔噔噔地上了楼,楼梯在他脚下咯吱咯吱造着声势。

二林两手枕在脑袋后面,靠在床架上,望着天花板。

"你在干什么?"三林问。

"不干什么。"他瞅了三林一眼回答。

"跟我下去玩。"

"不去。"他翻了个身,脸朝里了。

三林站在门口,信心和勇气消失得无影无踪。

大椿树的枝叶在窗前摇摇晃晃,把春日的阳光摇碎了,洒了几点在窗台上。雀子叫着。

"怎么样?"他问小军。

"还可以。"小军回答。

"怎么样?"他追问。

"没有你说的好。"小军诚实地说。

"你没看清楚,她的眼睛确是平行四边形的。"

"眼睛是一般的形状,眼睛怎么能是方的?"

"不,是这样的。"

"只要你喜欢,我一定帮忙。谁让我叫你大哥呢!"

他俩慢慢地顺着黄河沿骑去,顶风,骑不动,那风却是暖暖的。

"开春了。"小军说。

"开春了。"他说。

"要迟到了。"

"迟到了。"

"管它呢!"

"不管它。"

第七章

晨曦穿进山坡上的松树林,射在坡上一方踩平的土台子上。

晨曦里旋转着一团湿漉漉的雾气,缭绕在高高的松树梢上。

有两个小小的人影,立在被晨光映白了的土台子上,四只胳膊交织着,推过来,推过去。四只胳膊永远交织着,彼此不脱离,推过来,推过去。在那胳膊与胳膊的交接之中,在那平和的推动之中,微微交流着一股柔韧的力量。终于,有一方的脚步离开了固定的位置,摔了老远,坐在地上,又立即爬了起来,四只胳膊重新交织起来。

晨曦渐渐亮了,透出了金黄色。松林间缭绕的晨雾淡薄了一些。隐隐地,山脚下,云龙湖蓝殷殷地躺着。

有人在吊嗓子,碰出回声:

"啊——

"啊——啊——

"啊——"

"腹部收紧,上去,上去!"老黎帮助曲秀丽练声,一只手摸在琴上,一只手则按在曲秀丽的腹部。

"咪咪咪吗吗——"曲秀丽唱道。

"老黎真烦人，教人练就练呗，还摸人肚子。"小军轻声对杨森说。他们两人坐在角落里看他们。

"兴许练声都要摸肚子。"杨森小声地说。

"他奶奶的，叫人家对象看到了，不揍他才怪。"小军十分愤慨。

钢琴像流水似的湍湍流淌，平地拔起一个厚实而圆润的女高音：

"我站在海岸上，把祖国的台湾岛遥望——"

他们不再说话，静听着。

歌声呈现出含蓄的甜美，而且充满了激情。那激情使得曲秀丽扁圆平淡的脸动人起来。

"声音不孬，有点像马玉涛。"小军点着头感叹。

"不，比马玉涛含蓄，好像，好像裹了一层糯米纸。"他只能运用这个比喻，实在想不出有什么更恰当的比喻。

"你说俺团能要她吗？"小军问他。

"不要才憨了。"

"俺团蠢事干得还少？"

"她唱完了，你和她说去。"小军用胳膊肘捅他。

她的声音坚持在最高音上，稍稍有点颤抖，不那么稳定，可终究还是准确无误地滑行下来，唱了结束音。钢琴弹着琶音，琶音弹得不平均，抽风似的。情绪倒很饱满，老黎的头发滑到了鼻子上。

他站起来，走到钢琴面前，把手里的谱子摊开在琴谱架上：

"曲秀丽，麻烦你，唱唱这个，怎么样？"

曲秀丽看谱纸。谱纸在手里卷的时间太长，老展不开。展开了，又卷拢；展开了，又卷拢。他拿下来，倒着卷起来，又重新展开。卷得太急，谱纸撕破了一点。

老黎漫不经心地看着谱，在钢琴上摸着，嘴里慢慢地哼。曲秀丽也跟着哼："……那是总理窗前的灯……"她笑了起来："怎么绕这么多弯？怪难绕的。"

杨森脸红了一下。好在，曲秀丽并没有在意，继续往下哼。

他听着，觉得不好听。心里暗暗指望赶紧唱完，唱完了算熊！他非常悲哀地怀疑自己也许根本不是搞音乐的料，他这样羞于正视自己的作品。完全不像那些搞作曲的，比如老田，再比如吕老师，甚至毛迪，那么钟爱欣赏自己的作品，反反复复地唱，陶醉极了，充满快感。他却没有快感，只有痛苦。他听着自己的东西，有一种痛苦。他十分十分地羞怯，背上一直在冒汗。

曲秀丽疙疙瘩瘩地哼到终了，到了最高音。她唱了几遍没唱好，停了下来，摇着头笑了：

"这是我的换声点，我唱的歌最好能避开这个音。"

"换声点？"他脱口问道，脸又红了一下。

"每个人的声音都有一个，一个，怎么说呢，"老黎用一个手指头敲着钢琴，挑选着合适的字眼，"或者说是死角吧。发声有障碍。往往是在他的最高音的附近。克服这个障碍，是搞声乐的一个艰苦的任务。假如要给她写曲子，最好能避开这个音。"

"怎么避开呢？"他傻里傻气地问道。

"那就是你们写曲子的人的事了，我怎么知道。"老黎并无恶意地笑了，杨森的脸却红了一大块。他从谱架上把谱子撤走，说了声："谢谢。"便和小军俩逃跑似的走出了门。

"他奶奶的，盛啥？"小军忿忿不平地说，"他那两下子谁不知道，声音像驴叫，还算是省艺院毕业的呢！"

"他教人还是有方法的。"杨森说，他止不住地有点垂头丧气。

"他会教啥？就会摸肚子。"提到教人，小军更加愤怒不已，杨森只好不再为他辩解了。

他俩刚要走出院子，遇到了老田从舞蹈练功室走出来。他接受了给舞蹈写音乐的任务。他虽说没学过作曲，可毕竟是从"前线"下来的，见的多了，演奏过的也多。俗话说，熟读唐诗三百首，不会作诗也会吟了。

"回去了，杨森？"他只招呼杨森，好像没看见小军似的，小军从鼻子眼里哼了一下，走了。

他一走，老田倒看见了，说道："成天游游逛逛，也不练练号，你看他那圆号吹的！"

"无师自通，学成这样，也可以了。"

"他不能找人问问吗？却傲得要命。要他去买个圆号弱音器，他就是不买。"

"兴许是买不到。"

"怎么买不到？上回尹欣回上海，可以托她买嘛！"

"大概他也没想到。"

"什么！我知道，他是不会用，不会用问问人就是了，他也不愿问……"老田火又上来了。

"算了算了！"杨森赶紧退却。为了个小孩气成这样，是很不值得的，"你舞蹈的音乐动手了吗？"

"主旋律谱有了，我想找姜小莉，给她一份谱子，让她给舞蹈队用钢琴伴奏伴奏。也没找着她，不知跑哪儿去了。"

"听说她父亲来了，住在三招哩！也许上她父亲那儿去了。"

"省里调演，你不趁机上个什么东西玩玩？"

"你看，"杨森把手里的谱子拿给他看，"就怕不行。"

老田把谱子展开，唱了几行，说："你的旋律是不是太繁琐了，应该单纯一些更好。"说着，就把自己手里的一卷谱纸展开，"你听听,这是我给他们舞蹈写的旋律。"他唱给他听,唱得很有表情,眉飞色舞。看着他全身投入的神情,杨森心中十分地羡慕。他总是无法把心里原有的情绪表达出来,而那情绪确确实实是有的,他传达不出来,反倒破坏了那热情。因此,他的写作总是十分的艰苦,迟迟下不了笔,下不了笔;一旦笔落下,情绪又跑了。

老田唱着,他听着。那旋律果真很好听,只是,好像在哪里听到过。

老田终于唱完了,卷起谱子:"吕安蓓要来我们团了。"

"不是说她不愿意分回此地,要求重新分配吗?"

"不愿意?我们团还不一定要她呢!工农兵大学生。"他鄙夷地撇嘴,"她是怎么进的省艺院,谁不知道?她参加考试的那首曲子,是人家帮她写的。听说,这事在学院里点名批评了。"

"听说,她很刻苦的。饭都不去食堂吃,啃着馍练琴。"

"我看,也没有什么指望。"

"三年的大学呢!一块石头焐三年也焐热了。"

"焐热了也还是石头!"老田愤懑地说。

杨森不再说话,老田愤懑起来,就再不能冷静下去,也无法和他正常地交谈了。

"杨森,电话!"有人喊。

回头一看,郑瑛瑛穿了一身黑颜色的练功服,汗淋淋地倚在练功房门口。

"真是我的电话?"他问她。

郑瑛瑛微笑不答,歪着头。

杨森转过脸,不理她。想想又不放心,便和老田说道:"我去看看。"他走进练功房。

电话在练功房对面那个门外的走廊上。

他走进练功房，四面的镜子里折射出好几个自己，他看见好几个自己从四面八方向四面八方走去：头发直竖在头上，脸色暗淡，腿有些弯曲，走路很难看。他想躲开自己的影像，却躲不开，好几个自己从四面八方逼向自己。他唯有走快点才能逃脱了。刚走到门口，却听身后郑瑛瑛大笑起来，这才明白上了当。他回过身，愠怒地看着郑瑛瑛。郑瑛瑛扶着扶把，一手撑腰，笑得快晕过去了，得意得不得了。他越想越气，朝她走过去，抓住她的胳膊，拧到背后：

"还调皮吧？"

她一下子坐倒在他脚跟前，笑软了，一句话也说不出来。

他看见她长长的脖子，从很低的练功服领口里伸出来，上面有着茸茸的汗毛，汗毛在脖子和背脊交接的地方打着旋。他闻到一股热烘烘的汗味儿，这和男人的汗味儿是很不一样的。他的怒气消散了，却仍然不肯松开她的胳膊。

"还调皮吧？"他又问了一遍。

郑瑛瑛笑瘫在地上，挣扎着嚷了一声："还调皮！"

于是他又把胳膊拧了半圈。

她"哎哟哟"地叫着，还是笑。

"闹啥的？"门口有人厉声喝道，彭少扬噔噔地走了进来。

杨森松了手："她太调皮了。"他略略有些发窘。

"她憨得很，你不要和她一般见识了。"少扬微微笑着说。

"她不憨，爱打爱闹罢了，不好欺负的。"杨森微微笑着回答。

"玩笑归玩笑，把她胳膊折了，可不好。她还要跳舞呢！"少扬说，眼睛看着杨森。

"那当然，不跳舞，也得做人呢！"杨森说，眼睛看着少扬，少扬的额头很低，脸色过于白净了，有点发青，没有胡子的腮帮很

77

光滑。

他们两人这么微笑着对视。郑瑛瑛在旁边扶着扶把，一边踢腿，一边笑。

杨森微笑着慢慢转过身："我走了。"

郑瑛瑛叫住了他："车子带我回去，我认识一条小路，没有警察，也没有便衣。"

"你跟少扬的车子吧，他顺路。"他说罢，走了。又在镜子里看见了自己很丑陋的影像。他快步走出去，影像没有了。

天空很晴朗。

第二天早上，点名的时候，他看见角落里站了一个陌生的女孩子，穿着米色的上衣，两个刷把辫很长，快扫着肩膀了！脸庞削瘦。所有的名都点完了之后，又听见多叫了一个名字：

"吕安蓓！"

"到。"她怯生生地应道。大家从四面八方朝向她，她微黄的脸上泛出了红晕。

"那个开后门进省艺院的吗？"小军捅捅他的腰眼。

他没吱声。

四下里一片喊喊喳喳的议论声。

"她是俺哥的同学，在三堡插队的。啥也不会，硬是开后门开走了。"小军愤愤地说，他小小的年纪，却也总是非常的愤懑。

他瞅瞅吕安蓓，见她脸色有些苍白，微微低下了头，随即又甩了一下头发，抬起了脸，镇定地迎接着各种各样探究、好奇、鄙夷的目光。他心中暗暗地有些惊讶！不由得有些肃然起敬。

还没到下班的时候，大家都已经知道，吕安蓓在艺院谈了个对象，分在了南京，却偏偏把她分回此地，因为这年艺院的分配原则，就是棒打鸳鸯。但是，尽管眼下她来了这个团，不久的将来还是要走的。而且还知道她的毕业作品颇受了好评，当然，是否真是她的作品就不得而知了。要知道，她那对象也是学作曲的，长得才帅，比她强。所以，一定是她主动追求人家的。

领导让她和老田一起搞那个舞蹈音乐，于是她就紧跟着老田。老田先说一起听姜小莉用钢琴弹一遍旋律，让她去找姜小莉，就是那个小矮个，大眼睛，短发，戴眼镜，二十二三岁，但看上去却有二十六七岁的上海人。等她千难万难地找着了姜小莉，老田却又说连舞蹈带伴奏的看一遍更好，于是又委托吕安蓓去召集舞蹈队。召集齐了，老田则忽然想起上午和医生分明有个约会，他的面部神经麻痹必须要治疗了。他不能奉陪了，要不，你一个人先看一遍吧。姜小莉立即说，她要去三招看她父亲。团里都传说她父亲是来活动把她调回上海的事。最后，吕安蓓只能一个人坐在练功房的角落，看演员们"一大大、二大大"的练功。

窗外有人聊天，关于"八一"大楼刚来的凉鞋。远处有人练声，钢琴叮叮咚咚地响。阳光很耀眼地照进窗来，洒在吕安蓓脚前的地板上。冷不防有人叫她，倒吃了一惊。

"你帮我看看这个曲子吧！"杨森对她说，把一卷皱皱巴巴的谱子展开在她面前。

她看着他，眼睛里流露出戒备而狐疑的神情，直到确信他并无嘲讽之意之后，才稍稍松弛下来，低头去看那谱子。

"捎带着钢琴伴奏谱也看看吧。"杨森恳求道。

她的脸色渐渐地和悦起来，不那么紧张了。她看了几行，抬起眼睛，有些困惑地问："你会弹钢琴吗？"

"不会。"杨森犹豫了一下，回答。

"哦。钢琴谱子不能这样写，你看——"她开始向他讲起关于写钢琴伴奏的一些技术知识，她的声音流露出自信。

他恭敬地听着,如饥似渴。这些东西,他没有听人说过,这里没有一个从正规学院正规学出来的作曲。她是第一个作曲系毕业生,一个工农兵大学生。

然后他提议一起去找曲秀丽,请她试唱一遍。吕安蓓同意了。他看出她还是比较愉快的,话也多了:

"你们团有几个作曲的?"她问,把这个团叫作"你们团",令人感到她在此地的暂时性。

"没有正式作曲的,都是写着玩玩。比如老田,还有一些搞器乐的,有时也写点器乐曲,比如笛子独奏啦,唢呐独奏啦。"

"唢呐。"她意义不明地笑了笑。

他不明白什么意思,也跟着笑了笑。

"你呢?"她微微笑着看他。

"我更谈不上了,玩都玩不好,业余爱好。"他回答。他觉得和她在一起很舒服,她很文静,说话也聪敏。到底是上过大学的,他想。哪怕是开后门进的大学,也是上过大学了呀!

"最好争取上上学呢。音乐,怕不能靠自学,它不同于别的。它既有灵性的东西,又有技术的东西。"她说。

"是啊!"他赞同。

曲秀丽今天的嗓子很舒服,唱了两遍,流利多了,并且对他修改过的地方表示了满意:"舒服多了,只不过……"她犹豫着,"总有点别扭,我也说不上来。"

杨森便又有些沮丧。

吕安蓓坐在旁边静静地听,没有说话,托着腮帮,不知在想什么。

下一天,团领导正式讨论调演节目,老田推荐了杨森的女声独唱,节目初步定了。

曲秀丽还没正式调进团，编制还在县里一个什么工厂，也想在省调演上露露面，或许能对调动起到促进作用。再说，眼下也没有更好的女声独唱曲子，于是欣然接受了杨森的合作。每天早上，她练声之后，就练杨森的曲子，杨森很虚心地听取她的意见，尽力要使她觉得唱着舒服，并且尽力发挥她中高音区的淳厚柔和的音色。两人配合得还比较协调。

有一天，他发现曲秀丽唱得有些勉强，神情上还有些不耐烦。他不知是怎么回事，认为曲秀丽有什么不舒服，就说："明天练吧。"收起谱子早早地走了。可是第二天，曲秀丽还是懒懒的。或许还没有恢复过来呢，他想。第三天，第四天，曲秀丽仍然没有恢复。他只有纳闷的份儿了。

这天晚上，他又把谱子作了一些比较大的修改，想到钢琴上听听效果，就骑着车来团里了。

还没进院，就听见一个熟悉的女声在唱。钢琴房的灯亮着，他把自行车停在了院子里，径直走了过去。

吕安蓓坐在钢琴前面，熟练地弹着钢琴，曲秀丽在唱。

他站在黑影地里，怔怔地听着。

旋律很明快，采用了当地柳琴戏作素材，他惊异柳琴戏怎么忽然好听起来，那些粗俗的半音装饰音变得亲切而动听，甚至有些华丽起来。曲秀丽顺利地越过了她的换音点，还唱了几个类似花腔色彩的跳音，技巧发挥得很丰富。比他的强。他想。

是的，比他的强。他有点忧伤地想。

一支歌唱完了，她俩低声说了些什么，笑了。他看见吕安蓓左颊上有一个细小的酒窝。笑过之后，她又弹了，弹了一段前奏，这是一首诙谐活泼的小曲子，曲秀丽唱得很快活。唱完之后，两人又笑了。

街上一辆载重卡车开过去，门窗玻璃"咯咯"地响，响了一阵，又静了下去。

吕安蓓在钢琴上重复弹着一句旋律，皱起眉毛听着。当她弹到第八遍时，改了一个音，于是，整个句子都明丽起来。两人笑了。

他怔着，望着她俩。

到底是学过的，比他的强。他又一遍地想。

"啪"的一声，灯灭了，他猛醒过来，拔腿就要跑，可是来不及了。她俩已经走出门，站在了他面前。

三个人都有些尴尬，傻笑着，不知说什么才好。

"我刚来，来练琴的。"他说道。说罢，走进琴房，"啪"地开了灯，日光灯闪着闪着，终于亮了。他看那灯光亮得有些异样，雪青雪青，荸荠色的钢琴变成了黑色。他惶惶惑惑地打开了琴盖，听见一个走了，鞋后跟清脆地敲着洋灰地。另一个没走，悄无声息地进了屋，站在他身边。他对着黑白相间的琴键坐着，不敢下手，他那一手钢琴是瞎摸的，没有人在场的时候才敢弹。他背脊上在流汗，盼着她快走。

"我不过是写写玩玩的。"她说话了。

"不，不，其实你应该告诉我的。"他有些激动，手指头微微哆嗦着，"你可以告诉我，这没什么，没什么。没有什么呢！"

"我们唱唱玩玩的。"她又说。

"你的曲子比我的棒多了，当然是唱你的。"他真诚地说，可总叫人听着有一点醋意。他的手终于按上了琴键，弹什么呢？他想不起来，又放下了。单调的回声在房间里回荡。

"说实在的，我确实也有点着急，急着让大家看看，我……"她说。

"我知道，我知道。"

"我正说服曲秀丽,让她继续练你的……"

"不,不。"

"她可以唱两个大曲子。"

"两个都太大了,她唱不动的,反要砸锅。就唱你的,一个大的,一个小的,正合适。"他渐渐平静了下来,手指重又摸上了琴键,他慢慢地弹起一支曲子,是他从一本很旧很旧的谱子上抄下的,名字叫《花歌》。他弹得很难听,他想。

"你听我说——"

不听,不听,可是,你究竟要说什么呢?

"你听我说——"

"不,我被你戏弄得够了!难道可以这么玩人吗?"

"你听我说——"

你究竟要说什么?算了吧!算了,算了,算了!

他一头扎进冰凉的河水,向前游去。都说今年热得早,六月的天已经穿单褂了,可是黄河故道的水还是透心的凉。

第八章

他弹得难听。

他的琶音永远弹不平均,大拇指别不过去,手指是僵硬的。不管这些了。

琴声毕竟响了,是他的手敲响的。他的手指摸着琴键,凉凉的,硬硬的,滑滑的。琴声充满了整个房间,从窗口流淌出去,在院子里游荡。

他弹着,忘了羞耻,忘了难过,也忘了难听。

管它难听不难听,重要的是,钢琴被他砸响了。

合唱队的都管他叫作"砸钢琴",而不是弹钢琴。暗地里说:不能叫他砸了,要叫他砸坏的。

管他娘的,奶奶的!重要的是,钢琴被他砸响了。

他心里慢慢涌起一股征服者的快乐。

他怀着征服的、恶意的快感砸钢琴,琴"咚咚"地响,响得颇为雄壮,打扰着苍穹下深蓝色的宁静。而那宁静是太深沉了。

"文化大革命"开始了。

中学停课闹革命了。

他写的第一张大字报:批判顾敬涛!

他得意扬扬地走出校门,却被胡小飞拽住了胳膊:

"你剋顾老师干啥的?他那么喜欢你,你也太不仁义了。"

"他喜欢我?"

"全班谁不知道,他最偏向你了。"胡小飞甩掉他的胳膊,跑了。

他愣愣地站在那里。树上有一只小雀子叽叽喳喳地叫,拉下一泡屎,正好落在他的头上。

他心里微微地有些歉疚,可是很快就释然了。无论顾老师有多少张大字报,他还是革命群众,他出身贫苦,历史清白,工作积极,甚至还当上了某派的一个小头头。

斗争的焦点是校长,党委书记,他只见过一面的一个老女人。学校里的红卫兵和革命群众很快分裂成了两派,一派是保校长的,一派是反校长的。他稍事考虑,便参加了反校长的"踢派"。他并不清楚这位校长反动在哪里,有什么要不得的坏处,他也并不那么迫切地需要知道。他只是觉得,必须去反对,去斗争。他似乎有着一肚子的不平,一肚子战斗的热情,假如不去反对什么,破坏什么,这一肚子的不平如何才能释然,那热情也没了去处。

地球转到这一日,他忽然发现世界上有着偌多偌大的不合理。学生为什么非要听老师的话?小孩为什么非要听大人的话?汽车为什么非要走右边?为什么不能是红灯走车绿灯走人?为什么黄河偏偏要朝北去了,撇下这一大片黄河滩,成天黄沙弥漫?为什么这倒霉的城市非要坐落在废黄河滩上?为什么他非要生在这破城里?他发现了世界,人生,都有了重新安排的可能。他发现了世界,人生,并不只有一种固定的轨道。世界,人生,是可以有着许多原则的。他便欢腾起来,摩拳擦掌,跃跃欲试,想要大大地闹腾一番,干出个崭崭新的天地。他毅然站到了要打破旧秩序的一边去。

他贴大字报,布置会场,挨家挨户去通知同学开会,忙得很欢。而他顶顶醉心的一项工作,却是守夜。这真是莫名其妙极了,可他却真的十分喜欢。当他第一次轮到站夜班岗的时候,他的激动是无法言传的。他蹬蹬地跑回家,宣布晚上不回来睡,然后从箱底里翻出了棉大衣,跑了。

他和另一位高年级的战友守着炉子坐着,心里想:今天可以不睡觉了。一个不用睡觉的夜晚,多美啊!他心里又是一阵激动。炉子烧得很旺,里面烤着一截红芋,已经有了香味。从窗户望出去,只看见一片无边无际的深蓝色的天空。那战友提议一起到校园里去看看。他们披上大衣,一人手里拿一杆梭标,走出了教室的门。

他们的脚步在走廊里回响。

他们走到走廊的尽头,走到厕所旁边的小门跟前,小门上方的玻璃窗上透出一方黄黄的灯光。他们凑在上面张望了一下:走资派在呢。踡缩在被窝里,缩成那么小小的一团。他们放心了,回转身走下了楼。

他们的脚步在楼梯上回响。

楼梯上很暗,走下一楼,忽又明亮起来,月光照进门廊,白花花地照亮了一大片。操场上很亮堂,连一粒细沙都能看清。

一口新鲜而寒冷的空气,呛住了他们,他们都哆嗦了一下。他们迟疑了一下,走出了门廊,走在了操场。月亮把他们的影子细细地描画在操场上。一阵风贴地而来,刮起一阵黄沙,风过去了,黄沙贴着地平平地落下了。

"这地方真脏!"他说。

"别看地方脏,可不是一般的地方。"战友说。

他们的声音在空旷的操场传得很远,月光把他们的影子描画得很细。

"怎么不一般？"他问道。

"古时候，此地叫大彭氏国，开山祖叫彭祖，是颛顼的后裔。所以，要论起来，此地人是正宗的炎黄子孙。"

"可是我们老家是河南信阳。"他无比遗憾地说。

老高三的战友看了他一眼，继续说："要说真正的此地人，也是没有的。从彭祖开国到如今，五千年来，好几次失城。现在的居民，我敢说都是外乡迁来的，再远远不过五百年。"

"怎么失的城？"他问。

他们沿着操场边缘的树林子走，光秃秃的树丫直指天空，月光清清亮亮，连树枝上个小疤节子都细细地照了出来。

"单说大的浩劫，就不下五次：东汉末年，曹操攻陶谦，杀了男女老少有几十万人。此后的几年里，曹操又和吕布干，连年大战，杀的人就别提了。然后东晋，汴水泛滥，把全城都淹没了，没城了。唐朝中期，庞勋在广西桂林率兵起义，回师彭城，唐朝派遣十镇大军围城，庞勋挡不住了，攻进城来，老百姓可就太惨了。到了公元一三五一年吧，萧县有个外号叫芝麻李的，率众起义，占领此地，最后自然是大败，一城百姓全遭杀戮……"他慢悠悠地说着，一边用梭标的枪头轻轻笃着地，绕着树走。

天空，清澄极了，星星寒冷地眨着眼睛，一只野猫瑟缩地跪在操场上。

"不容易。"他轻轻地说道。

"不容易。"战友赞同。

"这么糟蹋，怎么人还能一代一代活下来。"他又不明白了。

"河滩地好活人！"他说。说罢，笑了。

他也笑了。

笑声在寂静中格外的清朗。

当他们重新回到屋子里,给炉子添了炭,不多一会儿,两人都打起盹来了。打着打着,头磕在炉子上,醒了。看看窗外,窗户上早已结了霜花,霜花衬着深蓝色的天空,冰莹透彻地白。然后,他又重新睡着,头垂到了膝盖上。

天亮了,天空露出苍白的鱼肚色,炉子灭了,留下一炉膛的炭灰。有人来接班。他哆哆嗦嗦地站起来,走出房间。

他脚踩着冻得挺硬的操场地,操场边那几棵树寒素素地立着,背后是抹了石灰的院墙。他嗅到自己嘴里一股黏黏酸酸的气味,微微地有些恶心。回想起夜里那一幕,就好像是一个模模糊糊的梦。

他走过操场,微微有些踉跄,腿有点麻,有点硬,不听使唤。

他走出学校,腿脚稍稍活动开了,冷得厉害。街边早点铺里挤满了人,装着辣汤的大木桶腾腾地冒着热气。他走进去,买了一碗辣汤。

辣汤滚滚烫地流遍全身,他舒服地哆嗦了一下,贪婪地喝着滚烫的汤,汤辣着嗓子。他浑身热了起来,出了一层薄汗。出了早点铺,太阳已经浅浅地照着街边的墙根了。

他顺着青年路走,走到天主教堂门口时,见那大门敞开着,一群戴着红袖章的学生正从里往外搬东西。一箱一箱形状古怪的瓶子,上面写着外国字,瓶口封得严严的。有个瓶子滚落在地上,碎了,流出一些深褐色的粉末,散发着一股奇异的香味。还有一箱一箱的唱片。学校里有一只手摇式的唱机,他见老师放过唱片。那唱片堆在教堂门前,在初升的太阳下闪着黑磁磁的光。他蹲下身子,一张一张翻看着,上面都写着外国字,看不懂。他奇怪地看着这些黑磁磁的扁圆东西,心想着,这上面都有着声音呢?究竟是什么样的声音?这声音难道就隐在这细细的一圈又一圈的纹路上?

一只脚踩上了唱片,唱片很清脆地破裂了。很多只脚踩上了,破裂声此起彼落。他头脑一阵发热，站起身也踩了上去。他肆意地走在唱片上，愉快地听着那清脆的破碎声。听到后来，便有了一种极异常的感觉，在他脚下破裂的似乎不是唱片，而是一片地，一片地在他脚下破碎了，清清脆脆的"噼啪"着。

太阳升起来了，照耀着。

保派和踢派，越闹越凶。保派已经谋划了两次"攻城抢人"计划，不料出了奸细而透露了，踢派把老校长封锁得越加严密。可是有一天早晨，值夜的人被接班的推醒过来：不好了，走资派跑了！

厕所旁的小屋里，只留下一床薄被，床单没了。窗口却悬着一根布条搓成的绳子，那布条是用蓝格子的床单撕成的。绳子从三楼的窗口一直悬挂到一楼底下。

保派和踢派大干了一场，全部的玻璃窗都粉碎了，桌椅板凳全成了兵器，扔了一操场。然而，踢派很快明白过来，实在是冤枉了保派，人，并不是保派抢去的。人，没了！而保派也立即醒悟过来，人，不在踢派这里了。人，跑了！于是，两派兵马立刻停战，反身而去，搜城。留下一幢黑着窗洞的大楼孤独地矗立在荒凉的操场上。

城，像箆头发似的箆了一遍，黄河，奎河，云龙湖，兜底捞了一遍，同时，兵分几路，向四面八方去了。

最后，在一小时火车路以外的微山县的沙山上，一口枯井里，找着了。

两派的人都去了。

沙山已经被当地的老百姓团团地包围住了，吵着问他们要人。老头老妈哭得泪人儿似的。原来，这个老女人，十四岁时就在此地打游击了，当地人把她当亲女儿似的。

沙山上有一道踉踉跄跄的脚印，爬到半截，沙地上印了一对深深的膝盖头印子，正朝着彭城的方向。人们分析着，她在这里向着彭城跪了很久。然后，脚印儿继续向上，似乎更加踉跄了。好不容易到了顶上井旁边，又坐倒了。井旁的沙地上有一个屁股印，很深，她在这里坐了很久。

她在想什么呢？他想，一个要死的人，一个要去死的人，在想什么？这行足迹，像一行译不出来的遗言，他想着。他忽然战栗起来，浑身充满了一种心灰意懒的情绪。他悄悄地绕道下了山，搭上了火车，回家了。

车挤得厉害，站都站不踏实，他像是被人架起来似的站着。黑漆漆的田野从车窗外闪过，闪过。车窗上映着挤挤的人头，人身。荒凉的田野黑漆漆地从绰绰的人影后面闪过，闪过。空气污浊，稠得呼吸不动。他忽然发现，世界上有一个原则是不能破坏的，那就是生命的原则。

他打着战，缩在挤挤的人群中。车箱摇晃着，驶过荒凉的田野。

琴声淙淙地响，响得不流畅。不时地被阻，然后通过阻碍。

换指的地方，总是无可奈何地留下了痕迹，留下了结。他怕是永远清除不了这些结了。他不可能不留下结。他的音阶，怕是要永远这么断续着，他只可能把这断续尽力减轻，减轻，却不可能完全消灭。

这个年龄，再学钢琴，毕竟是太晚太晚了。

他恨恨地剁着钢琴，琴声报复似的轰响着，冲出房间，冲上寂静的夜空，顿时在深蓝的苍穹之下消散殆尽。他不由丧气起来，心下有点怜悯自己，琴声微弱了。

他柔和地从低音摸到高音，柔和地留下了那些结。

心中的恼怒渐渐平息，他无可奈何地宽容了这些结，听凭它去了。

第九章

　　站上所有的机车头拉起汽笛，轰鸣起来。凄厉的汽笛声穿过黄沙弥漫的天空，直向上去。

　　上万人的队伍，唱着歌，慢慢地在街上走。

　　队伍中间，高高地托起几具灵柩。

　　汽笛长鸣，缭绕在弥漫着黄沙和煤屑的上空。

　　人们唱着歌，慢慢地走。

　　灵柩跟着队伍走。

　　汽笛长鸣——

　　汽笛鸣叫着徐徐地进了站。

　　站台很长，很长。

　　有人欢呼了一声，朝这边跑来，然后一阵雀跃，叽叽喳喳说着什么，一句也听不懂。大约总是接到了人，双方都十分喜悦的意思了。越过默默停在轨道上的机车，黑幽幽的围墙后面，是一片耸起的大楼，亮着灿烂的灯光。

　　一辆装货车突突地开来，司机嚷着什么，也听不懂。可以揣摩出是叫让路的意思。

　　站台很长，很长。没有天桥，没有地下道，只有站台。

站台呈现了一个弯度，他惊讶地发现，几条铁轨到了一扇铁丝网门跟前，完了。门外走着熙熙攘攘的人，人后面是一片耸起的大楼，灯光灿烂。铁路到头了。他十分惊讶地回头又看了一眼，那几条到了头的铁轨。他只以为铁路是永远没有头的，前是无穷无尽的去路，后有无穷无尽的来路。不料，在这里到了头，被灯光璀璨的马路横断了。

空气很湿润，有一股清甜。空气很清澄，灯光在清澄的空气中明亮地闪耀。楼很高，灯光很璀璨。

检票口终于到了，拥挤着。检票的女孩子异常的清秀，说着叽叽喳喳的话，还是不懂，总不外乎招呼队伍"快点"或者"慢点"的意思。人和行李拥挤着，堵住了检票口。

"等一会儿吧！"梁爽说。

"等一会儿吧！"他也说。

可是，他们不由分说地被卷入人群，拥进了检票口。

"票子，票子！"清秀异常的姑娘异常严肃地说道。

这会儿他听懂了，是向他要车票。他出示稍慢了一点，那姑娘便皱着眉头说了很快的一串话，大意总是嫌他不利落了。他有点委屈，又有点抱歉，想说句："对不起"，可是又被不由分说地卷了出去。回头刚要招呼梁爽，却见他已经从检票口的人群里跌了出来。

检票口外拦起长长一道铁栅栏，铁栅栏上满满地趴着人，有人还站到了栏杆上，摇摇晃晃地眺望着。人群中时而欢呼一声，便奋不顾身地翻身而过，戴红袖章的便上前阻挠，两人叽叽喳喳地对话，听不出名堂。大约总是吵。

灯光照亮了大半个天，真像个不夜的城。

他们走过栅栏，走过欢迎的人群，经过他们目光的检验，走入了车站广场。

"在哪儿买票?"梁爽问他。

"在哪儿买票?"他问梁爽。

两人站在广场上,四面环顾着,终于找到了售票房。

人多。几条长队从卖票的窗口延伸出来,胡乱甩开,搅在一起。他们找着了卖长沙方向车票的窗口,站定了。

似乎所有的人都在抽烟,烟雾腾到屋顶,汇合起来,积成厚厚的云,盖在头顶上。窗外是清澄极了的夜空,远处大楼的灯光,一无阻隔地直照过来,亮得那么清冷。看不见星星,灯把星星映暗了。

"人真多。"他喃喃地说。

"上海嘛。"梁爽喃喃地回答。

"你来过吗?"他问。

"小时候,跟我母亲来过一次。我爸不是铁路上的吗?有一张家属乘车证,每年可以免费坐一次车,不论到哪里。那一年,我还只这么点矮,我母亲就带我来了一次。头天来,第二天就走了,夜里就睡在候车室。"

"你有印象吗?"

"没有。我母亲有一件绸子袄,据她说,就是那年从上海买回去的。"

"哦。"他看着窗外清澈的天空。

买好车票,距离上车的时间还够吃一点东西的。虽然并不饿,可是究竟已经近十个小时没吃东西了。中午还在南京,汇演的节目还没卸完台,就被梁爽从剧场喊了出来,被他拖回招待所收拾起东西,又被他拖到了南京站,上了南下的火车,他才把事情说明白。团里决定立即去长沙学一个新歌剧:《骄杨》。据说,本子和音乐都不错,刚刚上演。一旦决定要学,就必须下决心抢在一切人之前,不得迟误。《洪湖》的教训就在于此。假如能抢先一个月，抢在放电影之前，凑着"洪湖热"，那么，不说赚多少，至少不会赔得那么惨。因此他们就这么救火似的赶着去了。为了行动方便，也为了节约经费，这次只来他们两个，梁爽学戏，他抄总谱。

他们叫了两碗排骨面，那排骨并无骨头，只是一大块瘦肉，浓郁地甜着。第一口下去，他的后脑勺就麻了一下。说不上是好吃还是难吃，来不及品味了，刚刚倒下去，那边就听检票了。

车子挤得很，座位早已坐满了。他们只得在厕所旁边占了个空儿。虽说味儿不好嗅，毕竟比较安定。

车子动了。他最后望了一眼那清澄的，被灯光照亮了的天空。

车子越开越快，越开越快，开出了站，天空漆黑下来。

"什么时候能到？"他问梁爽。

"什么时候能到？"梁爽推开旁边列车员的房门问。

"明天半夜。"列车员回答，把门砰地关严了。

"明天半夜。"梁爽回答他。

"一天一夜哪！"他低头看看地下，"我们还是要想办法坐下来。"

"那可不。"梁爽同意。

他们两人一起动手把这块地方稍稍打扫了一下。他找出两张总谱纸，给了梁爽一张，两人席地而坐。梁爽从挎包里摸出一包烟，递给他一支，他推辞了：

"我不吸烟。"

"真不吸，还是客气？"

"真不吸。"他说。

"奇怪。插队的知青没有不吸烟的，我不相信。"

"真是的。我讨厌烟味儿。生产队里一开会围着墙根弯弯一溜，全在吸烟,那气味,我恶心。"

"那是农民吸的孬烟,确实难嗅。"

"好烟不?"

"好烟不。"他点燃了烟,"你试试。"

"算了,还是不要试了吧。"他说。

"不试也罢了。"他同意。

"生产队开会,在我现在的记忆里,就是那股子臭烘烘的烟味儿和屁味儿。"

"屁味儿?"梁爽极有兴趣地问道。

"农民的那种屁味儿是很不同的,特别浓烈,很怪异;呛鼻,呛脑子。"

"那恐怕是饮食的关系。"

"大概是的,他们吃的都是粗粮烂菜的。"

"消化不好。"

"我们队里有个耿贵,最会捣蛋了。他给人家老头的烟锅袋里,填进兔子屎,那你就听着吧,一个接一个地屁响……"

梁爽大笑起来。笑过之后,又正色问:

"这又是什么道理呢?"

"就是这样,兔子屎。"

他们讨论着关于人体排除废气的情况。

车开过了嘉兴。

"到嘉兴了。"他说。

"才到嘉兴。"梁爽说。他又去拎包里掏着,掏出一副扑克牌,"这总会了吧!"

于是他们打牌,打"争上游"。发三堆牌,一人打一堆,第三堆自己放着,使得彼此不能推算出对方的牌。他们默默地打着牌,旁边一个旅客看着。看过几圈后,便要求也参加进来。他一参加进来,阵势就大变,梁爽和杨森一人一圈的轮流输着,输惨了。那人总是早早地脱了手,百无聊赖地等着他俩决一雌雄。旁边又来了一个观战的小伙子,看不下去了,指点他出牌:

"老开,老开!"

"丁勾,丁勾!"

后来干脆不再说话,直接从他手中抽出牌打下去,嘴里还叫:"他娘的!"

"他奶奶的!"

"他丈人的!"

这么打了几圈,他便说:"你来打吧。"小伙子也不客气,接过牌就打了起来。渐渐地,梁爽手上的牌也以同样方式转到另一个旁观者手里,他俩完全退了出来。那边打得热闹,把他们全忘了。

"这是你的牌吧。"他忽然想起来了,微微有点不平。

"就是,这些人!"梁爽也愤愤起来。

"算了。"

"算了。"

于是,就算了。

火车开着,穿过漆黑的夜,开过了杭州。那边也消停下来,默默地打着牌。

"到了长沙,天一亮就去歌剧院啊。"梁爽对他说。

"你别问了。反正,我跟着你了。"他说。

"咱们不能再栽一次了。"

"我知道。"

"你有没有觉得,日子不大好过哩。"

"是吗?"

"这些日子，我也不知咋弄的，老想起咱们排《红色娘子军》的那阵子。我们团的《红色娘子军》，你看过吗？"

"咋没看过？那时我还在农村，没看过芭蕾。就在《列宁在一九一八》里看过那么点儿芭蕾，《天鹅湖》。当时都看愣了。"

"我原以为，《洪湖》也能打响，没料到，打闷了。"

"这也是常有的事，别老去想它了。"

"这个团不知道有没有前途哩！我，有时候也想想自己的事。"他吞吞吐吐地说。

"那自然啦！"

那人过来还扑克牌，道了谢。

"不谢。"梁爽接过扑克牌，在手里洗着，一遍又一遍，扑克牌"夸啦夸啦"地响着，"我说给你听的话，你别告诉别人啊！"

"我能告诉谁？"

"我知道你是口紧的人。"

"你相信我对我才说的话，我当然不能去对别人说了。"

"排《红色娘子军》，排《沂蒙颂》，上面几万几万的批给咱钱。如今，不批钱不说，还向咱们要钱。不是打倒'四人帮'了嘛！"

"就是，打倒'四人帮'了。"

"这个团指望不大了。"

"谁也难说。"

火车，轰隆轰隆地开过漆黑的田野，一道灯光穿破漆黑的玻璃车窗。

"我想去考考学校。上海戏剧学院，北京电影学院，中央戏剧学院……"

"你的年龄能行吗？"他提出一个疑问。

"本科生不行，考进修生什么的，不也行吗？"

"这倒是条出路。"

"你别给我说漏嘴啊!"

"你看你!"

"不是我不相信你,杨森。我知道你最是口紧的。可是,这事儿不比别的,说出去,不好。"

"我知道。"

"都是看着我在这个团里长大的。我进团的时候,才那么点大。"他伸出手比画一下,笑了一笑,"被我爹撵出来的。我家三代在铁路上,我爹想我嘛,也准是在铁路上干个司机,干个调度,哪怕最不济的,干个司炉,也总是正道的活。不料想,我偏偏喜欢演戏。那阵子,咱团还唱柳琴戏,看上了我,说我鬼机灵,准能出个好丑角。我爹不让我去,我偏去。我爹揍我,把擀面杖都揍断了。揍急了,我就跑,一跑就跑到了剧团,再不走了。从此,我爹就不听戏了,把个剧团恨死了;就像剧团夺了他的儿,断了他老梁家的烟火。"他笑着。

"现在,你爹还不原谅?"

"他死了。"

"咋的?"

"自然灾害那年,他得了肝炎,半年后就腹水了,死了。"

"那一年,得肝炎的可是多。"

"要说,我也挺舍不得咱团的,眼看着它发起来的。可是……"他说不下去了。

"我知道,我知道。"他说。

梁爽平静了一下,清清嗓门,说:"你也可以考考学校试试。"

"我?"

"其实,你不必非学音乐。这条路太窄了。"

"那学什么呢？"

"考考别的嘛。"

"嗯？"

"我说句不好听的话，"他又吞吐起来。

"你说就是了。"

"我觉得你不太适合搞音乐。"

"哦？"他笑了，脑子里却轰然一声，有点晕。

火车轰隆轰隆开进黑暗中，黑暗包裹着火车，轰隆隆隆地向前去。

"你的性格好像不太适合搞艺术，你缺少一点，激情。"

"是吗？"他微笑着，心里却乱得很，有些恍惚。

"我看你脾气平和得很，连火都不大发。搞艺术的人往往都是很冲动的。"梁爽微笑着看他，不知是褒还是贬。

"火也有的，总是窝在心里，然后就自我调节掉了。"

"就是这话呀。"梁爽意义不明地微笑着，扯开了话题，"老田这个人怎么样？"

"老田这个人业务是很好的。这次省里汇演，我看地市一级的指挥，还没有比他行的呢！"他回答，又想把话题扯回到自己身上，"他的脾气和我正相反。他的一喜一怒都是爆发性的，而我呢，却是隐忍的。"

"他是不是有点太傲了，其实他的指挥也是半路出家的。"

"打定音鼓出身的指挥还是很多。大约是手腕的感觉有一点相像吧。"他敷衍着回答。见梁爽转移了话题，自己没了机会进行表白，有些扫兴。不大愿意说话了。

梁爽吸着一支烟，看着厕所的门。门把手轻轻一动一动，下面那个红方框里的两个字，便随着一摇一摇：有人，有人，有人。

车厢在摇晃。轰隆隆地向着无穷无尽的黑夜驶去。

他垂着头，抱着膝盖，靠在车厢壁上，随着车厢摇晃。他觉得一阵说不出来的疲乏，浑身一点劲儿也没了，软软的，提不起一点精神。梁爽的话是随便说说的，再说也不一定准确，他在心里安慰着自己；他有着一千条一万条的理由反驳梁爽，他在心中列举着。可是——他不能抗拒这个可是——这也许正反映了一般人对他的看法。他不能抗拒别人的看法对他的压力，他又没有勇气纠正别人的看法。他虚弱地想着：自己是不是应该转换阵地了。

梁爽打盹了，脑袋滚过来滚过去，垂不到肩膀上，在车厢壁上辗转着。半截烟夹在他的食指和中指之间。他轻轻地把烟从他手指间抽走，弹掉已经积得很长的烟灰，凝视着那火火红的一点。那一点红，红得很深邃，像是个火红火红的世界。那明亮的红色，在继续慢慢地向深处延伸，它走过的地方，就留下了一丝一丝的灰烬。

刚才在想什么？他问自己。在想什么？他问自己。有些恍惚。

他把烟蒂丢在地上，用脚踩灭了。

我不是搞音乐的。他的思路回来了。也许真不是搞音乐的。可是，说他没有火气是错了。只不过，在他心中燃起火气的同时，又滋生出一种调节剂，自己就把自己调节了。并且，这种调节的功能似乎越来越强大，越来越有效了。他不会把事情弄到一团糟糕，走投无路。他总在事情还没坏到底或者好到底的时候就收了场，所以，事情就永远好也好不到底，坏也坏不到底。所以，他永远不会极度地快乐，也不会极度地悲伤。他不会做极端的事情。不知他的这种自我克制的秉性是从哪里来的。而且，近一二年，他的火气似乎比过去小得多，替而代之的则是一种时常懊恼的心情。

他静静地想着自己，越想越糊涂。他极少有这样的闲暇想想自己，所以也很少糊涂。他像是很清醒、很坚定地向前走，前面也像是总有个目标。不料这么闲下来,想了一会儿,却彷徨起来。

可是,管它呢!他是喜欢音乐的,真心喜欢的,那就不管别的了。他心里好像松开了一些,渐渐觉出了一些困意。他合上了眼睛,眼球很酸。

火车哐当哐当地开过铁轨衔接的地方。

他睡着了,睡得不踏实,脑袋在膝盖上滚着。梦里他听见有人在唱歌。

人们唱着歌,托着灵柩,慢慢地走在街上。

天,阴沉沉的,弥漫着黄沙和煤屑。

十三部机车,鸣响了汽笛,汽笛尖锐而凄厉地叫着。

人们在唱歌。

当他们从长沙赶回来的时候,大学开始招生了,这是自从"文化大革命"后,第一次择优录取的招生。各单位必须支持,不得阻挠。团里办公室领来许多表格,很多人都去领了一份,不考也填着玩玩,不填也看着玩玩,过过瘾。

吕安蓓代他填了一份表,是让小军到他家去拿的相片。那相片是从他和四淇的合影上剪下来的,还是在农村插队。土得掉渣,头发像一块瓦盖在额上,很蠢地咧开着嘴笑。他有些难为情,因为吕安蓓看到了这张相片。

小军悄悄地告诉他:"她老问我,你什么时候回来。"

"你怎么会知道。"他心里有些发热,嘴里却这么说。

"我也是这话,我说,我还要问你呢?"

"问她,她也不会知道。"他正色说道。

小军停了一下,又说:"看来,她对你有点意思。"

"胡八扯!"他喝住了小军,脸微微的红了,"人家对象在南京呢,说结婚就结婚了。"

"那她怎么待你这样。"小军嘟囔着。

"你就不能想想别的原因？人不大，成天想这些事。"他训他。

"别的有什么原因？"小军困惑起来。

他心里明白，他心里全明白。可是，不必。不必了。其实，没有什么，没什么。事情都过去了。她写的那两支歌，所有的人都说，是她对象帮她写的。唯有他知道，那确确实实是她自己写的，是她写的。她在学校三年，没有白混日子。当然，她的对象一定帮助过她。想到她对象，他心里微微有点刺痛。他有一点点喜欢她，她很聪敏。他喜欢聪敏人，尤其是聪敏的女人。

"我可是帮你去打听过了。"小军偷偷瞅着他的脸色，说道。

"打听什么？"

"电业局宿舍的那女孩儿呀。"

"是吗？"他稍稍抖擞了一下精神。

"她姓陶，叫陶欢。他们院里的人，都叫她陶罐儿。"

他笑了一下，这名儿正适合她。她不叫这，又能叫什么呢！

"她家是上海人，她爸她妈都是技术员，工程师。家里就姊妹俩，还有个妹妹，在一中念初一。她去年才毕业，分在织袜厂，织袜子。"

"那她有二十了吗？"

"顶多十八。大哥，我觉得不大可能似的。"

"可是，她看上去不止十八。"

"就算她十九吧，你也比她大六七岁哩！大那么多，人家能愿意吗？"

"外国人都有大二十多的。"

"那是外国人，你是吗？你不是。"小军中肯地说。

"反正，我得试试看。"他说。

"有用得着我的地方，大哥你说话。"小军忠诚地对他说。

"那自然了。"

"要不，这样，找个时候，我带你到我那同学家去，让他把那个陶罐儿叫来，不就认识了。"

"先别。你们一帮小孩儿，把我衬得更老了。"他反对。

"那——"

"你别抠脑子，我自己先想想办法。"

"大哥，你要抓紧才好。"

"我会抓紧的。"

"你不小了。"

"我知道我多大。"

"大哥，你真冷静。"

"嗯？"他像被人打了一下似的，看着小军，"你小孩子懂什么！"

"要换了我，我可不能那么沉得住气。"小军垂着脑袋。

"你遇到什么事了？"他关心地问。

"不瞒你说，大哥，我也缠了个对象。"

"你——"杨森大吃一惊，深感自己落了后，不觉一阵急切。

"我同学给我介绍的，西关百货大楼卖布的。家住奎河沿，也算是老户人家了。她不错，对我也有意思。"

"那不怪好的？"

"她家不同意哩。"

"为什么？"

"嫌我工作不好，说我是吹喇叭的，不是正道工作。"

"喇叭？"

"就是！我吹的明明是圆号。说圆号，他又不懂了，我和他有啥拉的?"小军又委屈又愤怒。

"管他娘的,只要你俩对心思,就行。"杨森给他打气。

"可是她太听她家里的了。见她家不同意,就有点儿想散的意思。"

"她也太不坚定了,你打算怎么办呢?"

"我给她写了有十几封信,该说的都说了。她没回信。我干脆上门去了,叫她家人骂了回来。奎河沿的人可会骂哩!都听不明白。"

"去找介绍人嘛!怎么可以骂人,就是街上走,门前过的人,也不可以随便骂的呀!"

"介绍人根本没想到会有这个事,他心里还觉得我的工作不错,他是很崇拜我的。这么一来,他也劝我算了,说凭我这样子,能找到更好的。可是,大哥你知道,感情这东西……"他忧伤地低下了头。

"我知道。"他理解地摸摸小军梳得很整齐的头发,头发上了发蜡,有点滑腻。

吕安蓓走了过来,告诉他:

"艺术院校的考生,明天一起参加统考,考语文,还有政治。"

"还考这些?"他问。

"那当然。别迟到了,要提前半小时进考场。在二中。"她叮嘱他。

"知道了。"他说。

她站了一会儿,说:"我走了。"

"等等。"他叫住她。

她站住了。

"谢谢你。"

她朝他微微一笑。

"谢谢你。"他又说了一遍。

她回头走了。

他的心忽然揪痛了一下,站在那里,久久说不出话来。

雪落在灵柩上,把灵柩盖白了。

穿过黄沙和煤屑,雪还是那么晶莹洁白。晶莹洁白的雪盖在灵柩上。

汽笛鸣叫着,人们唱着歌。

第十章

考场静悄悄,鸟儿树上叫。

他的位置在进门数第三排最后靠墙。第二排第一个座儿,是她。

她终于摘掉了那条白茸茸的大围脖,露出一整个脑袋来了。那也是颗毛茸茸的脑袋,头发有点黄,扎了两个刷把辫。扎得不整齐,也没梳光滑,毛毛杈杈的。阳光照着,像一朵蒲公英。

她第一个站起来交了卷,很轻松地走上了讲台。

她很轻松地转过身,走出了教室。他看见了她的侧面:一个微凹的鼻梁和一个翘起来的嘴唇。

他第二个站起来交了卷,不那么轻松地走出了教室。这场文化考试对他并不重要,重要的是在明天。

明天的考试,他想着。

明天,他想着。

他想着。

"谁家要来客了。"四淇妈说。

院里香椿树上停了只黑尾巴雀子,"嘎嘎"地叫了两声,飞了。四淇妈说是喜鹊子,小慧爷爷也说是喜鹊子。他看着觉得不像:

"喜鹊子叫，能有这么难听吗？"

"怎么是难听呢？乖儿。"四淇妈反驳地。

"嘎嘎的，像夜猫子。"

"咋是夜猫子呢？"四淇妈的脸拉下来了。夜猫子是最不吉利的，大白天的，跑到院子里来叫，那还得了。

"就是夜猫子，没错！我看得清清楚楚的。"他存心气人。

"你这孩子咋不讲理？回头等你爸下班了，我得告诉杨老师。"四淇妈气了。

"我爸？我爷也得实事求是，是夜猫子不能说成喜鹊子。"他认真地生起气来。

"现在的孩子都学坏了，没上没下，和大人说话就这个样！"四淇妈不理他了，转过脸对小慧爷爷说。小慧爷爷坐在院子当央腌辣菜，胸前很奇怪地戴了个毛主席大像章，是向小慧爸硬讹来的。他说他在街上卖糖球，总有人来查他戴没戴像章。

"你没见学校里学生都在斗先生吗？对门那院里，儿子和老子都划清界限了，不能在一个桌子上吃饭啦！乱套啦，没得气生的，四淇妈。乱套啦！"小慧爷爷好言好语地劝四淇妈。

"您怎么能说乱套呢？这是'文化大革命'！"他皱起眉毛，责问道。

这时候，胡小飞跑进院里来，见他同学在和人吵嘴，也不问明白个青红皂白，就大声嚷嚷起来：

"谁在污蔑'文化大革命'？我叫人把他逮起来，送第四监狱去。"

这下子连小慧爷爷都气了："你敢！第四监狱是谁们蹲的？杀人，放火，糟践娘们的才蹲哩。你凭什么胡猜胡咬的？找根绳来把他捆了起来！"

"把你捆起来!"胡小飞脸都气红了。

"这还得了吗?爷爷!"四淇妈大惊失色,"哪来的小龟孙!"

"你小龟孙!"胡小飞跺着脚骂,连三林都有些看不下去了,劝道:

"算了,算了,咱不和他们拉了!"

"有这样和大人们说话的吗?"爷爷站起来,颤巍巍地走过来。

"就这样说了,说了,说了!怎么样!"胡小飞跳着脚,三林拽住他往屋里拉:

"咱不和他们拉!"心里却暗暗感动,胡小飞真是够朋友的。

胡小飞被三林拖进了屋,激动得浑身乱抖。"这两个人咋这么不讲理?"他气喘吁吁地说道。

"不理他们,不理他们。"三林劝慰道,还给他倒了一杯茶。

胡小飞喝着茶,茶洒了他一脖子。

"你找我有事吗?"

胡小飞放下杯子,这才想起正事:"都叫那两个人搅的,差点儿忘了。怎么样,去上海不去?"

"上海?"

"串联嘛!吃住都不要钱,更不要盘缠。不赶着机会去见个世面,更待何时?"

"去啊!"三林激动起来了,"什么时候走?"

"说走就走,明天!就咱两人。人多了反不好,你说是吧!"

"是啊,人多了事多。"

"出门在外,人要对脾气才行。"

"那是。"

"咱从小学、中学都同学,我和你去,家里才放心。"他的信赖又叫三林好生激动了一会儿。

可是三林家里则一点也不放心。

"胡小飞这孩子冒冒失失的,你跟他准得闯祸。"妈说,"还不如你们兄弟仨一起去,照应也便当一些。"

可是,兄弟三人却并不那么愿意在一起。大林说他眼下还不打算去串联,他总是那么平静,这样轰轰烈烈的"文化大革命"也没能把他激动起来。他每天待在楼上那小屋里看小说,全是学校图书馆里流散出来的书。书是二林拿回来的,可是二林并不看。楼上那小屋,轮到大林待了,二林下楼闹革命了。眼下他在学校里成了红人,他那些干部子弟的同学如今都成了黑帮子弟,他却当了红卫兵连长。可是当到连长便再也升不上去了,许是能力有限,许是出身毕竟不如三代工人的或者三代赤贫的那么纯粹,他早已经去过北京、上海、杭州等等地方。他那些同学,现在都有点反过来巴结他了,争着买东西给他吃。他并不吃那东西,可人家对他的好意,他还是要的。这种好意,既叫他陶醉,又叫他隐隐地有点屈辱。他离不开这个却又为这个难受。他在这么一个微妙的位置上,他不愿弟弟加入他的集体,又不愿放弃他的集体和弟弟合伙。因此,他推说路线不一样,也拒绝和三林同行。

三林也不愿意和哥哥们在一起。他们兄弟仨虽则和睦,可却总有些生分,比外人还客套一些。比如,家里吃鸡,谁都不吃那鸡腿。两条鸡腿在饭桌周围朝着各种方向传了几遍,又回到碗里。最后,来了一个客人,鸡腿到了客人碗里,大家都好像松了一口气,轻松了下来。

大家相敬如宾,却总缺少一点什么,他也不甚明白。有一次,他在胡小飞家里,听他妈妈和爸斗嘴,斗到后来,他妈说:"什么都要我来操心,你好像我的儿子!"大家都笑了,他笑得非常厉害,觉得有趣极了。可是当他回家学给大人听,他爸却沉下了脸:

"怎么能这样说话。"

"是开玩笑哩。"三林解释道。

"这样开玩笑不好。"父亲严肃地说。

三林只觉得扫兴极了。对的,是扫兴。在家里,总是有种扫兴的感觉。只有到了外面,自己这个人才好像生动起来。为了这些说不清楚的理由,他坚持要和胡小飞一起串连,也就只好由他去了。

他连夜就收拾起东西来。少个提包,妈叫他上楼去找,好像楼上床底下有一个。他便噔噔地上楼去了。越来越破的木楼梯嘎吱嘎吱地响着,马上就要粉身碎骨了似的。

屋里开着灯,灯下坐着大林,看一本厚厚的书。他一只手翻书,一只手抓着一把花生米,一颗接一颗地往嘴里丢。

他走过去找提包,在床底下捣腾着。床底下,奶奶的破箱子好好地放在那里,积了有半寸厚的灰。他在床底下爬遍了,也没找到什么包。带着一身的土钻了出来,朝上看看,大林一手翻书,一手抓着一把花生米,连连往嘴里扔。腮帮子很急促地蠕动,脖子上绽出了青筋,吃得很累了。他看着总觉得有些异样,爬起来,掸掸土,见桌上有一大堆花生米,也拿了几颗放在嘴里,喷香。他又拿了几颗。

大林来不及看他一眼,眼睛在书上飞快地掠着,腮帮子飞快地嚼动着。他很少看见大哥这副狼狈的样子,大哥总是那么从容不迫,那么淡泊,小小年纪已经有了很深的修养。他忍不住说道:

"你消停地吃,别呛着了!"

大林匆匆抬头看了他一眼,把手里最后几颗花生米扔进了嘴,嚼动着,然后咽下去。筋疲力尽似的吐了一口气,人才松弛了下来。

三林笑了一声,又收住了,他觉得有点怪。

"我太喜欢吃花生米了。"大林说。

"可别吃坏了,炒花生有火。"三林说。

"我就是要吃到不想吃为止,一直吃到一提起它就恶心才好。"大林拍拍书上落的浅红色的花生衣。

"那又是为什么?"三林奇怪极了,奇怪之余又有点害怕。

"我觉得,一个人太喜欢一样东西了,就成了人的一种负担。"他喘了口粗气,就像刚刚完成一件极繁重的体力活儿似的。

"这么想,真是太怪了。"三林喃喃地说,退了出来。

大林没理会,重新低下头看书,手里又抓起了一把花生米。他的头在书上垂得很低,灯光很暗。

三林慢慢地退了出去,退到门前,才看到门背后挂了一个大挎包。他摘下挎包,反身就走,最后几级是跳下来的,险些儿崴了脚。

他早早地上了床,却睡不着。一直等到木楼梯咯吱咯吱响着,大林轻轻地下了楼,进了门,打水洗脸,又洗脚,进了西屋,在他自个儿的小床上躺下了。过了一会儿,响起轻轻的鼾声,他才慢慢地睡着。一觉睡过去,还没醒,就听胡小飞在院子里叫他了。

天气好得吓人,太阳把院子照得镜子似的。他们走在长长的丁字巷里,脚板啪啪地打在碎石地上,心里说不出的愉快。

车站也挤得吓人,他们乱挤着,上了一节车厢。不料,这车却是向北京去的。

"去北京就去北京吧,不容易上车的。"三林说。

"就是。"胡小飞附和。

"北京也挺好。"

"北京比上海强一百倍,弄巧了能碰上毛主席接见呢。"

"那是。吃馍吧。"三林从挎包里掏出馍来。

"我带咸菜了。"胡小飞拿出一个小包,里面果然包着咸菜,两人分分就吃了起来。

火车动了,慢慢地开快了。

胡小飞啃着馍,就着咸菜,忽然笑了一声:"这才真是南辕北辙呢!"

"你胡扯啥!"三林也笑了。

"就是南辕北辙嘛!"胡小飞强调说。

三林想和他争,可再想想出门在外,还是和气为好,就住嘴了,只是老想笑。

车开得越来越快,树从窗口晃过,晃过。阳光照在田野上,一只小羊在啃路边的青草。

七八天后,当他抹得像个鬼似的回到家的时候,却见家里真的来了个客,是表姑。

表姑是趁着串联的东风,没有打票,坐车来的。

表姑胖了许多,原先就圆鼓鼓的腮帮马上就要炸了似的。头发长了,却薄了,不像往年那么厚得梳不平,却好像更黑了,黑得铁亮。她一见三林就笑了:

"这可怎么得了,长这么大了!"两只手往里一拍,啪脆一声响。

三林有些不好意思,不知所措地笑着。

"越大越不如了,叫人都不叫了。"

三林想叫,动了动嘴,终于没有叫出来。

"还不快去洗洗,你要不说话,我还当是贾汪来的挖煤的呢!"她又是一拍手。手也胖了,手背上有着很粗糙的肉窝。

三林放下挎包,就去舀水洗脸。她站在他身边,要帮他洗:

"脖梗,脖梗!"

三林让开了，脸臊得通红。心里还没明白过来是怎么回事呢，脖梗上叫她拍了一巴掌：

"怕把皮子搓烂了？"

她不由分说地在他脖子上猛搓起来，他觉得皮子真要被她搓掉了。

"下面条子啰！"她喊着。

脖梗疼得发烫，脸也在发烫，可心里却暖洋洋的，有一股说不出的滋味。他终于从她那双结实有力的手掌中挣脱了：

"我上澡堂子去。"

"也好，去泡泡。"她把一盆黑得发稠的水泼了出去，又回来帮他拾掇肥皂盒，找衣裳，装在一个小包里，递给他。然后在他背上重重的却很温存地推了一下：

"去吧！"

他噔噔地跑下台阶，穿过院子。四淇妈对他嚷了声什么，他也没顾上回答，心里暖烘烘的，十分欢愉。

他在澡堂的热水池子里泡了很久。他坐在热水里，水淹到辣乎乎的发疼的脖子根，闭上眼睛，心里痒痒的想笑。

澡堂子里水汽弥漫，睁眼看去，只见影影绰绰的，好像人暖化了，只剩个魂了。说话就好像从很远的地方传来，被水汽阻得传不动了。他懒洋洋地睁开眼，又合上了。忽然，他的头被人使劲儿按了下去，刚要喝水，又被提起来了。他听见从很远的地方传来胡小飞的笑声，可是他的手却分明抓住了他的脖子，他脖子上许是真掉了一层皮。

他甩甩脸上的水，爬起来，看见胡小飞。他刚想揍他，胡小飞却抓住他的胳膊笑了起来，他也笑了。他们笑着，一边笑，一边还蹦跶着。他们两人就在水池子里笑着蹦着，好像有多少年头没见面这会儿才又见着了似的。

"你也来洗澡了？"胡小飞又惊又喜地说。

"你也来洗澡了？"他也同样又惊又喜地说。

"我差点儿跑到'沧浪池'去呢。后来不知怎么一想，来'职工'吧！"胡小飞露出万幸的表情。

"我总是来'职工'的，来熟了。"他说。

"你抹肥皂了吗？"胡小飞问。

"没呢！先泡泡，把灰泡松了。"

"你是先搓灰，还是先抹肥皂？"

"先搓灰。"

"我也是先搓灰。"

于是他们一起搓灰，自己给自己搓，再互相搓，然后抹肥皂。

"听老年人说，早年大同街上有一个澡堂，叫'洛德池'，那里的水最好了，才肯下灰，洗过了身上滑溜溜的舒服，都能治病。"胡小飞说。

"现在上哪儿去了？"

"叫日本人烧了。"

"真可惜。"

"可惜死了。"

他们抹完了肥皂，他叮嘱胡小飞：

"先别沾水，让肥皂在皮肤上搁一会儿。"

两人便坐在池子边上拉呱。

"三林，我对你说。"胡小飞端详着自己的身体，喃喃地说。

"说吧！"

"你这地方疼吧？"他点点三林的奶头。平坦的肋骨毕露的胸脯上，两个褐色的圆点，像画上去似的。

"不疼。怎么，你疼？"

"疼哩。"胡小飞沉重地说。

"疼得厉害？"

"也不厉害。一阵一阵的，怪烦人。不会是生什么东西了吧。"胡小飞有点恐惧地说。

"我看看。"三林凑过脑袋，把那褐色的圆点点提起来，端详了一会儿，"好好的，没事。"

他们俩终于洗完毕，穿好衣服，恋恋不舍地分了手。太阳已经到了正午，巷子里静悄悄的，院子对门，蹲了个老头，在喝面条，对他邀了声：

"来吃。"

"不了。"他回道。他浑身说不出地舒坦，很想跑起来，可最终还是没跑，一步一步走回了家。

家里在吃饭，热腾腾地围了一桌子。表姑笑盈盈地站起来，给他盛了一大碗干饭。他狼吞虎咽着，吃得很香。表姑对着他笑：

"别噎着了！"

"不会。"他还没说出来，就已经噎住了。表姑笑出了声，大家都笑出了声。表姑忙不迭地倒了杯茶，递给他。他张大嘴就喝，不料想又烫了一下。表姑乐得眼泪都出来了，大家也乐，他心里乐呵呵的，说不出话，只是笑，笑过了又吃。

表姑来了，大林不再跑到楼上去看书，让给表姑做房间了。晚上，大家坐在堂屋，守着吱吱响的水壶，也有话说了。

表姑告诉大家，他们那里的红卫兵，跑到一个大地主家造反，在地上发现了一个暗道。一直挖下去，挖出了很多很多的金子，金子打成的兵马战车、刀剑盾牌，堆了一地。她差点儿也亲眼见了，她跑到地点的时候，东西刚刚收起来，送郑州去了。

二林也说了他听来的一个故事。说是燕子楼小学要盖楼,打地基时挖到一块石碑,碑上有很多字,写着:一个女人,死了丈夫,一个人守寡,从不下楼,不见男人,连三岁小男孩都不见,如何如何的。反正是个守节的故事。后来"文化大革命"了,红卫兵去找这个碑,要砸掉,却怎么也找不着了。有人说是让看校门的老头拿去垫了鸡窝,找到老头,老头也承认,可是说有一天夜里,忽然不见了,上哪也找不着了。那老头是几代雇农,不会扯谎的。

连父亲都参加了聊天,他听了之后便感叹起来,说道此地果然有过一个小楼,叫作燕子楼。是唐代开元年间,一个洛阳才子,叫张愔的尚书,驻守此地。认识了一个有名的歌妓,叫关盼盼。这个盼盼能歌善舞,会诗会画。张愔就娶了她作妾。后来张愔死了,留下盼盼自己住在一个小楼上,守贞几十年不下楼。后来盼盼也死了,这个楼就叫作燕子楼。

"为什么要叫燕子楼?"三林问。

"大约是这楼下窗前,常有燕子往来吧!"父亲回答。

"啧啧。"

"真是的……"

"唉……"

在座的无不感慨,纷纷说盼盼不容易,唯有表姑低头不语。三林开始讲一个坟场上的鬼怪的故事,父亲说了声:"无聊!"进屋去了。表姑忽然抬起头,打断三林的话说道:

"这个关盼盼也是没啥意思的。"

大家都有些吃惊,看看她。她低下头去,专心一致地给三林补一条裤子,再不说话了。三林有些说不下去了,又不愿冷场,勉强说道:

"这个鬼,这个鬼,我说到哪里了?"他问二林。

"这个鬼死了。"

"对,这个鬼死了。"他说。

表姑忍不住笑了起来,大家都笑了,兴致重又提起了。表姑在,就不会扫了人们的兴致,她总是那么快活,那么兴致勃勃的,由不得人也跟着振作起来了。

表姑来了,家里的生活总是会变一变模样。干净了,饭上顿了,而且近几日常常能吃到肉了。妈不愿买肉,去买肉还不够买气生的,都是那么厚的膘,你不吱声,他给你肥得起泡的,你要说:"同志,多给点瘦的吧!"他一刀下去,瘦得不见肉了,一大块骨头。可是表姑能买到好肉,肥瘦相间的五花肉。她不但给自家买,还给院里的人买。还能买到很贱很贱的肉骨头。买到家,先熬一锅汤下面,再把骨头捞起来,掌上酱油,花椒,姜,糖,熬得肉差点儿从骨头上掉下来。二林说,和无锡的肉骨头一个味儿。

这天,三林从胡小飞家回来,看见堂屋里坐着一个陌生人,大约有三十来岁,正和表姑有说有笑的。他走后,三林问表姑那是谁。表姑说:"街坊邻居。"可是三林怎么从来没见过这个街坊邻居呢!

过了一天,他又看见了这个人,正在院子门口,伸头探脑的,要进又不进,问他找谁,他笑笑说:

"找错院子了。"

三林心里便有些疑惑。他走进院子,见四淇妈和小慧爷爷正在小声说什么,说得很热烈。可一见他进来,就不说了。他忽然想起,四淇妈这两天老问他:

"三林,你家吃肉了吗?"问的神气有些怪模怪样的。

小慧爷爷就说:"天天吃肉,还能吃出个什么肉味!"说的神气也有些怪模怪样的。

夜里，二林趴到他枕头上说：

"人家都说表姑……"

"说表姑什么？"他恶狠狠地问。

二林不吱声了。

"说什么？"他紧问道。

"不说了。"二林轻轻地笑了一声。

"你说！"三林恳求道，恳求里又带了点威逼。

二林终于耐不住了："说她和菜市卖肉的，有点事儿哩！"

"什么事儿？"

"好事呗！"二林又笑了。

"我揍他个丈人的！"三林咬牙切齿地骂道。

"无风不起浪。"二林回到自己枕头上说。

"你也信？"

二林龇着牙奇怪地笑了一下："我不信。"

三林翻了个身，把被子蒙在头上。

夜半时分，他好似听见木楼梯嘎吱嘎吱地响。他心跳快了，屏住气拉下被子，楼梯不响了。

没过几天，表姑就走了。走的时候，父亲在东屋没露面，妈脸上没有一点表情，也没说让再来的话。她一个人提了个帆布旅行袋子走了。她低着头一径走出门，走到院子里，大家都悄悄地看她。她扬起头，笑着说：

"大婶，走了。"

"这就走？"四淇妈有些惶惑地回答。

"爷爷，走了。"

"走？"小慧爷爷一慌，糖稀洒了一地。

最后，她向三林转过脸：

"三林，走了。"

"表姑，你走好。"三林哑着嗓子回答。表姑眼圈红了红，走出了院子，走下台阶，走进长长窄窄的巷道。

这天夜里，三林忽然觉着了奶头疼，小针扎似的，一阵一阵。

红旗飘，阳光照，鸟儿树上叫，考场静悄悄。

对面教室在考小提琴，手指在高把位上挣扎，叽叽嘎嘎地响。

他心里空空洞洞的，音符像一副玩剩的积木，零落地停在桌子上，玩不出几种花样，玩得乏味。为了克服这寥落，他多加了周折，不料却矫饰起来。

换了一把小提琴，拉得极慢，却越来越快，越来越快，弓在弦上"吱吱"的喘息。

更远处，有小号：《拿坡里舞曲》。黑管："波尔卡"，唢呐：《百鸟朝凤》……

这是一个音乐繁荣的时代。

他在草稿上写下了五条旋律，决断不下。那旋律越来越没了实际的内容，直接成了几排阿拉伯数字，面目呆板地看着他。背上在流汗。

第十一章

"考得怎么样？"父亲问他。

"就那样。"他回答。他很想和人谈谈关于这场考试，可绝不是和父亲。

"不要灰心，有志者事竟成。"父亲鼓励他。

"我不灰心。"他敷衍道。

"要努力，不要灰心。"父亲又强调了一遍。

三林没有回答，有点心烦。

过了一会儿，父亲又说："大林看来不会有什么出息了，二林嘛，唉！"父亲叹了一口气。三林抬起头看看父亲，发现父亲有些忧郁。近来，家里的气氛有些紧张。自从妮妮进门以后，家里的气氛就有些不一样起来。

不知为着什么道理，妮妮很难参加到这个家庭里来，她和这个家庭保持着距离，倒把二林拉了过去，形成了一个"国中之国"。

早晨，他们很晚起来，洗了脸就推起自行车走了，到街上去吃早点。虽说也没什么特别的可吃，可终究和大家的生活离异开了。晚上他们很晚回来，大家都吃过饭了，两人就自己热菜热饭，端进屋里去吃。他们把房门关着，在屋里做些什么，谁也不明白。有时候动静很大，有时候又一点动静也没有。不久，他们就向妈提出了一个建议：

"妈，从这个月起，我和妮妮只在家里吃一顿晚饭，伙食费就少交二十元了。"

妈从来没经历过这种谈判，惶惶不知所措。慌乱了一阵才回答："少交就少交，午饭还是在家吃呗。"

"那算啥？只吃一顿晚饭，早上中午都别打我们的谱了，免得做多了又剩。"二林却出奇地镇定。

过后妈才发现，他俩本来中午饭就不在家吃，各自在食堂吃的。这只不过是一个提醒，一个纠正罢了。心中便有些怆然。从此，到了中午，饭桌上这两人的缺席就格外地醒目，格外地令人不安，总好像在无言地抗议着什么。

他们俩绝对严格地遵守这个规定，下午即便不上班，也必定在食堂吃了饭才回来。回来时，大家便纷纷站起来招呼：

"来吃。"

好像来了客。

他或者她呢，便回答："吃过了，你们吃吧。"说罢走进西屋，把门关上。

外面的人复又坐下，吃饭声、说话声不由悄然下去许多，怕惊动了他或是她。

不久，他俩买回来了一架孔雀牌九吋电视机。从此，每到晚上电视节目开始的时候，便是最为窘迫的时候。二林照例要出来招呼一声：

"爸，来看电视吧！"

爸必定回答一声："我看书，你们看吧。"

到后来，这两句话已经失去了原来的意义，成了一个开幕的仪式。西屋传出来的电视节目声音，打扰着堂屋里的人们。大家不再在堂屋里待了，纷纷回自己屋里去，只剩下三林。他的床就在堂屋当门放着，想走也走不了。他们两位倒是从不顾及很多，毫不顾及别人的情绪，也不为别人的情绪所影响，只顾着自己方便自在了。今天打一对沙发，明天添一个立灯，等一切都添齐之后，妮妮的肚子就日益显山露水地大起来了。接着，她便成天拆洗旧毛衣、旧手套，织成小衣小帽。

终于有一天，二林提出，要分开过了。关于这议题，他们两口子私底下讨论过好几回了。二林究竟是杨家的后代，下不了这个决心，却经不住妮妮的威逼利诱。她说道："我等你这么些时，日想夜想能有个自己的家。"听到这里，二林扶案而起，拍板了。

二林稍稍有些支吾地向妈说明之后，妈照例是惶惑着，然后说："这不挺好，分什么呢！"

二林已经镇静下来："人太多了，做饭也不方便，还是化整为零好啊！"

父亲忍不住开口了："是不是觉得家庭有点拖累你了，二林？"

"不是这样，爸，只是想两下里都方便。"二林回答。

"二林，二林，人不能太顾着自己了，过分了就自私了。"父亲语重心长地说。

"自己不顾自己，却让别人来顾自己，虽不自私，倒是不方便。"二林微微讥讽地说。

都听明白他暗指的是谁了，也不好生气，只好不吭声。晚上吃饭时，大林无意中脱口说道："让二林自己去过，那点工资够他们活的。"

妈没听出什么名堂，父亲却领会了。他勉强吃了半块馍，便再也吃不下去。

大林慢条斯理地吃着，爱玲一手抱着未满周岁的玲玲，一手抓着馍。玲玲踢腾着腿，她只能瞅空咬一口馍，喂一口稀饭。孩子踢腾够了，又哭起来。她只得放下馍，撩开衣襟给她喂奶。她岔开腿托住孩子，空出手来吃饭。饭桌上叫孩子抓的满是馍馍渣和咸菜。

爸站起身进了里屋。

"他爸，怎么不吃了？"妈叫他。

"我饱了。"爸说。

"随他去，妈。"三林说，他知道爸心烦。

"吃这么点，能饱？"妈嘟囔着。

他很恨二林，好好的一个家，叫他给搅散了。可是，有时候，他平静下来想象一下，把那个"陶罐儿"带到家里来，是一番什么情景。他不忍心叫她坐在这个饭桌上的。想到陶欢，他的心陡然地柔和了下来。

不知道她考得怎么样？也不知道她考的是哪一门？希望她考取，她又怎么会考不取呢？他想不出她会遇到什么磨难。她看上去是一副保护得很好的样子，不曾有过什么折磨。就是冻疮，她的手冻得可真凶。祝她考个好学校。可是假如她考上了好学校，就要离开此地了，他的心忽然紧了一下。可是他不忍心把她锁在这个地方，这个地方风太大，又太硬，挟着那么些黄沙漫天卷来。她应该在一个风和日丽的地方。

"三林，考得怎么样？"妈把他叫醒过来。

"就那样。"他回答，有点不耐烦。他已经回答了好几遍，每个人都以为有责任问一声，问一声：

"考得怎么样？"

我知道怎么样？我要知道就好了！我知道考得不好，很不好！他站起身，走了。

"上哪儿去？三林！"妈问。

"有事。"他回答，推出了自行车，走过院子，下了台阶，走进长长的窄窄的巷子。

黄河沿的风很大，从耳朵旁边刮过去，呼呼地响。

"大哥，我就说，你参加文化考试，有几道题没把握，想找个人对对题，行不？"小军问道。

"行。"他说。

"你对她先别露出太有兴趣的样儿才行呢！"小军嘱咐道。

"对。"他赞同。他很虚心地听着这一切，他发现小军比他有经验多了。他对这些事不大开窍似的，也许，该懂这些事的时候他没顾得去懂，错过了最佳的学习年龄。

河边树下，放倒了两架自行车，人不知到哪去了。

"大哥，你看你这人，费着这么大劲儿。有着自己送上门的却不要。"

"谁送上门来了啊？"

"郑瑛瑛只要你一句话。"

"我不喜欢她哩。"

小军蹬了会儿车子，又说："你说少扬和她能好吗？"

"谁知道。"他淡漠地说。

"少扬人挺聪敏，就是，有点，有点说不上来。"

"怎么说不上来？"

"就是说不上来。"

"你说说看呢。"

"他呢，好和人捣着玩，可是又不像捣着玩，像是真的，不是假的。可是，确确实实又是捣着玩。我有点怕他哩！"

"有什么好怕的。"

"就是有点怕哩。"

"怕什么?"

"好像他对人,恨得了不得似的。"

他看了一眼小军,风把他的头发全往后吹起来,露出脑门,那脑门原来是很宽阔的。

风在耳边吹,前边就是电业局宿舍了。他心里有点紧张,不由得把那窝囊的考试暂且放在一边了。

他们下了河沿,顺着那条陡陡的下坡道往下溜车。

"刹住把了啊。"小军嘱咐。

"刹住了。"他回答,好叫小军放心。

车子溜到了底,直接进了大门。

他们骑过一排排的楼房,停在最东边的一排楼下,进了第二个门洞,上楼。楼梯上黑得什么也看不见,一级一级往上摸。

"拐弯了,大哥。"小军轻轻招呼他。

门缝里透出细细的一线光亮,传出电视节目开始的音乐。

又上了一层,到了。小军摸着了门,敲了几下。

"来了——"里面叫了一声,传来脚步声。

门开了,眼前陡然明亮起来。开门的正是他同学,背着灯光站着,把他们引进去了。

他辨不清方向了,只看见有许多扇门。他随着他们进了其中的一扇。这是一间北屋,不大,却拾掇得很整齐。墙刷得雪白,窗框、门都漆成深褐色,地是光滑平坦的水泥地。屋角有一张小床,一个书架,一个写字桌,几把椅子。他同学让他们坐下,就走出去倒茶了。

"你同学家房子挺宽敞。"他对小军说。

"宿舍房子都这样。"小军见多不怪地回答。

"你同学自己住一间?"他又问。

"他自己住。"

他同学端着茶进来了,推开门的时候,他看见对面房间里,有个知识分子模样的中年人走到门口,把房门对着他们关上了。他同学戴了一副眼镜,细细高高的,挺文静的样子。

小军介绍道:"这是俺同学,叫邵力,在邮局里工作,他爸他妈都是电力工程师。这是俺团的作曲,杨森,杨大哥。"

杨森想给他一巴掌,可最终还是摇摇头苦笑了一下,伸出巴掌去和邵力握手了。

"怎么样,弟们?"小军问道。

"挺好,你呢?"邵力也问,态度要文雅多了。

"就那样,跟着瞎凑合罢了。"

"好久没有看你们演出了,还是去年春节吧,看了一场《洪湖》。"

"就那以后没在市里公演,不敢,怕卖不出去座。咱们现在要自负盈亏,蚀不起了。"

"要找些好剧目才行呢!"

"杨森他们上湖南学了《骄杨》,春节演出,也不知怎么样。今年的防暑降温费还没发呢!"小军发着牢骚,"你还忙?"

"反正,我们很正常,一天八小时。"

"咱一天倒干不了八小时,倒也不觉得闲,反倒乱得很,不知在忙什么,乱七八糟,不知怎么一天就过去了。"

杨森坐在一边,听他俩拉呱,插不进去,就暗暗打量他们。小军和邵力坐在一起,立即显出了粗鄙,头发太长,几乎盖住了耳朵,脸色不是黑也不是黄,不清不爽的,显得憔悴。邵力斯斯文文,白白净净,眼神安定而沉静。他心里有点难过,有些怜悯小军。在这个团里，人很难混好。

他们说话声音压低了。他知道是谈他的事了，便有些不自在起来。

他们终于说完了，邵力站起身，对他说道："我这就去叫她，她就住这前一排房子，她妈和我妈在一个办公室呢。"说罢，他便走了出去。

他有些心跳，微微地有点畏惧：她也是住在这么一间整洁的房间里吗？一定是和她的妹妹一起住的，因为她有个妹妹。她家里也是这样？雪白的墙，褐色的门，窗户很大，挂着这样大花的窗帘；有一个书架，书架上像这样放着一艘军舰，也许是别的，军舰对她并不合适。她家大人也是这样很严肃，甚至是威严的，见孩子的客人来便把门关上，不加以理会……

门响了。

"来了。"小军轻声说。

门开了，邵力进来了，后面跟着她。

她穿了一件紫红色的灯芯绒外套，领子是圆的，像一个荷叶。不是此地的样式，许是她妈从上海给她买的。虽不如邵力那么白皙，却也是很干净、很清澈的样子。这院里的孩子都有一种神清气朗的样子。

邵力这样介绍："这是陶欢，这是文工团的作曲，杨森。"

杨森红了脸，想纠正，又不敢纠正，不说话，于是就默认了。他发现陶欢看他的目光是很恭敬的。

"难道你一点都认不出我了吗？"他在心里沮丧地想。

陶欢很尊敬地看着他，不笑，不敢随便笑似的。

杨森觉得自己被她看老了，苦笑了一下。

"你有哪些题目没有把握的？"她开口了，眼睛很大方很安静，也很尊敬地看着他。

"比如那道哲学的题，叫作什么矛盾的，矛盾的……"他说不上来了。

"矛盾的统一性和同一性。"她一下子说了出来。

"对，对，是这样的。"他这才想起来。

"你是怎么答的?"她问他。她说话的声音十分好听，是那种不卷舌的普通话。

"我是怎么答的？矛盾的统一性就是，就是……"

她笑了，流利地说了起来，说得很快而又清楚。

"呀！"他张口结舌，被她回答的精确、完整、熟练惊呆了。

"是这样的吗？"她问。

"当然，当然也是这样的。不过，我不是那么回答的就是了。"

"只要意思对就行了。"她说，带了一点安慰的意味，令人难堪。

"还有一道古代汉语翻译……"

"陈胜吴广的那段，"她抢着说，流利地把原文说了一遍，又说了一遍译文。

他在心里暗暗叫苦：全完了。

小军在旁有点看不下去了，便开口道："杨森的文化考试是次要的，主要是专业考试，你考得不错吧?"

"就、就那样。"杨森有苦难言地回答，希望这个话题快快地过去。

"他总是那么谦虚。"小军说道，使得邵力和陶欢全都崇敬地看着他。

"专业考试考什么?"陶欢好奇地问。

"笔试和口试，笔试是写一首曲子，口试是考试唱练耳。这只是初试，通过之后还要去南京复试。"他告诉她。

"什么叫试唱练耳？"她问。

人们总是把自己不懂的东西看得很高深。

他努力解释着，力求解释明白，好叫她别错误地估计自己，免得日后大失所望。可是他讲不明白，从来也没有人清清楚楚地向他讲过，他当然不可能清清楚楚地讲给别人听。他讲得糊涂，于是她的目光变得更加崇敬，叫他只有悲哀的份儿。

楼下有一个很稚嫩的声音在叫："姐姐——"

"我妹妹叫我呢！"她说。

这么小小的她居然有人叫作姐姐，便十分有趣了。他微笑着看着她，她也微笑着：

"我家就在这前边，你看，就是那一间屋，三楼，亮灯的，挂着天蓝色窗帘的。"她伸手指点给他看，手上已经有了几点苞蕾似的冻疮。

"好的，我去玩。"他说，说得认真。

"对，这样就算是认识了。"小军热烈地说。

他们一起把她送到门口，她下了楼，又回过头对邵力说：

"我妈妈让我对你妈妈说——"

"是那事吗？"

"对，你知道？"

"知道，放心吧！"

他们像说暗语似的说着，别人都听不懂。

她下了楼，很熟悉地走着，消失在黑暗之中，那黑暗似乎浅淡了许多。

黑漆漆的河水里，胳膊在闪光，隐现在黑水之中。

"三林，上来了！"

四淇骑着自行车，车后面夹着他的衣服，在河岸上。

三林不回答，不紧不慢地向前游，游过桥洞。

"三林，上来了！"四淇骑车顺着河沿，跟他走。

像一条闪光的鱼，隐现在黑水之中。月亮把他照得很亮，他的亮光染白了一片河水。

"三林，上来了，天不早了！"

又游过一个桥洞，桥洞上停着几架平车，平车上装满了草，人躺在平车下面，是从南边买草回来的车。电石灯闪啊闪的，映得杏子发红。

月亮照着河水，河水渐渐明亮起来，他的身子便有些黯淡了。

第十二章

明亮的考场，老师修长有力的手指放在钢琴上。

"第一遍，听；第二遍，记；第三遍，校对。"老师说。

"听明白了没有？第一遍，不要记，要听；第二遍记；第三遍校对。"老师又说了一遍。

琴声响了，淙淙地流过黑白相间闪闪发光的河床。

他集中起注意力听。

琴声又响了，淙淙地流过闪闪发光的河床。

他迅速地记。

琴声再次响起，淙淙地流过河床。

他没有错，没有错。他自信没有错。

他走出考场，阳光洒满了校园。太阳从来没有离他这么近过。他抬起头对着太阳，呼吸着温暖的阳光，阳光与他越来越接近着。

身后是淙淙的琴声。

水，潺潺地流着，流进稻田。

抽水机轰隆隆地吼。

"杨森，今晚我想回庄过一宿。"耿贵说。

"机子要是再掉链,我一个人不好办。"话没落音,链子掉了,机器声戛然而止,寞寞地空转着,水不流了。

耿贵讨好地忙着关闸门,捞链子。

"想媳妇了呢!"耿贵嬉着脸说。

"不能不想吗?"他请求耿贵。

"不想能行吗?有点、有点憋不住。"他嘻嘻地笑了。

"白天回去不行吗?晚黑了才来电,要抽水呢。"

"白天回去还有啥意思?"耿贵惊讶地看着他,心想,怎么连这个都不懂。

三林莫明其妙地看了他一眼,一张黑脸上有着几块虫斑,成花的了。

"你要娶了媳妇就懂了。这事儿吧,不能想,只要一想就再怎么也憋不住了。"他慢慢地启发着三林。

三林似乎有点明白了,脸上有点热,嘴里骂道:"滚你的吧!"

抽水机轰隆隆地又响了,水,潺潺地流。

耿贵从兜里掏出一大把豌豆角,捧给三林:"吃吧,吃吧,又嫩又鲜。"

他反感地瞅了一眼,推开了:"你怎么能摘队里的豆角?"

"咦唏,这有啥?"

"我不吃,我好肚疼。"他冷冷地说。

"我拿回家煮煮,带给你吃。"他把豆角又重新放回兜里。

抽水机轰隆隆地响,天色暗了。

"我走了。"耿贵说。

"走吧,走吧!"

"走了。"

"走吧!"

他进窝棚提了件褂子,朝肩上一披,走了。迈着八字步,像只公鸭。

抽水机很辛勤地工作,轰隆隆隆。水流得很欢。天黑了,路上黑黑地来了一个人,是二林,给他送饭来了。

他接过饭篮,在地头坐下吃了起来。饭篮里放着两个大馍,足有八两,一瓦罐稀饭,一小碗臭豆子。他狼吞虎咽地吃,二林站了一会儿,也在他身边坐下了。

抽水机响着,水流着。天黑尽了,地边上却又微亮起来。窝棚里的电灯照着他们的背。

二林看着微亮的天和地的交接处,问道:

"活还好干吗?"

"还好,就是抽水机不架式,老掉链。"

"链条泵就这麻烦,离心泵就好了。"

"离心泵就抽不起井底的水了。咱们这儿的稻,全凭地底下的水浇了。"

"那就只好用链条泵了。"

"只好用链条泵了。"

"只好由它掉链了。"

"由它掉了。"

两人不再说话。三林吃着,吃完了,喝完了,把碗筷放回篮子里,静静地坐着。月亮升起了,照着稻田,抽水机响着。

"有人从街上回来,说大林分配工作了。"

"分在哪?"

"厂里。"

"什么厂?"

"还没定。"

抽水机响着,二林站起来,拍拍屁股上的土:"走了。"

"走了?"

"一个人行吗?"

"咋不行?"

"行?"

"行。"

"那我走了。"

"走吧。"

二林迟疑了一会儿,走了。看着他慢慢地走远,三林鼻子有点酸。自从下乡来,他和二林一下子就亲近了许多,虽然话还是不多,还是那两句。可不说话,也觉得怪好。

抽水机响,水流着。他打了一个呵欠,又打了一个呵欠,困了。一头钻进窝棚,往铺上一躺,立即睡着了。

不知过了多少时间,他醒了,浑身软软地躺在床上,望着前面。前面是一块蓝色的塑料布,为了挡雨搭在棚边上的。月光把塑料布照得透亮,映出了深蓝的天空,天上一轮明月,明月周围是星星。他望着星星。四下里静静的,静极了,一只小虫在咻咻地唱。

多么静啊,小虫在唱。是啊,多么静啊,是啊,是啊,怎么会这样静!他浑身一激灵,陡地从铺上坐起来,头碰到了撑窝棚的一根横木,他来不及揉脑袋,就冲出了窝棚。

抽水机寞寞地空转着,水浅了,秧苗一棵一棵立在地里,露出了根。他奔过去,关掉闸门。链子彻底掉井底下去了。他奔回窝棚拿了铁抓手,拴上绳子,放了下去。铁抓手碰在井壁上,当当地响。一只小虫咻咻叫。一天的星星,贴着地面似的。铁抓手碰在壁上,叮叮当当地响。

秧苗一棵一棵站在地里,月光照得发亮。一眼望到边,地边连着天边。一地的秧苗连着一天的星斗,星星在头上眨着眼。

风,湿漉漉的吹过来,又凉又潮。他打着寒噤,挂了几次没挂上去。

天向地倾斜过来,地接住了天,星星眨着眼,月亮静静地照耀着。

抽水机响了,轰隆撑开了天地。天高了,星星远了。水潺潺地流。

他松了一口气,坐倒在地上。地湿漉漉的凉。

抽水机轰隆隆地响,他睡着了,睡得很沉。睡着睡着一激灵,醒了,睁眼看看,星星很高,抽水机很响,他才又闭上眼睛。

他睡着了,星星在他头顶上眨眼睛。

早晨,耿贵来了,给他带来了早饭,煮熟了的豌豆角,还有两个热乎乎的鸡蛋,算作犒劳。三林什么都吃了下去,唯独没吃那捧豌豆角,那是队上的豆角,耿贵自己吃掉了。

水刚刚灌满,停电了,抽水机停了下来。一直到晚上,还没来电,秧苗把水喝浅了。

"怎么弄的,还不给咱农业送电!"耿贵发火道。

三林不理会他,他觉得耿贵有点二百五。

"总说农民老大哥,为啥光给工业送电,不给俺农业送?我日他奶奶的!"他骂娘。

"你骂谁?"三林问。

"骂供电局。"

"供电局能听见吗?"三林问他。

"他听不见倒霉活该,我骂了我解气,我痛快!"他说道,就像得了什么便宜似的。

三林只好随他去了。

天渐渐黑了下来,耿贵也骂累了,不骂了。他慢慢地蹭到三林跟前,嬉着脸说:

"小杨。"

"嗯?"

"我再回家过一宿吧!"

"不行,我昨夜几乎一宿没合眼,链子掉了好几回。"

"今晚兴许就不掉了呢!"

三林不理他。

"往后你娶了媳妇,我让你。"

三林笑了:"去你的吧,你怎么这么没出息!"

他憨笑着,挠挠平头:"你不知道,回家过一夜,又想第二夜,真还不如不过。"

"那就不过嘛!"

"你看你,和你这号没娶媳妇的人,有啥拉的。"耿贵流露出十分鄙夷的神气。

三林听得稀里糊涂,心里却有点觉着有趣儿,实在缠不过他,只好说:"滚你的吧!"

耿贵高兴得一溜烟似的跑了。

天快黑到底了,路上又出现了二林的身影。

这天晚上,很晚很晚还没来电,三林实在撑不住,一头倒在地上,睡着了。睡得死死的,最后是叫一把铁锹拍醒的。睁眼一看,队长,副队长,一大伙社员围着跟前,一张张脸都绷着,气得发紫。

地干干的,秧苗都蔫了,抽水机在响,水流进干涸的地里。他揉着眼睛,浑身冻得打战,头发湿得淌水,叫露水下的。半夜里来电了,可他不知道,睡死过去了,没有扳闸,秧苗把水喝得干干的了。

队长把耿贵揪了来,骂了个狗血喷头:

"你要再敢回家,我把你'一家子'铲了!"他把铁锨在耿贵裤裆里比画了一下。周围的社员这才露出了笑脸。

从此,耿贵再不敢回庄过夜了。他心里暗暗地有点对三林不满,可是他并不是个有心记仇的人,不一会儿就忘得一干二净。见三林对他爱理不理的,还没话找话讨好他:

"小杨,你家大人可健在?"

"当然在。"三林粗声回答,他根本不以为这是个问题。

"小杨,你家弟兄几个?"

"三个。"

"有姊妹吗?"

"没。"

"你大哥娶嫂子了吧?"

"没。"他冷淡地回答。

耿贵见三林这么懒懒说话,还当他是想家了,就劝他:

"出门在外,自己照顾好自己就是孝心了。"

三林嫌他啰唆,烦得慌。他就变着法子要给三林解闷,也是给自己解闷。他给三林讲古,讲的尽是些脏事,又非常地露骨。三林不明白他怎么说得出口,常常臊得满脸通红。然而,非常奇怪的是,他并不打算阻止耿贵,心里暗暗的还有些想听,并且居然还就此懂得了不少关于人体、关于性的知识。耿贵见三林没有露出太烦的样子,便越讲越来劲,一发不可收拾,硬是要把人臊死而后已。三林实在听不下去了,就骂他,骂过了还是由他讲。这也成了一种变相的鼓励,耿贵就十分地亢奋起来,好像在对三林进行着性的启蒙教育。

月转星移,抽水机隆隆地响,一旦静了下来,一只小虫就呦呦地唱起来。

第十三章

"我就不信，人不能不结婚。"他说。
"我就不信，你能不结婚。"耿贵说。
"我信。"
"你得结。"
"我就不结。"
耿贵不和他犟了，望着天上的星斗，叹了一口气："你不知道娘们有多好！"
星星在眨眼。
"男人，不能没有娘们。"
星星在眨眼。
"女人，死了男人，照样能拉扯着孩子，自个儿活下去。男人不行，死了娘们，就得续。"
星星在眨眼。
"俺娘死了，俺大脚跟脚的也去了。"
一天的星星。

楼道里很黑，没有灯，月光照不进来，星光也照不进来。他摸着黑，上了楼。门缝里透出细细的光线，有说话声。虽然只隔了一道门，可却离得很远很远。那楼道里，严实的门后面，是什么样的生活？

他摸到了门，轻轻地敲了两下，有脚步声，很轻快的，他心里出奇地平静，连自己都觉得奇怪。

门开了，她站在门口。房间里射出来的灯光从背后照耀着她，她头发上毛出来的短发，被照得茸茸的。假如他吹一下，这些茸毛会不会一下子飞去了？

"是你！"她快活地叫道，没有一点生分的感觉。

他感激得几乎有点哽咽了。他跟她进了门，进了一个很明亮的房间。沙发上站起一个女人，穿着灰色毛衣，庄重而亲切地笑着。

"妈妈，这就是我上次和你说的音乐家，杨森。"她介绍道。

他恨不得找个地洞钻进去才好。

"欢欢说你很有艺术修养的。"她母亲说，普通话里的不卷舌音比陶欢还要多。

他想逃走算了。

陶欢朝他笑着，引他走进对面的北屋。屋子里铺了两张小床，小床上铺着洁白的床罩，淡淡的绣着粉红的花。床之间是一个小小的写字台，一盏台灯，台灯下有一个小娃娃。写字台对面，是一个矮矮的书橱，里面整整齐齐地放了一排书，书前面放着各式卷笔刀：小狗，大象，小丑，房子，电话……所有的卷笔刀都集中在这里了。他听见她妈妈在叫她，叫她"欢欢"，她回答着。她们叽叽喳喳地说着上海话，他是一点儿也不懂，只猜出是在争着什么。

过了一会儿，她进来了，端着茶和一个糖盒子。

"我妈妈一定叫我给你拿烟，我说你不抽烟，她不相信，非说你抽烟。"

"我确实不抽烟。"他说。

"我说你不抽烟的。"她很得意地笑了,剥了一颗糖给他。

他心里非常非常地平静,他感到非常非常地愉快。

"你们通知下来了吗?"

"没有呢。"

"你觉得你有把握吗?"她问道。

"我,没有把握。"他实事求是地回答。他发现她的眼睛睁大了,微微有些惊讶。他发现她的眼睛平时是圆的,可是吃惊的时候就变了,她微微地皱着眉,把上眼皮扯平了,眼睛便呈现出平行四边形。

"考生很多,而且都优秀。我不利的地方太多了。"他又说。

"有什么不利的?"

"我,年龄大,耳朵不好。"

她狐疑地看了看他的耳朵。他不由微笑了一下:

"我耳朵没有受过训练。那些从小就弹钢琴的人就行了。反正,我做好了思想准备。"他抬起眼睛,重新看她。

她眼睛又变回原来的形状了。

"你对我大概很失望了。"

"没有。"她很认真的摇着头。

他心里又是一阵感动,他觉得她实际上远比看上去的模样成熟,她是能够体谅人意的。

"你考得不错?"他问她。

"考,大概总归考得取,可是我爸爸妈妈想叫我考上海的大学,就不知道行不行了。"

"为什么一定要考上海的大学?"他有些伤心地问道。他想到,上海是很远很远的地方。

"我奶奶一个人在上海,她很老了,身边没人照顾。奶奶总希望我能在上海,好和她在一起。"

"哦。"

"你去过上海吗?"

"去过两个小时。"他讲给她听,去长沙在上海转车的事,讲到一点听不懂上海话时,她笑得眼睛都湿了。

她妈妈在叫她,对她说着什么。这回他听明白了,是叫她不要太疯。她便收了笑,问道:"还有呢?"

"没有了。"他老老实实地说。她又笑,他也笑了。

他心里愉快而平静,等待通知的焦灼心情消失了。他站起来告辞,陶欢说:

"你来玩啊!"

他看看她的眼睛,纯洁而诚实,他微笑了一下:"我会常常来的。"

她送他到门口,开着门,让门里的光线稍稍照耀一点楼梯。他下楼。

"小心,一二三四五六七,拐弯;一二三四五六七……"她在门口数着。

他按着她数的步子,一步一步下了楼梯。他慢慢熟悉了这楼道的黑暗,那黑暗浅淡了许多。他看见在楼梯拐角处,靠着墙垒成金字塔式的蜂窝煤。他觉出了一点平易的亲切,那房门里的生活,变得好懂了一些。他愉快地下了楼梯,月光照进门洞。

他推着自行车,走出院子,慢慢地上了河沿,上了车。一阵风从耳边吹过,那压抑下去的焦灼又慢慢地升上了心头。他这才发现自己在这场考试中寄予了太多的希望。他不敢想,假如考不上该是一番什么情景,他其实是不敢想的。他原以为自己很豁达的,可是这会儿他知道自己是不敢想假如考不取。他寄予这场考试太多的希望,他本应该留下来一点希望,留给假如……

而到了第二天中午,文化局下来了通知,他没有。文工团只有一个通知,是给吹黑管的小方。这时候,他才发现,假如考取了才真正是意外呢!他其实根本就没有敢去想,考取了会是一番什么情景。他其实是两头都不敢想,既不敢想假如考取,又不敢想假如考不取。他没有往任何地方安置他的希望,他的希望无处可安置,或许他已经根本没了希望,不会希望了。

他把自己关在灯光室里,看总谱:贝多芬第五。向毛迪借来至今还没还,毛迪也并不跟他要,他怀疑毛迪买来这些书是不是真需要。装灯光的木条箱垒得高高的,挡住了窗户。光线从箱子的木条之间,漏进来;同时还一起漏进外面的吵闹声。

老田在和团长吵。他进团偌多年,一直住在厕所旁的小屋里,十四平方,住了两个大人,两个小孩。房子漏得厉害,四面进风。他扬言再不给他房子,他就要调走了。团长说,他也没有房子,他住的房子是他老婆单位分的。文工团没有房子,文工团都这样,只能靠老婆,请他老婆单位里分房子。听起来,团长比老田还有牢骚,老田发不过他。

郑瑛瑛在傻笑,不知谁怎么她了,她一边笑一边尖声叫:
"少扬来救我!"
少扬并没去救她,她就一个劲儿地尖叫。
钢琴房里,曲秀丽在唱《骄杨》的主要唱段,声音宽厚而甜美。
小号嗒嗒地吹。
他读着总谱,一行一行读着,力图把十三条谱表重叠在一起,让它立起来。它立不起来。刚要立起来,又散落下来,散成一片零碎的音符。他看不出和声进行的充分理由,看不出调性变化的充分理由。他尽力去了解那理由,得不着一点启迪。这位大师与他有着时间和空间的距离,那距离很辽阔,永远缩短不了似的。

小号嗒嗒地吹。

他的头像要炸了似的。

他努力回想着《命运交响曲》的音响,那是模模糊糊的音响。老田从哪里转转地录来,皱皱巴巴的磁带迟钝地在601录音机上转着,转出一片混沌。需要不断地提醒自己:这是大师的作品,多么地了不起啊!

小号嗒嗒地吹,穿过他脑子里那一片混沌的《命运》之声。他恼怒地朝身后窗户回过头去,窗户里透进几缕滚着尘埃的阳光。

有人敲门。

他不动。

有人敲门,并且问道:

"杨森在里面吗?"是吕安蓓的声音。

"不知道。"有人说。

"在里面。"有人说。

于是,她又敲门,敲得不重,却固执。他只得站起身去开门了。

"杨森,这不对。你的分数不低的,为什么会没有通知?"吕安蓓急切切地说。

他愣愣着,懵了似的。

"我让他去学院问的分数,你分数并不低,这里面一定有鬼!"吕安蓓愤愤地说。

"别人的分数一定有比我更高的。"他说道。

"不不,我和老师说过,你的分数只要达到一定标准,就……"

她眼圈都红了。

"其实，你不必。真的，不必这样。"杨森眼圈也红了，他又有些激动。

"我知道，老师对你满意的。"她眼眶里涌上了眼泪，脸红了，那种憔悴的黄色褪去了，显得年轻了许多，像个小女孩。

"我的耳朵不好。"

"不，他说你耳朵还可以。"

"我年龄大了。"

"这终究不是重要的。"

"很重要。"

"不重要。"

"我也没有很好的器乐演奏技巧。"

"可以进去了再学。"

"可是有人没进去就已经很棒了。"

"我去南京帮你去问，一定要问个明白。"她转身要走。

他一把拉住了她的手："没有用的，没有用的。再说，也不必了，还有明年呢，明年我还考。"

"明年就更大一岁了。"她说。

"不要紧。"

"再说，明年，作曲系不一定招生。"她说。

他停了一下，又说："不要紧。"

她真诚的关切感动了他，他拉住她的手没有松开："没关系，我可以到别处去试。"他微笑着安慰她，把自己的倒运全忘了，一心里都是对她的感激。他慢慢地松开了手，她把手放回到兜里，低着头，站了一会儿，走了。

她走了，阳光照在了他的身上。他揉揉眼睛，适应着强烈的阳光。心里很明静。他把总谱往口袋里一插,走出了灯光室。

　　阳光照着他,他看着前边阳光里的她的身影,心里一阵温暖又一阵酸楚。他有点喜欢她,喜欢和她聊天,即使不聊音乐聊别的。他不知道自己怎么能同时喜欢她和陶欢,只知道这两种喜欢很不一样。吕安蓓和他更加接近一些,有许多东西,他们不用说明,不用解释就可以互相了解。而陶欢却与他遥远了,她似乎永远需要他向她说明,解释,需要他宽容着她,保护着她。假如吕安蓓没有男朋友,他不明白自己会不会去追求她。因为她有男朋友,所以他从来不曾去想过这个,从来不曾想过。吕安蓓走进他生活的时候,没有带着这种可能,一开始就没有。他只是有一种很奇怪的难过,这难过并不强烈,很轻微却很持久地咬噬着他的心,一点一点。他跟着她走出了大院,看着她骑上了她的小轮小车。他也上了车,慢慢地,始终保持着一段距离地跟着她,看着她。

　　星星眨着眼。

　　"俺妈活着的时候,俺大好揍她。粮食不够吃要揍,年底透支要揍,鸡不下蛋要揍,猪死了要揍。"耿贵告诉三林。

　　"那不要揍死了!"三林说。

　　"别看俺妈又瘦又矮,可经揍了。揍过了,照样烧锅,喂猪,出工,下地,一点儿活不少干。"

　　"你妈也太没有反抗性了。"

　　"揍急了,也回手,可哪是俺大的对手!"

　　"你大真能,揍老婆揍得真行。"

　　"俺妈死了,俺大没得人揍了,也跟着去了。"

　　"耿贵,你揍你老婆?"

　　"揍是揍,疼还是疼的。白天揍过了,夜晚照样搂着睡。"

"呸!"

"嘻嘻。"

水流进稻田,涓涓地响。

陶欢接到通知了,是复旦。

"高兴吧?"他微笑着问她。心想,她不考上复旦又能考上什么!真是的,她不可能考上别的,只可能是复旦。

"高兴。"她笑了一下,又立刻收敛起来,矜持地说,"也没什么,上大学和不上大学也没什么太大的不同。"

他心里微微地颤动了一下,别看她小小的,没尝过什么苦涩,却晓得体谅人心了。他极想极想去摸一摸她那颗毛茸茸的脑袋。可是终于没敢乱动。只是又微笑了一下:

"走以前,你应该去一趟云龙山,云龙湖,淮海纪念塔,拍几张照片,留留纪念。"

"我还要来呢。暑假,寒假,都要回来呢!"

"这倒也是的。"

"我奶奶也很高兴。我从小在上海长大,一直到上中学才到南京,那时我们全家都在南京,后来,才到了这里。"

"你喜欢上海还是这里?"他问道。

她想了一想:"要是爸爸妈妈妹妹全在上海就好了。"

"是啊,当然是上海好。"他说。

她看了他一眼,又说:"上海也没什么,人太多,太挤,住房很小。"

"可是这里太冷了,你看你的手,冻的!"

"在上海也冻,从小就种下冻根子了。奶奶说的,有一年的立春以后生了冻疮,年年就都要生了。"

"不能想法子治一治？"

"什么办法都用过了，冻疮水、冻疮膏，文旦皮泡水浸，搽火油……没有办法了。"她无可奈何地看着自己的一双手，问道，"看了很恶心是吗？"

"不恶心。怎么会恶心呢？"他奇怪地说，"不过，看了叫人有点心疼。"

她红了红脸，没有说什么。沉默了一会儿，她轻声问：

"我去上海读书，你高兴吗？"

"我，当然，当然很高兴。"他回答。

"我其实还好。"她又声明了一下。

他没有说话，过了一会儿，站了起来："我走了。"

他走出电业局宿舍，骑到济中桥，拐上淮海路。他想为她买一件礼物。买什么呢？他想起郑瑛瑛的手套，西洋红的面子，里子是雪白的羊羔皮，翻出了一圈，又暖和又好看，而且十分的可爱。可是找遍了一条淮海路，却没看到一双这样的手套。

第二天，到了团里，他便直接到练功房去找郑瑛瑛。

郑瑛瑛刚换了衣服，还没活动开，牙齿打着战。他便说：

"你先把棉袄披起来吧！"

郑瑛瑛听话地走到墙边长椅上，拿起自己的棉袄，一边披，一边跑过来：

"什么事？杨森。"

"你的手套给我看看好吗？"他说。

"刚才不说，又叫我走一趟。"她嗔怪地看了他一眼，又跑过长连椅那边，在一大堆衣服里面翻着。别的人就叫：

"瑛瑛你乱翻啥，别把我的衣裳掉地上了。"

她不回答，急急忙忙地翻着，找着了，又忙不迭地跑过来，递给杨森。杨森接过来看着白色的里子已经脏成灰色的了,散发出一股浓郁的雪花膏味儿。他拿远了点,怕会突然打个喷嚏。

"在哪里买的?"他问。

"不是买的,自己做的。"她说。

"做的?"他惊讶极了,顿时觉得这双手套更加伟大,不由得肃然起敬。

"羊羔里子是老黎给买的,他对象不是在皮毛加工厂工作吗?他上次带来有十几双削价的羊羔手套里子,都叫人抢完了。这面子就是在八一大楼扯的布。我缝了一晚上就缝好了。"她把手伸进手套,戴给他看。

他想象着陶欢戴了这么一双手套的情景,一定很憨。"你知道老黎那里还有没有这羊羔皮里子?"他问。

"不知道,你去问问好了。"

"你帮我去问问好吗?老黎才烦我,因为我老弹他们的琴,他说我把合唱队的琴砸松了。可是,我是常常需要弹琴的。"他对郑瑛瑛说着这些,郑瑛瑛睁大眼睛看着他,很理解地点点头。

一小时之后,她就欢天喜地地跑到乐队排练室,大声嚷着:"杨森!"

大家看看她,笑着,又看看杨森,又笑着。

杨森走出门,愠怒地说:"你不能小声点吗?"

"给你。"她激动得都有些气喘,"硬让我讹来了,最后一双,曲秀丽正想要呢,叫我硬讹来了。"

"谢谢。"杨森掏出钱包,拿钱给她。

"不要,算了,算了。"她推着。

"不行。"他不由分说地将钱塞进她的手里。

"要我帮你缝吗?"她讨好地问道。

"不麻烦了。"他客气地回绝。

"你是给谁的?"她忽然问了一句。

"给——"他愣了一下,随即便回答,"给一个小女孩儿的,人家托我买的。"

他拿了羊羔皮里子,立即推出自行车,上八一大楼,扯了两尺太阳红夹金线的挺厚实的布。他知道是太多了,可是万一少了呢!多了总比少了强。

回到家,他便请妮妮给他缝,而他帮妮妮抱孩子。工换工。

"抱好了啊,托住了腰。"妮妮嘱咐他。

"缝结实点啊。"他嘱咐妮妮。

妮妮抿嘴笑笑,不搭理他,找了一块划粉,又拿了一把大剪子,"嚓嚓"地划了几道,"咔嚓"就剪了下去。他一惊,怀里的小毛娃差点儿掉到地上,他赶紧抱好了。

毛娃是男孩儿,长得像二林,却有着妮妮那样白皙的皮肤。穿了一身红毛线织的毛衣,干干净净,肥胖红润结实。和大林的女孩儿玲玲形成绝然的对照。

"他怎么吃得这样脑满肠肥的?"三林问妮妮。

妮妮颇得意地一笑:"小时候打好了基础,一辈子省心。"

"你也向大哥他们介绍介绍经验,你看玲玲,又瘦又黄。"

妮妮不吱声,停了一会儿,说道:"我不怕你说我多嘴,说实在的,家里吃的也太随便了。大人吃啥,小孩也跟着吃啥。那不行,小孩得单独给他弄。"

"这话你该对妈说的。"三林说。

妮妮又不吱声,然后说:"我才不问那些事呢!反正自私了,就自私到底了。"

三林见她说气话,就不敢再说什么了。可妮妮却欲罢不能了:

149

"其实，谁不自私？我看世界上没有不自私的人。都是为自己，为的不一样就是了。有的人为的是东西，有的人为的不是东西的什么。有的人好像是什么都不要，其实他要的是个不自私的名义，我看也还是自私……"妮妮嘟嘟囔囔地讲着，嘴碎得很。

　　三林不明白，一个女人做姑娘家时好好的，文文静静，怎么结了婚，生了孩子，就大变了呢！那胖小子在他怀里挣着，身子往上一挺一挺。

　　"你托住他的腰啊！"妮妮又嘱咐了一遍。

　　"他哪里有腰啊！"三林苦恼地看着他肉团团的身子。

　　当他把这双毛茸茸的手套递到陶欢手里时，陶欢眼睛湿润了，久久没有说话。

　　他也不说话，看着她毛茸茸的脑袋，最终还是举起手摸了一下。她的头发柔柔的，暖暖的摩挲了一下手心。他心里有点儿难过。

　　她抬起眼睛，看着他，犹豫了一下：

　　"我还是想去一下云龙山，云龙湖，淮海纪念塔。"

　　他心里有点难过。

　　"你有照相机吗？"

　　"没有，可是我能借到。"

　　"你陪我去？"

　　"好的。"他说。

　　"虽然，我寒假，暑假还要回来，可是，那是不一样的……"她力图要说明白。

　　"我知道。"他说。

　　太阳照在她毛茸茸的脑袋上，那些翘起来的短发金灿灿的，像一棵蒲公英。

"你不知道女人有多好。"耿贵启发他。

"我知道。"三林不耐烦地说,翻了个身去。

"你上哪儿知道?"耿贵奇怪了。

"打一生下地就知道。"他说。

"你咋知道的呢?"耿贵百思不得其解。

"我妈是女的。"他说。

星星在辽远的夜空里闪烁。猛一抬头时,发现它就在近处,包围着你。可一旦凝神看去,它们又慢慢地辽远起来……

第十四章

乐队排练室里,吱吱嘎嘎一片定弦声。

一把小提琴拉着快弓,拉得很干净,音色也纯净。

老田走上指挥台,拍着手:"安静了,安静了!"

乐器声渐渐零落下来,只剩下一把小提琴,轻轻地练着快弓,最后也停下来了。

"安静了!"他说,看着总谱,抬起胳膊,乐声起来。他一挥手,停了下来,奇怪地回顾着,然后又看总谱。

大家等着他,四下里张望着,望到钢琴前俨然坐着老黎。姜小莉调回上海了。她父亲赠给团里一把萨克管。从此,老黎就兼任钢琴了。

"老黎哎,行吗!"

"一专多能,好样儿的!"大家纷纷打趣道。

老黎笑着讨饶:"别闹了,伙计!"

黑管少了一个,小方上学去了。

小提琴少了一把。

……

老田又抬起胳膊,单薄了许多的乐声重新起来。

乐声从乐池里升起，贴着头顶，蔓延过去，升腾起来，灌满整个剧场。乐声越来越强大，威逼着过来，过来，过来。

他心跳着，眼看就要受不了，要喊出来，要哭出来，或者笑出来。那乐声忽又轻柔下来，轻轻地挠着他的心，叫他哭也不是，笑也不是。他忘记了去看台上那用脚尖操练的女战士，他无暇顾及舞台上正进行的悲欢离合，他只看见一整个黑暗的苍穹之下，像一艘船似的乐池。船上有着一圈光明，光圈里有一个巨大的身影挥动着双臂，好比指挥着千军万马。乐声如潮如涌，一刻不容喘息，逼得他走投无路。他从来没想到过，声音会有这般威逼人的力量。他不知道，声音为什么会有这样威逼人的力量。这力量是从哪里来？休息的时候，他跑到前排，趴到乐池上往下看。

乐池里没有人，排着椅子，谱架，架子上插着小灯。乐池最西头，有几架大鼓，还有几把硕大的提琴，两把更大的提琴，像两具立柜。有调皮孩子伸出手，去拨那头号大提琴的弦，"咚"地响了一声，回音荡漾了半晌才静下来。于是就有第二个孩子去拨那粗得像麻绳的弦。乐池口走进一个人，抬头看看，在提琴旁的高椅上坐下去，便不再有人去动那弦了。

铃响了，响了一遍，又响了一遍。乐池口进人了，一个接一个，手里拿着各色各样的乐器，走进来了。剧场里的人来赶他们了。

"回座位去，回座位去！"他像轰一群鸡似的轰着，手里拿着长把电筒。

散场以后，他感到浑身十分虚弱，好像经过了一场激战。一切精力感情都消耗尽了似的。他对四淇说：

"我今晚不回生产队了。"

153

"太好了，咱们又能玩一天了。"

他懒得回答，浑身软软的，乏力得很。

"咱们去云龙山推手玩吧！"

他懒得回答。

"去看电影，《地道战》。"

他懒得回答。人流拥着他，走出了剧场。他又回头望了一眼，剧场正在扫地，扬了一天一地的土，把紫红丝绒的大幕遮得暗淡了。他被人流推出了大门。

第二天，他回到了稻田，耿贵急得正跳脚，抽水机的链子又掉了，他把管子拆下来，准备挂链子，却怎么也装不上去了。

"笨蛋！"三林骂了一声，脱去衣服干了起来。

耿贵讨好地递给他一把鲜豌豆，他接过来就往嘴里填，他今天心情格外地好。

"家里大人可好？"耿贵照例地问。

"好。"他照例地回答，态度却要和蔼很多，他心里很平和。

"大哥也好？"

"好。"

链子装好了，抽水机突突地欢唱起来。

"今儿日头打西边出了，白日里也来电！"他高兴地说。

"别太美了，说停就停了。"耿贵说。

"耿贵！"他喊了一声。

"嗯哪！"耿贵激动地应了一声，他从来没见到三林这样热情地对待他。

"你猜我在街上看啥了！"他问。

"看梆子戏了。"

"唏，别恶心我了。再猜猜。"

"看电影了。"

"使劲儿猜。"

耿贵急得抓耳挠腮的,最后只得求他:"你告我吧!"

"我告诉你,看芭蕾舞了!"

"芭蕾舞?"耿贵不由得有点失望。

"省歌舞团来演的,多棒哩!"三林兴奋地说。

"真是的吗?"耿贵不由得也被他感染了。

"那乐队真来劲!小提琴,中提琴,大提琴,还有比人高的大大提琴,小号,圆号,拉号,曲里拐弯的号,还有钢琴……"三林沉浸在昨日的乐声之中。

耿贵看着他,心里不明白得很,又不好意思再问了,显出自己没见识,还怕三林烦,只好连连地说:

"真是的吗?"

"真是的。"

"真是的吗?"

"真的。"

"咦唏——"

"耿贵,今天晚饭,我回庄上去吃,我给你捎好吗?"三林更加和气地对他说。

耿贵一口答应了:"你让她送来也行。"

"我捎给你就是了,保险饿不着你的。"

"让她送吧,哪能累你的手。"耿贵越加坚决地说,眼里却闪过一丝狡黠的神色。

三林见他坚持,便由他去了。

他回到庄上的时候,二林正烧锅。见他来,便把风箱撂给他,自己提了个小瓶,上邻庄供销社打酒去了。

下乡之后,他们常在一起喝点酒。三林派到稻田上之后,这种机会少了,因而也更可贵了。他们喝得不多,喝得也慢,却都容易上脸。两人喝不到三两,脸却已经红得像关公似的。脸一红,话也多起来了。有时越说越投机,亲密得不得了,以致第二天酒醒过来,见了面都有些不好意思了;有时则越说越不对,便骂了起来,甚至动手打了起来。他家弟们从不打架的纪录就此被他们打破了。第一次打架,酒醒过来彼此还有些难堪,还红着点脸。可第二次,第三次,第四次,慢慢地,就十分自然了。并且,两人的感情要比过去的十几年里增进得许多。他们都觉得,这样才更像是哥俩儿,他们似乎终于建立了正常的弟们关系。

关于喝酒,他们回家决不提起。所以家里大人还当他们是烟酒不沾的好孩子。听着别人数落自己的孩子喝酒抽烟,他们父母一言不发,眉宇间却流露出骄傲安慰的神情,使得二林三林羞愧难当。

二林酒打来了,又到农民家买了十个鸡蛋,上园里割了一把韭菜,抓了两把花生,就对着喝了起来。

"二哥,你安家费还有剩吗?"三林问。

"你说你要干啥吧?"二林直截了当地说。三林便也不好再绕弯了:

"我想买一把提琴。"

"买那干啥?不能吃不能喝的。"二林慢慢地喝着酒,说道。

"我想买呢!"三林强调。

"买就是了。"

"你添我十块钱吧!"

"其实,可以问家里要。"二林建议。

"咱们三天两头地回家吃,哪还好意思要钱呢。这次回去,见妈买小市场的米吃哩。"

"家里从小在咱身上没大舍得花钱,尽教育俺了。"

"没花钱,你咋长的?喝风长的?"三林听了很不是滋味。

"长得不咋样。"二林轻飘飘地说。

"你别胡八扯!"

"你胡八扯!"

"你胡八扯!"

先是这么一句去一句来地开了头,慢慢地骂出难听的话来了,然后就动拳头,一拳去一拳来地打起来,滚在了地上。先是二林骑在三林身上,后是三林骑在二林身上,再然后又是二林骑在三林身上。

三林从地上爬起来,手里捏着一团褂子,跟跟跄跄地出了门。狗叫着,一只狗先叫,其他的都跟着叫起来。

"他奶奶的!"他骂着,跟跟跄跄地走出庄子。向稻田走去。

凉风习习地吹来,他清醒了一些,摸摸脖子上的汗,把褂子抖开穿上了身。

稻田里静静的,晚风习习地吹,一只小虫奇怪地响亮地唱着歌。

他的脚步稍微稳当了一些,一步一步地向前走。一只蛤蟆从他脚边跳过去。一天的星星眨眼。

北斗星很明亮。

稻田里静得奇怪。

远远的看见了一盏灯,是窝棚前的灯。

他站住了脚,竖耳听了一会儿,然后拔腿就跑了起来,跑了两步就绊倒了。

"他娘的!"他骂着,爬了起来,再继续跑。

稻田里静悄悄的,抽水机寞寞地空转着,链子又掉了。

"耿贵!"他喊,声音嘶哑着,喊不出来。回头一看,窝棚里有两个人影,奇怪地叠在一起。窝棚四面只挂了塑料布,月光穿透了窝棚,把一切都照得清清亮亮。他唰地红了脸,酒又上头了。他转过身,背对着窝棚跺脚,终于喊了出来:

"耿贵!"

"咋,咋啦!"耿贵慌慌张张地跑了出来。

他转回身,见窝棚里闪出一个女人,手里挎着篮子,走了。走了老远,还看见她的背影,一件细格格褂子裹着细细的腰身。

"嘿,嘿嘿!"耿贵厚颜无耻地笑着。

他气得直哆嘴唇,半天才咬牙切齿地骂出声:"我,我揍你个丈人的,奶奶的,……"他不顾三七二十一地骂着,把街上乡下所有脏话都糅和在一起往外倒,有的是他懂的,有的则是他并不懂的,骂得个酣畅淋漓。

耿贵的眼一下子瞪了出来,他的脸变得十分凶狠,攥紧了拳头,直朝三林逼了过来。可到了跟前,又站住了。忽然,他松开了拳头,哭了起来。

三林倒有些慌了,却还嘴硬:"你还有脸哭!"

耿贵抽噎着,手抹着眼泪,口齿不清地说道:"我要不揍你吧,你骂了我家大人。我要揍你吧,你又揍不起,我一皮拳就能把你揍扁。我要不揍你吧,你骂我家大人了……"他反反复复地说着。

"你看你干的好事,水都干了!"

耿贵抹了一把眼泪,不哭了。走到井边上去捞链子。

三林也不说话了。稻田里静悄悄的,只听见铁抓手碰在井壁上,"叮叮当当"地响。

链子捞上来了,耿贵便开始拆管子,一节一节拆下来,挂上链子。三林走过来。

"我来装。"

"不要。"他让开三林的手,自己装着。

"不要算!"三林走到一边蹲下了。稻田一望无际,在很远很远的地方接上了一天的星星。北斗很明亮。他看了一会儿星星,又转过脸去看耿贵。

"我来装吧。"他的口气里不知为什么,有了一点请求的意味。

"不要。"耿贵执拗得很,一节一节对着。

三林转过头去,天蓝得清澄,星星眨着眼睛,一只小虫唱得出奇地亢奋。他忽然哆嗦了一下,抽水机响了,轰隆隆隆,轰隆隆隆,水涓涓地流进了稻田。耿贵站起身,极其矜持地看了他一眼,进窝棚去了。

抽水机在响。水,涓涓地流。

这一天傍晚,二林给他送饭来,一手提篮子,另一手提了一把小提琴。他忘了接饭,一把夺过了提琴,打开盒子,拿在手里,琴弦松松的,拨不出音,嘭嘭地打在指板上,空洞地响着。

"像弹棉花。"二林消消停停地说。

"你懂啥!"三林笑了,他兴奋得不知所以然了。

"街上咋都在学乐器,还不大好买呢。找了我一个同学,他爸原来是商业局局长,有些老关系。给你,还买了本《怎样学小提琴》。"他从口袋里抽出一本卷巴着的书。

三林夺过来,手忙脚乱地翻到如何定弦这一节。看完了,又忙着定弦。

"钱是我给你垫的,一共二十七块,我添十块,你得还我十七块。"二林清清楚楚地说。

三林叮叮咚咚地定着音,四根弦的关系勉强调准了。他用手指拨着,一串琶音很难听地响了,很快就被抽水机的轰响吞没了。

乐队奏着。

老田把手一挥，又停了下来："总不大是味儿。"

大家笑。

"少了一把提琴就这么单薄了吗？"他问大家。

"那是一点也不可相差的。"大家回答他。

"少了个黑管，也难办。"他用指挥棒轻轻敲着总谱，沉吟了一会儿，重又抬起了胳膊。

乐队奏响了，有些单薄，铜管显得沉重，似要吞没一切。老田犹豫了一下，想停下来，终于没停。

乐队稍稍乱了一下，又继续下去，终于继续下去了。

小提琴出来，中提琴出来，大提琴出来，铜管吹响了，小号嗒嗒地吹着不平均三连音。

乐队奏着。

第十五章

旋得太紧的弓毛从弦上挫过去。

"牙都倒了。"耿贵说。

他不理会,弓毛顽强地在弦上挫,慢慢地挫出了不规则的音阶。

耿贵极其痛苦地望着他。

弓毛在弦上横着滑了过去,怪异地嘶叫了一下,静了一会儿。水声涓涓地响,鸟叫,虫鸣,风过来轻轻地响,万物之声如此和谐,是以往从来不知道的。

旋得太紧的弓毛被锋利的弦割断了,飘扬起来。他心疼地捋着弓毛,又执拗地放上了弦。

弓毛刺耳地滑过弦,碰上另一根弦,愈发刺耳起来。

音阶歪歪斜斜地排列着,排列在四根弦上,排列在旋紧的弓毛下面。

汽笛鸣叫着,车进站了。

队伍下了天桥,溃散了,踢踢踏踏的脚步声,沿着月台,响成一片。谁的脸盆掉在了地上,砰砰乱响。

车开过来了,嗖地从月台前开过。

"往前跑,前面有位子。"有人大声地喊。

车缓缓地停了,低声地吼着,吐着气。车门开了,梯子放下了,下的人多。

"先下了再上,先下了再上!"列车员叫道。

于是便候在了车门口,急切地等待车上的人鱼贯而下。

"我先上去找座位!"少扬对郑瑛瑛说,把他的行李交给了郑瑛瑛,自己只背一个包。

"我先上去找座位。"小军也学着对杨森说。

"慌什么!没有座位也没关系,到蚌埠不过三四个小时。"杨森安慰他。

"三四个小时,也站不下来的。"小军说。他把行李顶在头上,做着冲刺的姿势。

下的人终于下完了。小军和少扬宛如上满的弓上的箭,几乎同时地向车门射了过去,又同时卡在了车门口,谁也不让谁,僵持着。

少扬咬着牙用肩膀抗小军,小军发狠了,挺起身子,硬往里挤。

"别和人家挤!"杨森喊道。

"少扬,你让一步嘛!"郑瑛瑛喊。

他们僵持着,终于一起挤进了车门。

郑瑛瑛拖着两个大行李袋,拖不上去,大声喊着:"少扬,少扬!"

杨森夺过她手里的一个行李袋,上了车,她也相跟着上了车。走道拥挤着,堵塞了。杨森老远地看见,小军在和人吵架,他挤不过去,只能干着急。车动了,慢慢地开了,他喘息着从车窗里向外看，站台上除了铁路人员，没有别的人，一团人都上了。

走道慢慢地疏通了。其实人并不很拥挤，不过是气氛紧张罢了。杨森终于来到了小军跟前，他还在跟人吵架，吵得面红耳赤：

"你凭什么不让我放，我也是花人民币买的票，凭什么不让我放！"

"你花人民币买的票，我也不是用手纸买的。"

"我管你用什么买的，我就要放！"小军说着就把行李往上扔。

那人"嗖"地站了起来："我给你说过了，我的包不能压，东西压毁了，你赔不？"

"我赔？你想的！"小军又一次举起行李要往上塞。

"你敢！"那人吼了起来。

"为什么不敢！"小军嘲笑地反问，手上的行李却始终没放下来。

"你敢碰一碰我的行李。"那人脸气得通红，伸手要抓小军，却被少扬挡了回去。

"你的不能压，我们的能压。劳驾你搬下来，让我们的先放上去，再放你的，不行吗？"

"我不搬，我放得好好的，凭什么要我搬。"

"你这人怎么不讲道理！"小军把手里的行李朝他砸了过去，他头一偏，让过了。行李从他肩上滑下去，落到了地上。不料，这下动了众怒。本来大家就对这一拥而上的一大伙人很不满，怪他们乱了原有的秩序。这会儿，纷纷站了起来，把小军和少扬圈在了中间。他俩寡不敌众，却不屈不挠，吵得激烈。

"这地方的人最喜欢吵架。"有人说。

"每次经过这个站头，都有人吵架。"又有人说。

"把他们轰下去！"坐得安稳的旅客，喝着茶说道。

杨森本想劝架的,一听这话,不由得气从中来,再不能袖手旁观了。车厢里几乎所有的乘客都奋起了,与所有的文工团同人们对峙着。已经开始推推搡搡,眼看着就要打起来了。幸而列车长及时赶到,才缓和了这个剑拔弩张的局面。

行李终于安顿妥了,人也疏散开,回到了自己的位置上,只是偶尔怒目相视一阵。郑瑛瑛拖着行李网兜到了少扬跟前,头发蓬乱着,浅颜色的蒙袄裙子上蹭了一大块黑。她把行李往少扬跟前一搡,带着哭腔嚷起来:

"你也不来帮我一把。"

少扬正在气头上,自然没有好声气:"你吵什么!"

"谁吵了,谁吵了!"郑瑛瑛终于哭了起来,头发披在脸上,疯婆似的。

"你撒什么泼!你到这里撒什么泼!"少扬骂她,声音不大,却恶狠狠的,逼人得很。

"谁撒泼了!谁撒泼了!"郑瑛瑛嚎着。

车厢里的人都回头看他们,脸上带着讥讽的微笑。杨森看不下去了,便好言劝道:

"别吵了,不嫌难看吗?"

这句话又惹恼了少扬,他沉下脸对杨森说:"难看别看!"

小军不由气了起来:"你怎么不知好歹,劝你是为你孬吗?"

于是,少扬和小军又吵了起来,刚才那团结起来一致对外的大好形势就这么失去了。

火车哐当哐当开着,汽笛鸣叫,停靠在符离集车站。车站上拥过来一伙大人小孩,急促地敲着玻璃窗喊:"烧鸡,烧鸡!"或者"瓜子,瓜子!"

等到火车重新开动的时候,郑瑛瑛已经平静下来,倚着车窗嗑着一包瓜子，少扬刚从站台上买给她的。她很熟练地嗑着瓜子，瓜子壳清脆地响了一声，然后从她鲜润的嘴唇之间飘落下来，飘落了一地。列车员过来扫地，请她抬抬脚，她便抬抬脚。列车员扫过去了，瓜子壳又飘落了下来。有人看她，她满不在乎地昂起脸，不理会。瓜子壳在她鲜润的嘴唇间清脆地破裂着。少扬在抽烟。

杨森站起来，朝前走去，走到车厢衔接处，站住了。

大片大片的田野从车窗前掠过，黄褐色的。种子已经苏醒，这里那里显出浅浅淡淡的绿色，绿得也不新鲜。路边有人蹲着大便，屁股朝着铁路。车轮撞击着铁轨，哐当哐当地响。

一个小孩背了一箕子草，站在路边，朝着火车扔土块。他身边站了一只小羊羔，很傲慢地看着火车。车轮撞击着铁轨，哐当哐当地响。

挖沟的农民正歇息，几个妇女把个小伙子扳倒在地，他双手护裆，满地乱滚。大片大片的田野，几株枯瘦枯瘦的树，展着细细秃秃的丫丫，天倒是很蓝很蓝。车轮撞击着铁轨，哐当哐当地响。

"杨森！"吕安蓓站在了他的身后。

"哦。调动的事办得怎么样了？"他极力平静地问道。

"商调函已经下来了。"她回答。她站到了他的身边，望着车窗外，太阳照进来，正好照耀在她的脸上。她皮肤绷得紧紧的脸上已经有了细细的鱼尾纹，这些鱼尾纹使他觉得一种揪心的亲切。他又极力平静地问：

"具体单位落实了吗？"

"鼓楼区文化馆。"

"搞群众文艺？"他略有些吃惊。

她平静地微笑了一下："我这种水平，到了南京，搞搞群众文艺就算不错了。大城市里，业余水平都比这里专业的高，真是这样的。"

"哦。"他不再说话。太阳晃得人眼花,车过大桥了,这是淮河大桥。

"杨森。"她叫他。

"嗯!"他有些惶恐地回过头,看着她。她的眼睛远不如陶欢的清澈,有点红,有点黄,有点混浊,有点疲倦。可是却令他感到了揪心的亲切。他怔怔地看着她。

"你还是应该再考大学。"

"说句老实话,"他停了一下,"说句老实话,我已经不敢想了,想起来就觉得很累。"

"可是,你还是应该再考,至少,再考一次。"她坚持地说。

"可是,"他没有说下去,他觉得为难,既不愿拂了她的好意,又实在不敢答应再去试一次。

"春天,上海音乐学院就要招生,作曲系也招生,你应该去试试。"

"上海,音乐学院!那是想也不敢想的!"他情不自禁地嚷了起来,还笑了。

"有什么不敢想的,试试看嘛!试试看,总归不会失去什么。"她鼓动他。

他不说话,心里充满了感激,却不敢苟同。

淮河在阳光下闪光,弯弯曲曲地撒到天边,融成白茫茫的一团,看不见了。

车轮撞击着铁轨,哐当哐当地响。

车厢的门"哐"地被推开,一个列车员走了过来,手里拿着牌子,嚷着:

"蚌埠到了,蚌埠到了!"

蚌埠到了。

这是南下演出的第一站。打前站的已经早一天到了，一出车站，就看见满城的海报——

"大型歌剧——《骄杨》"

上座不好，只演了三场，就换上歌舞节目了，前三场几乎满了八成座。要是这会儿闭幕收场是最漂亮不过的了，可是想收场却收不了场，下一个演出点滁县的合同期还要等一周以后才开始。现在离了蚌埠去滁县，连吃住都没地方，所以只得硬了头皮演下去。演到第五场时，只剩下三成座了，于是赶着把《江姐》排了一遍，匆匆忙忙上了台。发动全体小伙子，上街张贴海报，三两人一组，自由结合。小军自然是要跟杨森在一起。两人挟着一卷海报和一瓶糨糊，已经出了剧场门，小军忽然灵机一动，说道："等等。"反身跑去，一去便不再回来。杨森自己抱着海报等得心焦，实在等不下去了，便也反身回了进去。一进剧场的院子，便听人声鼎沸，紧张的气氛扑面而来。他紧跑几步，见院子中央围了一群人，小军和少扬两人不知怎么站得比人高出一个半脑袋，脸对脸，吵得激烈。他挤进人群，才发现他们两人原来是站在一辆三轮货车上。两人在抢这架三轮车，各不相让。小军张牙舞爪，气焰嚣张，而少扬不动声色，却句句刺人。针尖对麦芒，谁也不是软的。

旁边的人相劝着。有的是真劝，有的是假劝，无论真劝的还是假劝的，都饶有兴味地看着这场争斗，谁也不愿他们早早结束。杨森挤进来，一把拖下小军，无论他如何挣扎，也不松手，一直把他拖到剧场外边。小军跺着脚，脸气得煞白，不由得踢了杨森几脚，杨森只是由他踢去。眼看着小军就要哭了，才回了他一脚，骂道："你怎么尽丢人！把吵架当饭吃了。"

"我不能老叫他欺负！"小军哽咽起来。

"你理他干啥?他是个混账!你还理他!"

"他别想欺负我!"

"咱惹不起还躲不起吗?你去和他一般见识!他不是人,你是不是人?"

"三轮车是我先看见的!"小军啰啰唆唆说个没完,杨森不由也烦躁起来:

"去他妈的三轮车,坐着小车贴这几张烂海报也威风不了!"说着,把胳膊下夹着的海报撕了。

小军赶紧伸手帮他一起撕,撕碎了,揉成一团,塞进废纸箱,再把糨糊瓶也扔了,这才觉得解恨了一些。两人微微喘息着,面对面站了一会儿,杨森说:

"走,我请你吃水饺去!"

于是两人去吃水饺,小军却硬不肯让杨森付钱:"我有钱,我来付!"

"怎么能叫你付,自然是我付了。"

"大哥,你正是要花钱的时候哩。"

杨森听这么一说,更加不让他付了。不过小军还是跑去买了一盘凉菜,韭黄拌香干,就着水饺吃。吃着吃着,小军渐渐地愉快了起来:

"过两天去南京,咱们上街吃甜食吧?"

"吃。"杨森回答道。

"南京的甜食最来劲了,有一种醪糟蛋,是吗?"

"他们叫什么酒酿。"

"还有藕粉,那藕粉才真是藕粉呢!哪像咱们那里的,凉水似的,瓢舀着,哗啦哗啦响。人家那藕粉,又稠又滑,真来劲!"

他们吃完水饺,又去看了一场电影,罗马尼亚的片子:《沸腾的生活》。

回到剧场,乐队正定音,定了音,他们觉出了口渴,就一起上后台找水喝。后台正热闹着,少扬和郑瑛瑛又打架。郑瑛瑛哭得没音了,急眼了,顺手抓起什么就扔什么。少扬咬着嘴唇,煞白着脸,眼睛却异常地明亮,一巴掌过去,就把郑瑛瑛掀翻了。剧团出发在外,夫妻、未婚夫妻吵嘴打架也是常有的事,只是都没见过这般认真下手的。因此,化了装的,没化装的,纷纷上前,认真地拉起架来。拉不动就干脆抱,抱了他俩一身的油彩白粉。郑瑛瑛哭得气快绝过去了,人们把她抱到平台上,让她躺下,又给她灌水,又给她擦脸,忙得不亦乐乎。

乐队的弟们把少扬拖到乐池口,纷纷劝他不要与娘们一般见识。连小军也看不过,夹进来发表了意见。正闹腾,第一遍铃响了。

演到第四场,有一段戏没有唱段,也没音乐,乐队便纷纷上了乐池,或者找水喝,或者找人聊天。到了时候,自然就晓得下去坐好奏乐,已经演过几十场的戏了,错不了一点儿的。等大家都坐定了,马上就要起乐了,老田却发现,少扬还没有来,他赶紧对着合唱队喊:

"快去叫少扬!"

话没喊完,台上的对白已经说完,大眼瞪小眼地等着乐队起乐,好唱唱段。老田忙不迭地抬起手,乐队早已自作主张奏出了前奏,见老田赶上来,就停下来等他一阵。台上看不见这一切,早已唱开了,一时上乱七八糟。就这么乱七八糟的对付完毕,观众倒也并不见怪,看得还入神,或许是以为,就该是这么样的效果吧!这时候,大家才恍然悟到,其实有没有指挥很不重要的,台上台下的默契也很不重要的。于是,都觉得无比的轻松愉快。

然后，少扬才不紧不慢地下了乐池。老田用眼睛瞪他，他看都不看老田，让他白瞪了，更加气得不行。闭幕了，合唱队的人告诉说，刚才去找少扬，一直找到男宿舍，男宿舍门闭着，里面插上了，敲了半天，他才开门。屋里床边上，还坐着郑瑛瑛，脸红红的，不知在搞什么名堂。当然，总不会是什么好事，插门做什么呢？做什么才得插门呢？

这样，当少扬和郑瑛瑛再次打起架来，大家拉架便拉得不那么真挚了，并且难免带着一种奇异的目光看他们。他俩确实也打得蹊跷，不顾死活，往死里打，像是几百年的仇人似的；眼睛里闪烁着奇异的光芒，兴奋和狂热得不可抑制，这样互相袭击像是给予了他们莫大的快感，直打到筋疲力尽才歇手。人们再不情愿拉架，看到后来也害怕起来，忍不住要去拉，生怕会出什么人命，因为见他们都是往要害处打的。拉又拉不动，弄不好，还叫吃了几下冷拳。吃过那拳头的人更知道那不是儿戏，每一拳头都不含糊。团长都喊他们不住，只能由他们打去。好在，他们打得凶也好得快，倒不曾翻脸。两人的钱在一起花，饭菜票在一起用，一同买了菜来一同吃，一同遛大街，一同看电影。当着人面不好做得太亲热，只能躲在角落里，比如乐池拐弯处啊，锅炉房啊，侧光小楼啊，好几次叫人撞见了。究竟怎么个举止，撞见的人也不肯说，只是笑着摇头，叫人不得其解，更觉得神秘万分。

而他们两人的神情确实日益地怪异起来。少扬越发地阴沉，可偶尔的，却又出其不意地亢奋起来，眼睛里燃烧着灼热的光，坐立不安，便怏怏地来回走动，搅得周围的人也很不安定，而那一阵亢奋过去之后，便是更加深重的阴沉，连小军都不敢去撩他，撩了他就会有无穷的危险似的。郑瑛瑛比以往却沉静了一些，竟然会有一些默神的时间。不过她的默神也不彻底，默着默着又骚乱起来，脸上忽然浮起一阵红晕,红得并不均匀,红一阵,白一阵,红一块,白一块。一旦疯起来,则更是变本加厉,越发憨得可怕。可有时候,那默神中却也难免流露出一种沮丧的表情,像是兴奋得累了。两人都像是中了邪,叫人不明白透了,叫人感兴趣透了。

日子,一天一天过得又快又慢,又平静又杂乱。蚌埠的演出结束了,队伍开到了滁县。滁县的剧场比蚌埠的更加破旧,只有很少的几间宿舍,仅够女同志挤挤地住下,男的便在剧场打地铺,自己找地方,找到哪算哪。眼明手快的,在台后幕侧找到了较为隐蔽的角落,虽说是地铺,倒也还安定,可以驻扎下来。慢一步的,便只能白日卷铺盖,晚间摊开,流浪似的,东西都堆在台侧,一天还没过完,已经报失了好几件东西。天暖了,棉袄一脱下,连毛衣都穿不住了,只觉得燥热。男同胞们连个洗澡的隐避处也没有,只能等夜深人静,直接从茶炉接了水,在院子里洗。月光下,影影绰绰的,女同胞们把门闭紧了,再不敢出来。

滁县的观众倒是不讲究,卖座暂且不成问题。只是剧团的精神有点不济,每夜里,勉强振作起来,应付应付观众。就那么两台大戏,一台小节目,演来演去的,早已乏了滋味,台上台下的便都有心思找点事逗逗乐。可是一逗二逗没逗好,难免又要吵架。

台下吹大管的和台上演国民党军官的挤眉弄眼,惹得"军官"笑了场,下了台后自然叫导演梁爽剋了一通,他就找"大管"撒气,吵了起来,吵到最后,战事扩大了,整个乐队和整个演员队都参了战,险些儿打起来。扫剧场的丢了扫帚,傻愣愣地站着看,耽误了工作。剧场的经理自然有了意见,对团长下了通牒:再发生这样的事,就请你们开路。

团长没有把握不叫发生这样的事,只能请经理喝酒,安抚下去。果不其然,不过两天,又吵了一大场,这回是发生在乐队和舞美队之间。舞美队的电工总忘了给乐池送电，乐池里常常一片漆黑，看不见谱子，误了起乐，演员总找乐队的事。乐队给电工提意见，话没说好，说的是："你懂不懂啊！不懂别干了！"电工气了，弄了些小技法，在乐队的铁椅上绕了一些电线，一不小心就不轻不重地电击一下。

晚上演出，白天吵架，吵架成了一桩乐事，提上了日程。每个人都变得十分紧张，像绷紧的弓上的箭，一触即发。连团长也沉不住气了，吵了好几架，和指挥，和导演，和舞台监督，还和个掏茅厕的——他正蹲着愣神，不提防掏茅厕的进来，惊着了他。

天气越发的燥热，白天黑夜休息不好，人人心里像窝了一团火，总想着找地方撒气。晚上，当铃声二遍响起，观众们望着那一台明光艳火，岂不知那一片辉煌隐藏着多少辛苦的生活。

在滁县的最后几日里，吕安蓓的调令下来了，她折回头去办手续，要离去了。

她来了才不过一年，人脸都还没认熟，没有人想起为她开个欢送会，送一份礼物纪念纪念。杨森想带头发起，还没动手，不知怎么被她听说了，立即制止了他：

"不必了，"她说，"真的，不必了。"

"为什么？"他问。

"我只是想悄悄地走，何必要这么大张旗鼓？"

他听她说得有道理，便不再坚持，沉默了下来。

她也沉默着，过了一会儿："到南京要来找我啊！"

他不响。

"我可以给你听一些东西，他的资料是很多的。"

"听说他业务很好。"

"是的。"她微笑了一下，那微笑将她有些疲倦的面孔照耀了一下。

他的心却揪痛了一下,停了一会儿,他慢慢地问道:"你们要结婚了吧?"

她点点头。

他不愿意沉默,继续问:"有房子吗?"

她又点点头。

"那不错。"他又说。

她笑了。

他也笑了。气氛松弛下来,他对她充满了感激,却又酸酸的,说不出来的揪心。

她是坐夜车离开滁县的。去送她的,只有杨森和小军。滁县车站很旧了,候车室很小,他们坐在外面街边上候车。

有人在他们脚跟前铺了一张席子,摊开被窝,睡下了,几口人挤成一团。

哪一次车放行了,一群人扛着行李踏踏地跑着。

"逃难似的。"小军恨恨地瞅着黑压压的人群,吐了一口唾沫。

杨森不说话,吕安蓓也不说话。

"哪来这么多的人哩?怎么有这么多的人哩!"小军发着牢骚。

他们只是听着,不搭他的茬,这孩子近来火气很大,总是一副恨恨的表情。

"用机关枪来扫一扫才好,死一批才好!"他恶狠狠地说着。

"要叫你死,你也不愿意!"杨森忍不住说他。

"真要叫我死,我还真愿意!"他直对着杨森说道。

"你是说说的。"

"我一点也不是说说的,咱们活着有哪点比死了的强!"他越发地激愤起来。

杨森冷笑道："你有哪一点不如意？初中毕业就进了团，一个月挣四十一，和我一般多，也没插过队……"

小军打断了他："插队又咋啦？我看插队也没啥！"

杨森火了："你看没啥就没啥？你们这些孩子，真是不知天高地厚。"

"你别来这一套了，大哥！说来说去，就是插队八年。插队八年，你不也抽上来了吗？咱俩现在不都一样吗？……"

"吵什么？别吵了。"吕安蓓劝道。

小军悻悻地住了口，杨森想说什么，经不起吕安蓓给他使眼色，也住了口。

"怎么弄的，都像吃了枪子似的，一碰两碰就要炸！"吕安蓓叹了一口气。

杨森看看她，她胳膊肘支在膝盖上，双手托着腮。昏黄的路灯照耀着她，她脸上的线条显得柔和了。她马上就要走了，是的，马上就要走了。还吵什么架呢！他感到一阵悲哀。

进站了，上车了，她消失在车门里，不见了。过了好久好久，她才在车厢那头的车窗口伸出头来，叫着：

"杨森，你们回去吧！"

杨森朝着她奔过去，临近她的窗口又慢了下来，站住了。小军也跟着站住了。

她很快就被人从窗口挤开了，过了一会儿，又从另一个窗口伸出了头："杨森，你们回去吧！"

"有座位吗？"杨森问道。

她点点头，眼睛里有一点泪光。她抿了抿嘴唇，放低了声音，又说了一遍："你们回去吧！"

"坐好，坐好！"杨森对她说，朝她挥了挥手，依然站在月台上，小军站在他身边。

车还不开。

她转过脸，望望车头的前方，有一盏灯亮。然后她又仰起头，看看天，一天的星星：

"天很好的。"她说道。

"是啊！"他回答。

"你回去吧！"她又说。

他不说话，只是微微摇了一下头。

车，终于开了，他松了一口气，喉咙有些发哽，他不敢深呼吸，轻轻地吐了一口气，看着火车开走了。

车开走了，留下一段空寂的铁轨，灯照着铁轨。

"走吧！大哥。"小军叫他，声音柔和了许多，像是和解的。

他不理他，心中升起一股莫名的气恼。

"走吧，大哥！"小军拉他。

他气狠狠地甩掉小军的胳膊，转过身走了。走得很快，小军急急地跟在他身后。

"从这儿走。"小军叫道，为他点路。

"我知道！"他没好气地说。

两人相跟着走到了街上，是石子砌成的路，硌脚。路灯把他俩的影子投在地上，一会儿拉长，一会儿揉团。

"大哥，我刚才的话，你别放心上，我是信口胡说的。"小军怯怯地说。

他依然不理他。

"我错了，给你赔礼还不行吗？"小军说，话音里带了点哭腔。

他还是不理他。

"我不该对你那样说话。我知道大哥你心里也烦，也不顺心。"

他心里不由得一热,回头看看小军,一副可怜巴巴的样子。忽然觉着了难为情,一大条汉子,倒叫小孩让着哄着了。他勉强笑了一下:

"别叨叨了,走吧!"

小军这才敢走上几步,和他并肩走着。石子路硌得脚底生疼,路灯投着他俩的影子,一会儿拉长,一会儿揉团。脚步轻轻敲响了石子路,叮叮咚咚的。夜深人静,清脆得好听。

弓毛从琴弦上拉过去,拉出了音阶。上行的,下行的,拉得流利,再乱不了了。

耿贵终于看出了名堂,恍然大悟道:"其实这和二胡是差不多的。不过这是四根弦,二胡只两根;这弓子是在弦外面,二胡是套在里面的;这是架肩膀上拉的,二胡是搁腿上拉的。"他把小提琴的奥秘一下子揭穿了。

他坚韧地一弓一弓拉着,一弓一弓跋涉着,要与那小提琴接近。

耿贵只是乱他:"拉个《东方红》吧,拉个《北风吹》吧,你能拉《朝阳沟》? 能拉《天仙配》?"

他用脚踹他一家伙,才能老实一阵子。

水,潺潺地流,星星闪烁,稻田在月光下闪闪发光。

闪闪发光的稻田间穿行着颤颤微微的音阶。音阶颤颤微微地犹豫着在稻田间穿行。

第十六章

他走在天桥上，一手提着一盘绳，一手抓着扶手。扶手是一根细而脆弱的木条，他不敢抓得太紧。狭狭的天桥在脚下打着颤。

底下有人喊。

"哎——"他回答，声音打着颤。

底下的人又喊。

"哎——"他更大声地回答，把头伸出来，朝下看。

一大片舞台，像兔子大小的人奔来跑去，有人正站在他底下，仰起头望着他，嘴动着，说什么。他一点也听不见了，他头脑里轰轰作响，头晕。人像兔子似的奔来穿去，他以为天桥时刻都会翻过身去，把他甩到舞台上。那人站在底下，仰起头，张着手，嘴动着，看上去十分古怪。他的心悠悠荡荡。

"放绳子！"他终于听明白了，他缩回头，提起那盘绳子，一头在扶手上打了个活结，将另一头扔了下去。绳子柔软而迅疾地落下去，在空中扭了个怪异的花样，曲里拐弯，一下子垂直了。

人像兔子似的来回奔跑着，舞台则像一大片冬天枯干了的草地。他抬起头，不去看底下，向上看去，上面是黑洞洞的穹苍，交叉着黑色巨大的木梁，黑色巨大的木梁把穹苍割裂成无数个神秘的空间,看不见顶。

他觉着自己缩小了,缩得那么丁点儿的小,马上就要在这黑色的苍穹中消失了。他低下头,底下是惨白的一个平面,兔子般大小的人奔忙着,忙着吊起软景网子,搭起硬景片,搭起了一个小小的、虚拟的世界。

四淇从大丰农场给他寄了一本小提琴练习曲《开塞》,是手抄的,工工整整,干干净净,不知他花费了多少个夜晚。为了看懂它,他特意请假上街买了一本《怎样识五线谱》。

他已经有一个来月没有进城,这会儿猛一上街,倒吃了一惊。街上咋会有这么多的人,川流不息,河流似的,带着人往前走,或往后退,身不由己似的。在稻田里这么些日子,成天价只看得见耿贵一张脸,这会儿看见了许多形形色色的脸,懵了似的。他有点头晕,心里却挺高兴,看什么都新鲜。仰头看看钟鼓楼,钟鼓楼上的时针从来不动弹,永远是一点三十五分,这个时间不知是记录着什么,这个钟鼓楼也不知是个什么用途,问谁谁也说不清。有人说是观火楼,有人说是日本人打来时,防空报警用的。

他正东张西望,冷不防有人狠狠揍了他一下,他正要发怒,不料却看见胡小飞正对他使劲笑哩,笑得露出两颗扁平的大板牙。他瘦了许多,高了许多,也黑了许多。

"怎么进城来了?"他问道,不由得也是又惊又喜。

"队里让我来卖菜的。"胡小飞回答他。

"菜卖完了吗?"

"早卖完了。"

"你会吆喝吗?"

"我不吆喝,我管算账。你这是往哪儿去?"

"走家拿点东西就回六堡生产队了。"

"看场电影再回六堡吧!"

"什么片子?"

"《智取威虎山》。"

"有票?"

"有。俺爸厂里发的,我正找人一块去呢!"

"走。"他把《怎样识五线谱》卷成一卷,塞进裤子口袋,跟着胡小飞走了。

一场《智取威虎山》,把他给看傻了。绚丽的色彩把他搅得头晕目眩,几乎要忘记身处何时何地。紧锣急鼓,把他的血液全沸腾起来。他如坐针毡,坐卧不定,不知如何是好。那用西洋乐器奏出的京剧,听来是那么好听。有人叹息,说是离去京剧甚远,成了另外一个别的剧种。他不去管那些,幸好过去也未听过多少正宗的京剧,不管这是什么怪异的剧种,他只觉得好听,好听,好听!如此丰满深厚的音响,磅礴或柔和,或如火金钢,或如泣如诉。演员们一招一式都那么讲究,严谨,真正是珠联璧合,炉火纯青。他怔怔地坐在自己的座位上,双手扶着前排的靠背,彻头彻尾被那一团璀灿的音响包裹起来。那音响将他包裹得越来越紧,越来越紧,要把他吞没了似的。他想挣扎出来,可挣扎不动,他一动也动不了了。这两个小时,好比是一世纪那么长,又好像只是一秒钟那么转瞬即过。前方影幕上那一方五光十色的世界消失熄灭,场灯亮了。前后左右的人乱哄哄地站起来,往外挤,空气混浊得可以。场灯照耀着灰拓拓的墙壁,墙壁开始剥落了,有土块落下来。人们穿着灰蓝黑三种颜色,灰蓝黑三种颜色汇成的人群拥挤着,蠕动着,像一条暗淡的河流,向太平门缓缓流去。

"走吧!"胡小飞在他耳边说。

他努力站起来，没站好，又坐下了。

"你怎么了？"胡小飞在笑。

他咧开嘴，也想笑，却笑不动。他又努力了一下，终于站了起来。腿软，浑身都软，他感到精疲力尽，一阵说不尽的疲惫渗透了他。他随时都想坐下来，最好是躺下来。

"你怎么像喝醉酒似的？"胡小飞还在笑他。

"你才像喝醉酒。"他软弱无力地回敬他。随着人流拥出了门，天色有些发暗，太阳照到街两边的墙根下了。

"嘻嘻。"胡小飞笑个不停。

"嘻。"他勉强也笑，挣扎着说了一声，"真、真来劲！"

"不看可不是亏了！"

"可不是亏了！"他答应着。

风吹过来，他微微打了个寒噤。

"你回六堡？"胡小飞问。

他虚弱地摇了摇头。今天回不了了，他今天再走不了那三十里路了，他的精神像水似的从身上泻下来，泻尽了。

"不回了？"胡小飞惊喜地叫道。

他不明白胡小飞惊喜着什么，只觉得累，身体绵软得很。他点了点头。

"今晚上俺家睡吧！我的床可大了，可以睡两个人。"

他犹豫着。

"明早就从我家走，正好顺路哩！你不是从奎河沿走？"胡小飞热情地鼓动着。

"那倒是。"三林动摇了。

"走吧，走吧。"胡小飞拉他。

"我得回家告诉一声。"

"我陪你一起回家。"胡小飞怕他逃了似的,紧紧相跟着,"我每个月都能来家过几天,有时是卖菜,有时是拉粪,有时拉酒糟,俺队长总是说:'明后天再回吧,家里大人惦念哩!'"

"你和乡里人处得不错。"他敷衍着。

"那可不,两好合一好,我干活也是下力的。俺那班同学可不咋地,成天不干活,东窜西窜,更显得我老实了。"

"你们集体户几个人?"

"没集体户了,各顾各了,一人一个灶,各做各的吃,那才省心哩!"胡小飞絮絮叨叨地说,也不管人家听还是不听,"我瞅了这一段,还是觉着,小学里处下的朋友最好。也不知是个什么道道,往后再处得好,也不能像小学里那样,心和心都像是透了的。"

他们走进长长窄窄的丁字巷,石子路破碎了一些,粪车刚过去,淌了一细溜黄黄的粪水,几片葱叶子,踩进了石缝,气味怪怪的。

他们走上台阶,门口石板凳上坐着小憨蛋,拖着鼻涕在绑弹弓,叫他,也不理,架子大得很。院子里烟熏火燎的,谁家的炉子灭了,在院子当央生炉子。穿过弥漫的烟雾,走到自家门前,父亲泰然自若地坐在堂屋看报纸,那烟雾对他没什么妨碍似的,大林在一边淘米。

"爸。"他叫道。

父亲从报纸上抬起眼睛,看着他:"怎么,还不走?天要黑了。"

"我明天再回六堡,今晚上,我到胡小飞家睡去。"他告诉父亲。

"不是只请了一天假吗?超假了不好吧!"

胡小飞插嘴道:"乡里无所谓,不是街上工厂,没什么超假不超假。"

父亲不理会他,看着三林说:"这样,影响也不好吧。"

他沉默着,感到一阵焦躁,他克制着那一股焦躁的情绪,说道:"一天半天的,无所谓。"

父亲也沉默着,显然是不高兴了。

"现在回也是回不去了,走不到七里沟果园,天就要黑尽了。"他说,话音里带出点强硬的味道,好像在向谁挑战。

"今天回不去就留一晚吧,不过,无所谓的思想可要不得。"父亲宽容地说。

"那我去了。"

"去吧!"父亲重又低下了头。大林去淘米,米涮在锅边上,"沙沙"地响。

胡小飞扯着三林,一溜烟地走了出来,走出院门,走下台阶,吐了吐舌头:"乖乖,你爸思想真来劲!"

"去你的!"三林捶了他一拳。

"我又没说坏?"

"你还说!"三林气了,好像受了侮辱。

胡小飞不敢作声了。

落日正停在巷口,红艳艳的,把巷道都染黄了。他们迎着落日走去,走到巷口,那落日则躲开了,到路口去了,给他们让道似的。

巷子前正是个下岗,自行车叮叮当当地往下溜,溜得飞快,人只能躲着。

自行车从人群中间插过去,辐条旋转的"嗞嗞"声和叮叮当当的铃声混成一片。人躲着自行车,左一闪,右一闪。落日停在路口,把街照红了,人来车往,遮着落日。

五色的光柱旋转着,灯大亮,然后大灭,舞台上一片漆黑。

对光。

"面光,面光!"底下有人叫。

他扶着灯,慢慢拨动,底下是个绚烂的世界,人走在里面,像太阳里的黑子。

天桥在他脚下颤颤微微,他不明白自己为什么不是脚朝上,而是头朝上,兴许自己就是脚朝上而不是头朝上,只不过自己不那么认为罢了。他感到这个绚烂的世界在旋转,心里已经没了害怕,只不过恍恍惚惚的,不太踏实,好像站在了九重云雾之间。

灯暗了,又亮了。

灯暗了,一条奎河沿都黑了。

"又是停电。老停电!老停电!"胡小飞嘟嘟囔囔地找手电筒,找到了手电筒,拧亮了,再接着找蜡烛,火柴。

大槐树挡着窗户,只漏进几星星月光。蜡烛点着了,摇摇曳曳地照黄了大半个房间,星星月光没了。

他俩躺在床上,背倚着墙,烛光在他俩的脸上晃,把脸都晃花了。

"那个小、小、小他,到哪儿去了?"胡小飞问。

"哪个小他?"

"就是你院里的,好和你一起玩儿的,瘦巴巴的小黄脸。"

"哦,小四淇吧?他去了大丰农场。"

"给你来信吗?"

"来。"

"那小孩才憨,是吧?"

"那小孩才好,心眼儿好!"
"你知道俺班的张雨上哪儿去了吗?"
"不是去当兵了吗?"
"你也知道啊!在东北当兵呢,说是在干宣传队呢!"
"他从小就会说山东快书。"
"我还记得他说什么河神娶媳妇的事。"
"那段子叫作'西门豹'。"

风从大槐树叶子里挤进来,把蜡烛吹得晃晃闪闪的。隔壁院子里有人在弹中山琴,弹的什么调听不清亮,只听到叮叮咚咚的。

"咱们这些同学都分得七零八散,在哪儿的都有。"
"还死了一个呢!"
"真是的吗?我咋没听说。"
"不是俺那班的,在俺公社插队,打摆子打死的。"
"娘咪!"胡小飞轻轻地叫了一声,不再说话,往三林身边缩了缩。

三林也不说话,听着叮叮咚咚的中山琴声,好像风从破了的碗边上刮过去。

"你说,俺不会在乡里待一辈子吧!"胡小飞小声地问。
"待一辈子又咋啦?咋了不是人过的!"三林回答。
"就是,怎么不是过一辈子!"胡小飞也嘴硬地说。
"找个乡里媳妇,生个大胖儿子,多来劲!"三林粗起嗓子说。
"你真能捣!"胡小飞乐了,停了一会儿,说,"俺队里真有人给我说媳妇呢!"
"你咋不应下呢?"
"我不要媳妇,我不要。"
"谁能不要媳妇!"三林说。

胡小飞沉默了一会儿:"我思忖着,还是在俺同学里找一个好。"

"你还真想着媳妇哪!"三林有点吃惊,他没料想,小孩一样没心没肺的胡小飞还藏着点儿心思,而且是这种不可告人的心思。

"你看许兆梅咋样?"他问起小学的一个同学。

"我都记不清她模样了。"

"小时候,她和我坐过同桌,夏天好穿红裤头,好用屁股撅人。"

"哦,就是住月波街上的?她现在在哪了?"

"下放在柳泉了,听说进了社办厂,每月拿工资呢!"

"要我看,还是沈玉平好,我记得小学里,她学习最好,人聪敏,也不丑。"

"俺中学里的蒋兰兰也还可以。"

"太疯了,和男生斗嘴把人脸都抓破了。"

"要娶这种媳妇,进门就得揍,揍服了,就好了。"

风吹过大槐树,沙啦啦地响,中山琴叮叮咚咚的,好像风从破了的碗边刮过。

"谁在弹中山琴?"三林问。

"那院的一个迂魔。"胡小飞回答。

"什么迂魔?"

"那院吕老头的儿,迂迂魔魔的。"

"他咋迂魔?"

"去年从大学里毕业,分给他工作说不合适,嫌大材小用了,就不干,成天吃他爹的。他爹要死了,看他咋办,要饭去!"

"真是迂魔!"

"这还不算呢,他成天拿了一块硬纸板,坐在院门口。硬纸板上画着白道子,黑道子。他坐在门口,望着奎河,十个手指头在纸板上爬来爬去的。有时候,就弹中山琴,弹的不知什么调。问他什么调,他说是他自己写的调,才难听。真正是走火入魔了!"

"哦——"三林轻轻吐了一口长气。

"这么大个汉子,吃他爹的,真该杀,该送到肉联厂去宰了!"

"你别乱骂人家,人家兴许有人家的志向。"

"他有什么志向?给他好好的工作,他不干。这年头,有这样的吗?叫他下乡插几天队试试!"胡小飞来了气。

"各人有各人的志向,你骂人家做什么!"三林也有点生气。

"我就骂他,迂魔,迂魔,神经病!"

"你这人怎么蛮不讲理?胡乱骂人!"

"我想骂。这是我家,我想骂就骂。"

"你意思是这不是我的家,我便不能说话了吗?"

胡小飞这才明白说漏了嘴,不吱声了。

三林也不吱声。

"算了,"胡小飞和解了,"为人家人,咱们朋友吵个什么劲!"

三林还不吱声。

"我不骂了还不行吗?"

"你骂不骂的,和我什么相干?"三林冷笑道。

胡小飞叫他噎了一下,不吱声了,过了一会儿,才说:"明天咱们再去看电影吧,看《平原游击队》。"

"看过六遍了。"

"我看七遍还想看哩!那个日本人,乖乖,真毒。两个眼,贼样!"

一阵风穿过槐树叶,把蜡烛吹灭了。月光洒进了屋子,反倒显得亮堂了。

第二天早上,三林从胡小飞家门口出来,果然看见隔壁院门口坐了一个白净脸儿,戴眼镜的大学生。手里虽不像胡小飞说的那样抱着块硬纸板,那眼神却一如他所描绘,直愣愣地瞪着黑乎乎的奎河水。

胡小飞捅捅三林的腰眼,朝那人努努嘴。三林看着他,心里也狐疑得很,觉得这人蹊跷,可细细一端详,又道不出有哪一点蹊跷的。白白净净的一张书生脸,十分周正,十分斯文,他身后是垒得很结实的青砖,黑漆剥落的大门,门里有两只小鸡啄食,一边啄,一边朝门外踱来,眼看着一只跳上了高高的木门槛。

早晨的太阳照在奎河上,把黑水镀了一层金,金得发沉。

他沿着奎河朝前走去了,太阳照得他晃眼。

谁家院门口两个老头在拉呱,耳聋,扯着嗓门吼:

"早年,奎河上可热闹哩,船来船往,人来人往!"

"那是啰,这两岸都是街,都是街!"

"黄河改道了,全凭奎河上走船,热闹哩!"

……

奎河乌金乌金的水缓缓、沉沉地淌着,淌不动似的。太阳高起了,明晃晃的耀眼。他迎着耀眼的太阳走去。

他颤颤巍巍地走在天桥上,天桥狭狭的,只搁得下一双脚。他像是腾空走着,从跑来跑去的人头上空走过去。

人在底下奔来跑去,高高地看下去,看不出他们在忙什么,空忙似的,只觉着跑得仓皇。他好笑地看着自己的脚在人们头上挪动过去。

灯光忽明忽暗,闪烁着,变幻着,他的脚步从五光十色的灯光之上迈过去。

他走了过去，走下了黑洞洞的木楼梯。几乎垂直的木楼梯吱吱嘎嘎地响着，他手抓住扶手，脚摸索着。黑暗包裹着他，他拨不开那黑暗，他感觉到黑暗附在他身上。他摸索着楼梯，一步一步走下来。

眼前陡然地一亮，到了。

人声扑面而来。

他回到了舞台上，人们奔忙着，喧嚣着。

有人叫他，大声地叫。

他应道，声音汇入了嘈杂的人声。

是叫他抬钢琴，他只得跑过去，挤进人群，扶住钢琴，呼着号子，齐着脚步。

他挤着别人的胳膊，别人挤着他的胳膊，人们胳膊挤着胳膊，"呼嗨"一声，连根拔起了钢琴。

第十七章

燥热。早知道南京是大火炉，可没料到才五月便如此燥热起来。

女同志住在剧场放映间里，男同志遍地乱睡，剧场里，院子里，前厅，后台，铺开了一张张席子。南方的热，是潮热，身上一层层地发黏，汗都出不痛快。

演出服汗透了，洗了却又干不了，只能一口一口往上喷酒，于是便散发出一股奇异的怪味。

天热，加上疲乏，一个个火从中来，嘴角生了疮，口腔起了泡，动辄吵，动辄打，团里打，团外打。几个调皮孩子爬墙头，抓下来就是一顿好打。孩子回去，家长便来了，带来三姑六戚一大帮，最后派出所出面才算了事。随时都会发生纠纷，并不需要多少理由，一点点原委就足够闹起一场。吵过了，打过了，彼此都满意了，便歇手，便睡觉，像是了了一桩心事。

究竟是省城，地大人多，上座倒也不坏，虽说看过了就骂，可还是有人来看。团领导雄心勃发，正派出人前往上海联系。姜小莉早已调回上海，虽没进了文艺团体，却正在文化局演出科！有她帮忙说不准真能打进上海。团长日夜都做美梦：进了上海，让上海

"文汇""解放"两大报宣传宣传,再与各级文艺团体交流交流,对本团的发展,将起到如何的促进啊!除了团长,还有更多的人也在想着进上海,想着到上海去买衣服,买皮鞋,烫头,割双眼皮。有性急的,已经写信让家里人寄钱了。只有梁爽骂团长放屁!他认定这一伙人进上海明摆着是要丢人。如今他灰心到了极点,对这个团已无一点信心可言。他干脆撒手不管,只顾自己埋头读书,准备报考中央戏剧学院的导演进修班。

翻过来倒过去地演那么几台戏,食堂的袁师傅都能将台词倒背如流,却没有新剧目可排。一是得不着情报,二是得了情报,山高路远人乏,也去不了学习,好歹还能混几天,便这么一天一天挨着,唱着那烂熟的调。好在南京是个游玩的胜地,白天便可各处游山玩水,倒开了眼界。尤其是那一日集体逛玄武湖,居然遇见一群金发碧眼的外国人。要知道,在这之前,有不少人没见过异种人呢,光是从电影上看过,可那总像是假的,玩意儿似的。这会儿见了真格的,很长了见识。

去年考上省艺术学院的小方来看大家了,小伙子摇身一变,变成另一个人了。头发剪得整整齐齐,不长不短地斜梳过去,袒露出宽宽阔阔的额头。穿着涤卡拉链衫,皮鞋擦得铮亮,神气轩昂,像是充满着无限的希望。看看围着他的那一伙剧团同仁,一个个头发披到眉毛下,印堂发暗,脸色憔悴,一副倒运的面孔。

"怎么样?弟们!"大家在他肩上拍拍打打着,他倒有些羞涩起来。

"混得可以嘛!伙计。"大家在他脑袋上胡撸着,他只是笑。等到亲热完毕,他才镇静下来,娓娓地告诉大家,学院里每两星期让他去一次上海,跟上海乐团的首席黑管上课。下学期,还打算让他去北京,跟中央乐团某某人学。他告诉大家,学院筹备着成立交响乐团，等他毕业了，十有八九能留校。问他吹什么练习曲，他咕里咕里说了一串外国名字，听不懂，再问，又说了一遍，还是听不懂。他安安静静地坐在那里，说话很稳重，像是长大了许多。杨森想起他过去那一副冒冒失失的模样，觉得好像是一棵枝枝杈杈的小杂树剪了枝，茁茁壮壮地长起来了。

小方走的时候，塞给杨森一张叠成三角形的纸条，是吕安蓓带给他的，请他星期天去玩，写给了他地址，还画了一张十分明白的地图。他犹豫着，是不是要去。他很想念她，自从她走了以后，他心里一直很难过。他自己都没料到，她会给他这么强烈的影响。明知这么着难过下去，不会有什么结果，可他却怎么也搁不下，一味地这么难过着，反把陶欢淡了。

有关她的一切细节，他这会儿全都拾起来细细体味着，分析着，慢慢连成了她的生平。他想：她自小生活很不错，学习也不错，本是想好好读书念大学的。可后来"文化大革命"了，下放了，下到三堡插队。在农村，几次招工招生都让人顶掉，实在没法，才找关系开了个后门学作曲。既然学了作曲，就得学好，她想——他想，于是她便不要命地用功起来，连饭都不舍得花时间吃，每日里买几个馒头敷衍敷衍。最后，老天不负苦心人，终于学成了……他想着她的艰辛，想着这么个单薄的女孩子却那么坚韧，想着她对人那种宁静沉着，越发地觉着与自己亲近，越发地舍弃不下。可是她走向他时，从来不曾带有那种可能，因此他也从来不去设想那种可能，于是，又越发地觉着她的遥远，越发地觉着一无希望。他想得心痛。他从来不曾这样难过，他从来不曾知道难过是这一般滋味。他很想看到她，很想看到她。她弹钢琴的模样，微微耸着肩，很用力似的，揭谱子的时候，便忙不迭地揭一下，错过了一小节，便自己摇一下头，笑笑。她的手很大，很有力，掌心有着柔韧的茧子……这一切，全是在她走了以后浮现在眼前的。

只要她在，他便能时时、处处地感觉到有她的一双眼睛的跟随。他极力穿着整洁，举止文雅，少说话，要说便说得幽默，没说好便沮丧，努力弥补一下。他觉着生活在一双眼睛的注视下，生活自身便有了一种意义，一个目的，他每天早晨醒来，便想着，这一天要做得好一些，好一些！可是，这双眼睛没有了。这一些，全是这双眼睛没有之后才明白过来的。

可是，他却不敢去见她。他眼下很狼狈，脸色晦暗，并且，一无指望。她对他的期望，他怕是担负不起。他没有精力再去投入一场考试，他累了，他很累了。他只想着休息，可是却不能休息，好像是目的地还没达到，而目的地究竟在哪里呢？他茫然得很。他越来越支撑不住那疲劳了。他这么着去见吕安蓓，不叫她吓一跳才怪哩！

他对着后台的化妆镜端详着自己，脸颊削瘦，胡子没剃干净，斑斑驳驳，还不如不剃，汗毛孔很粗大，是黑的，好像嵌了一把煤屑，头发盖到了眉毛，衬衫领子脏了，呈现出黑色的锯齿形。他不能去见她，他不能让她看见自己这副模样……

"这么爱美啊！"有人揉了他一下，是郑瑛瑛。

"就兴你爱美，也让咱们爱爱嘛！"他戏谑着说。

郑瑛瑛很乐："我让你美，给你化个妆怎么样？"

"好呀！"他的话还没落音，郑瑛瑛的粉扑已经朝他脸上扑过来了。他没躲得及，扑了一脸的白粉。大伙儿都乐了，说道："杨森这么个老实人都会开玩笑了，剧团这地方真能锻炼人。"

郑瑛瑛笑得直不起腰，抱着肚子直喊："哎哟！"

杨森又好笑又气恼，揪住了郑瑛瑛的小辫："给我擦掉。"

"不擦！"

"擦不擦?"他把郑瑛瑛的小辫揪了一下。

郑瑛瑛叫唤得更凶了。两人正闹成一团,少扬来了,一见这情形,立即沉下脸来。他走过来,抓住郑瑛瑛的胳膊,把她拖开,然后面对着杨森站好:

"请你尊重女性。"

"用不着你的教导。"杨森回敬他。

"是不是也要来一场。"少扬直盯着他,眼睛发出凛冽而凶悍的光,他慢慢地解着上衣的纽扣。

"犯不着,"杨森微微笑着,"犯得着吗?犯不着。"

少扬的眼睛更加凶恶了:"为什么犯不着,松松筋骨嘛!"他朝杨森逼近着。

"为别的事,我还愿意奉陪,就为这啊?没兴趣!"杨森把上衣的风纪扣扣好,饶有兴趣地欣赏着少扬气红了的眼睛。

"怕是由不得你了。"少扬朝他逼近着,眼看着,鼻子要碰着鼻子了。

边上的人看不下去了,纷纷过来拉:

"这是干啥的?好没意思。"

杨森趁机退了出来,少扬叫道:

"有种别跑!"

"我怕你呢。"

"孬种!"

"哼!"杨森鄙夷地一笑,转头走了。他看见了缩在墙角里的郑瑛瑛,郑瑛瑛正看着他,脸上的表情非常奇怪,流露出一种、一种怨艾。为什么要这样看着他呢?他的心缩紧了一下,扭过头去,让开她的目光,走了,走到台侧,还听见少扬咬牙切齿的骂声。

他摸着黑走下乐池,坐在乐池口台阶上,双手捧住头,他想哭。

星期天早上,他邀上小军去了燕子矶。

登上高高的矶石,临着长江。白茫茫的大江,从天际来,往天际去,水天交融。风吹过来,凉凉爽爽的,太阳出了云层,照着长江。燕子矶的影子投在江面上,小小的,淡淡的。

小军朝下吐了一口唾沫,唾沫像一片棉絮似的飘飘荡荡下去。

"乖乖!"小军不由得胆寒,"人要掉下去就没命了!"

"活不下去的人都好到这里来寻短见哩!"他说,"听说,古代,考不取状元的人都跑到这儿来死,死的人多了,就有人在往这儿来的路上,竖了一块石碑,上面写着:望三思而后行。"

小军不吱声。

他回过头看了他一眼,见他脸色奇怪地严峻着,捅了他一下:"愣什么神!"

小军哆嗦了一下,回过头,茫然地看着他,喃喃地说:"怪吓人的。"

"有什么吓人的?"

小军握着铁栏杆,摇了摇,铁栏杆纹丝不动:"这个要是一下子倒了,就全完了。"

杨森再往下看看,不觉也有些腿软,便说:"走吧,下去吃午饭去。"

小军听话地跟着他走了。两人走到燕子矶菜馆,占了一张桌子,叫了两个菜,六两饭,等着上菜。邻着他们桌子是一帮大学生,吵吵嚷嚷的,把两张方桌拼在一起,挤挤地围坐在一起,说着什么,老笑,老笑。杨森看看他们,小军也看看他们,两人都没说话。

"明天要走了。"半晌,小军才说。

"明天走。"杨森答应。

"去镇江。"

"去镇江。"

"去不去上海?"小军问杨森。

"谁知道?"杨森回答小军。

"去个熊!"小军骂道。

杨森没骂。

菜来了,然后饭才来,两人埋头吃饭。

那边一阵哄笑,把屋顶都快抬起来了。他们回头看看:

"吓唬人!"

"吓唬人。"

回到剧场,有人告诉说,吕安蓓来过了。杨森的心提了一下,而后放下了。他拿起琴到台侧练琴,练"开塞"第一课。他好像永远只能拉"开塞"第一课,只有这一课才能拉得流利。他拉得流利极了,用不着思考,全凭手指头自己动作了。拉得流利而乏味,小提琴拉出了二胡味。他一遍一遍拉着,心情慢慢地平和了下来。

第二天,他们走了。镇江造纸厂来了几辆车子,免费将他们连人带道具拉去,代价是为造纸厂慰问演出两场。

天气越发地热。今年天气奇特,早早的就热了。还不到六月,却已经有了几天三十五度的高温。每天晚上,剧场坐满了七八成,几百口子的体温汇合在一起,几百口子的呼吸交融在一起,炖汤似的炖着一个小小的场子。看的人难熬,演的人更难熬,场子里的热气腾上来,头顶上的灯光小太阳似的照下来。想到夏天还在后头并且即将到来,实在害怕,怕也没用,天气,依然在一天一天热起来。观众一日比一日少,眼看着就要演不下去,而上海方面,音信全无。团长早已派出几路人马,去无锡,去苏州,去淮阴,去丹阳，却一无结果。剧场如今有的是东西演，新老电影，古今戏曲，土就土到净的，洋就洋到顶的，唯有那不土不洋的歌舞节目，如今到了冷落的时代。剧场经理说话里那音，已经是催着走人的意思了。团长只是装糊涂，见面嘻嘻哈哈一阵，嘻哈完了赶紧走开，没得经理说话的机会，便可以一味地拖延下去。

勉强演完了合同上签订的十二场，经理也把话挑明了。这下团长装糊涂是装不下去了，只得放下架子，恳求宽限一二天，这会儿走也是没法子走啊，车票还没买呢。话里有了几分耍赖的意思。

舞台上吊起了影幕，日日夜夜放电影。文工团员们便日日夜夜坐在影幕后头看《红色娘子军》。"向前进"的歌声气昂昂地激荡在剧场上空，给人紧迫感。

就在这要命的时候，发生了一桩不幸的事情，而这一桩不幸的事情却暂时挽救了文工团的命运。

这一日，天明鸡叫，大家睁开眼睛，觉得房间里很干净，很整洁，清清爽爽的，收拾过了似的。再细细一考究，却发现晚上脱下来的所有衣服，全没了，几只挂在墙上门后的包没了，甚至，少扬就搁在枕头边的一块新表也没了。

这个事情是在剧场里面发生的，团长便趁机向经理施加压力，致使他再也不敢催促他们走了。他们心安理得地住了下来，三天过后，上海来了长途电话，剧场、住处都已联系妥当，火速来沪，共计是五百多元损失的失窃，为集体赢得了三天的时间，使之安然渡过危机，扭转了局势，走向胜利。

出外已经两个多月，实在是辛苦了。团长作动员：打起精神，再坚持二十天，一定要在上海打响，要知道，这是去上海，上海啊！演出回来，放假一月——团长许愿。人们便强打起了精神，要知道，这是上海，上海啊！多少人向往的地方，听起来，就好像是另一个世界。

租来了卡车,装上道具,拉到车站,装上车皮。两辆卡车来回跑了三趟,全装完了,剩下的只是人,自己提着行李,三三两两地步行往火车站去。

中午的太阳,火辣辣的,背上像是烤了一盆火。连日里紧张忙碌,有人嗓子哑了,有人脸上长疖子了,有人热感冒发烧了。

"棒冰——"

"棒冰——"木板敲着板箱。

想过去买一支,看看那一大段太阳地,望而生畏,不买了。

"杨森。"梁爽坐在他身边,愣愣地看着太阳地。

"嗯?"杨森也看着太阳地,太阳地里有一只虫在爬,爬得很快。

"你说,我要是考不取导演进修班,怎么办!"

"不会考不取的。"

"如果考不取,咋办?"

"再在团里干呗。"

梁爽轻轻地摇摇头:"我连想都不敢想。"

阳光,热辣辣的。

第十八章

灯光，在新鲜的夜色里闪烁，明明亮亮。空气很清澄。

"嘿，上海。"小军嘲笑似的。

"上海，怎么啦？"他问他。

"也没啥，就是人多点。"

"是没啥，人也不算多。"

"上海女的，不错。一比起来，咱那里的女的，就完了。"小军说。

"南边水土好。"

"上海人喜欢走着吃着东西。"

"上海人好吃零嘴。"

"人家零嘴也多。"

人挨着人，走不动。稍一迈步就碰人；一碰人，人就不高兴，回过头，嘟哝一句。

"说啥呢？"小军问。

"总是不高兴咱的意思。"

"我日他奶奶！"

海关大钟当当地打响，浦江上泊着船，星星点点亮着灯，黄浦江成了一条星河。

星星闪耀。

太阳还没落到底,那边月亮却已经升起,素素净净地悬在高天。

他骑着车子回六堡,沿着奎河骑。

奎河的水稠起了皱,能挑起一层皮似的。

落日映着水皮,油光光的发亮,乌金金的发黄。有人涮黄盆,拨开水,水波乌一圈、金一圈地慢慢荡开。黄盆舀得水响,响得倒也清清冷冷的。

迎面"突突"开来手扶拖拉机,他挤在边上给它让道。他不怕卡车,就怕手扶,说翻就翻,毫不含糊。队里那开手扶的,拐弯没拐好,一下子翻了车,被卡在车底下,压成肉泥了,还算是在部队上开过大解放的呢!手扶"突突"地开过去了,黑烟滚滚,震耳欲聋。

他沿着奎河骑。太阳落到底了,瞅着瞅着没了,月亮还是那样,静静地悬着,天色暗了几分。

他走了神,朝河里骑过去了。幸亏他眼明手快,一把抱住了岸上的一棵树,人吊在了树上,车子"乒零哐当"掉了下去,身前背后一片大喊小叫,反把他吓了一跳,心里"怦怦"的,像揣了只兔子。他抱着树,望着河底下的车子,不明白那车子怎么到了这下面去,又有些好笑。

奎河边人家院子里跑出几个大男人,拿着家伙,帮他捞车子了。他连忙道"谢谢"。奎河边的人都敦实,比街上住的要仁义些似的。他有一回在这里自行车掉了链子,也有个小伙子借给他家伙使呢。

老人小孩围了一大圈子,看捞车子。老头们就说他:

"骑车走路可不敢走神儿的!这要掉下去了,不是玩的!算你会水,也得冻个半死,家里大人可不急毁了!"

他乖乖地应着,车子捞了上来,还有人回家拿布给他擦。一抬头,那送擦车布的正是胡小飞邻居吕老头的儿,他便朝他笑了一笑。

他也笑了一笑,笑得很和蔼。

他便大起了胆子:"你不认识我?我是你家邻居的同学。"

"看着有点面熟。"他回答,说话清清楚楚,也像是喜欢说话的。

"我常来,常见你呢!"他套着近乎。

"真是的吗?"他扬了扬眉毛,很高兴似的。

"你是搞音乐的?"他直问了过去。

"业余爱好罢了。"他谦虚而矜持地说。

"能跟你学学吧!"

"互相学习罢了。"

他们两人站在那里,谈得很投缘,旁人以为是遇见了熟人,听了一会儿也不听了,散了开去。

天色蓝得深了,月亮明了。小孩儿在门前扯绳玩:

"杀鸡,买菜,咕噜咕噜跑快,打酱油,买香干,一个馒头吃三天。"反反复复地唱,没了个完。

他们两人站在那里,谈得很热烈,两人的脸色都很兴奋,眼睛灼灼地发亮。

"小三儿,吃饭——"

河两边纷纷叫着,此起彼落,星星也亮了。他们才恋恋不舍地分手,连声道着再见:

"走了。"

"走好。"

"就这样。"

"就这样。"

"一言为定。"

"一言为定。"

他推着车，走到再也看不清的地方，才上了车，骑走了。

月亮几乎就要圆了，银盘儿似的，给他照着路。他想唱歌，却不好意思，犹豫了一下，吹了声口哨，口哨吹不响亮，只听得见"呼呼"的气声，便也不吹了。他使劲地蹬着车子，一肚子的欢喜总要有个地方发泄发泄。他孤独地徘徊了这些年，如今，可有了一个知音。今天，他得着了一个知音。他把车子猛蹬着，不料链儿掉了，只好翻身下车，上链子。没有家伙，赤手空拳的，弄了一身大汗，丢下手，站起身，却看见前边月亮地里走来了一个人，消消停停地走着，手插在裤袋里。

"二哥！"他叫。

二林也不答应，依然消消停停地走，到了跟前："咋这时候才回来？"

"我找着个老师！"三林告诉他。

"哦。"二林很平淡。两人推着车子走了。

"他在北京上的大学，现在毕业了。他可是很有音乐修养。"三林继续说。

"是学音乐的？"二林问。

"学数学的。"

"咋玩起音乐来了？"

"他很热爱，而且看了许多书，是自学的。"

"哦。"

"他说可以辅导我学习乐理、和声,他自学过。"

"三林。"

"嗯?"

"你记得俺小学班上有个女同学,叫妮妮的。"

"不记得了。"

"后来我在街上遇见过她,一直通信呢!"

"哦。"三林性急地等着二林说完,还有话说呢。

"我们处得怪好,我对她,怪有好感的。"

"好好处下去就是了。"他等不及了。

"长得不算多好看,不过,怪素静的。"

"那不错。"他赶紧截住哥哥的话头,说自己的了,"他让我每两个星期回去一次,他给我上课,先学普通乐理。"

"你就一点点不记得妮妮了吗?小时候到俺家来过,扎两条长辫,后来上了一中。"二林沉浸在自己的话题之中,力图把三林的注意力拉回来。

"真不记得了。你听我说,吕老师家就住奎河沿,胡小飞,你记得吗?他家邻居。"

"我说,她现在长得怪高,小时候一点儿不显,现在真的怪高。"

"他是见过大世面的,在北京听过外国乐团演出,多来劲啊!"

兄弟俩各说各的,不再顾及对方听了没有听,一吐为快罢了。

月亮偏西了。

第二天,二林回城了,住了两天才回来,新理的发,喜气洋洋的,话也多了,絮絮叨叨的没完,都不像二林了。过了两天,三林憋不住了,也上街了,忙不迭地去到吕老头院里,进院就叫:"吕老师!"

吕老师笑盈盈地迎出来,把他拉让进屋,泡了两杯清茶,两人便开始讨论音乐。

"旋律是很重要的。"吕老师等不及讲普通乐理了,上来就讲"旋律",哼起中外多首名歌,一边哼,一边分析。

三林恭敬地听着,一字不落地往肚子里咽,感到收获大得不得了,头都有点晕。

"钢琴,钢琴是很重要的。"吕老师拿过他的那一长条硬纸板,纸板上画着黑白琴键,简直像真的一样。他的十个细长的手指在"琴键"上灵活地爬行着,也像是真的一样。把三林看傻了。

"这么练着,等将来有了钢琴就有基础了。"他说。

三林点头。

他的手指虚拟地按着琴键,开始讲"和声"——"一四五"。

这全是三林没有听说过的,他赶紧从挎包里摸纸摸笔,赶紧地记录下来。吕老师便放慢了速度,讲得更加从容,好让三林跟上记录。

原来是混混沌沌的音响,被分解开来,确定下来,具体明晰了许多,失去了原先的不可捉摸的神秘感,却与他接近起来,使他相信,接近它是可能的。

"最好有音响,你就明白了。可是没有钢琴。"吕老师遗憾地说。

"就这样,行。"他热切地说。

于是吕老师继续讲下去,手指无声地在"琴键"上爬行,虚拟出一串串的琶音、和声。

混混沌沌的音响,分离成音阶、琶音,排列组合成各种队形,他觉得有点像数学。

吕老师唱给他听自己写作的歌。他先在中山琴上弹出前奏，然后便唱了起来。他的声音不高，有些瘖哑，情绪却非常饱满，忽抑忽扬，十分动人。好几处，三林头皮一麻，微微起了层鸡皮疙瘩。他觉得这些歌要比时下流行的群众歌曲高明几百倍了。

"你为什么不投稿呢？"他问道。

"人家不会用的，只会批判。"他回答。

"为什么？"

"你自己想想就明白了。我的风格是非常柔美，缠绵，富有人情味。现在是什么时代？大兵歌曲的时代，队列歌曲的时代——'工农兵，团结起来向前进'——而我的，"他扬起右手，在空中轻柔地划着拍子，深情款款地唱了一句，"不被说成资产阶级靡靡之音才有鬼呢！"

"有人说了吗？"三林追问着。

"这还用得着人说？自己听听就明白了。"

"你给人家看过吗？"三林穷追不舍。

"我根本不想惹这个麻烦。"吕老师不高兴了，三林这才不敢再多嘴。

吕老师低着头，手里的刮片，轻轻地刮着中山琴的琴弦，"嚓嘟嘟"地响。

三林有些懊丧，东看看，西看看：小小的两间屋，顶棚破了，一角满是灰尘的纸垂了下来，像是被灰尘压塌的。眼看着要掉下来，可就是不掉下来，风吹过来，窸窸窣窣响一响。靠墙一张床，床边是桌子，桌子上什么都有，肥皂，衣服撑子，馍馍，咸菜，衣服，书，笔，烂裤头。

"你家几口人？"三林没话找话。

"就我和父亲。"他回答，轻轻拨动中山琴，"嚓嘟嘟"响。

"你爹上哪儿去了？"

"上班。"

"上什么班？"

"有什么上什么。"

三林不再吱声，可是耐不住又说了："你把你的工作丢了，怪可惜的，咱知青想都想不来呢！"

他脸上有些愠怒："我抗议这种分配，人不能为五斗米折腰！"

三林不敢再说了，坐了一会儿，便告辞出来了。吕老师没有送客，他自己走出来，走过院子，走出院门，沿着奎河走回家。回到家，看见二林也在家了。他知道二林是为什么回来，二林也知道他是为什么回来，两人看了看，没说什么。

以后的日子里，兄弟俩便像穿梭似的回起家来，你来我往，把这三十里道走得烂熟，跨门槛似的。有一天，三林从分得的小麦里称了十斤，带给吕老师。二林受了启发，称了五斤分得的花生，给妮妮送去。这么着开了头，往下的事情就不用说了。队里只要分东西，不论分啥，兄弟俩就各自拿了往城里捎，谁也不说谁，不仅不说，还鼓励对方多拿，对方拿的越多，自己拿的就越发心安理得。他们就这样互相鼓励着，把口粮往城里捎。终于有一天，烧锅的时候，他们发现粮食一粒也没了，只剩下红芋。他们就烀红芋，烀了一大锅，吃得也热热乎乎的，很满足，躺在床上一边打嗝一边拉呱：

"三林。"

"嗯？二哥。"

"我想来想去，不能耽误妮妮呢！"

"这怎么说得上是耽误呢？"

"我在农村，不知哪年才能抽回街上，就叫她等着，不等憨了吗?"

"可不是耽误了。"

"唉——"

"二哥。"

"嗯?三林。"

"吕老师对我帮助才大,我才想报答他呢!"

"等收了稻,再给他送去些好米,送珍珠球。"

"他不在乎这些的。"

"那就难了。"

"吕老师学问挺好,就是脾气怪。"

"该结婚了。"

"没工作,上哪找媳妇?"

"我才喜欢她哩!"

"谁?"

"她。"

"哦。"

"唉——"

"我敬重他。"

"谁?"

"他。"

"咦唏!"

"咦唏啥?"

两人不再说话,躺在床上,抚摸着肚子。屋顶往下掉土,沙啦啦的。三林忽然坐了起来,翻身拿过小提琴,拉了一弓。

二林哆嗦了一下。

他颤颤地拉了起来,拉《北风吹》,《扎红头绳》,《大红枣》,

《万泉河水清又清》……他拉得顺手,很舒服,音也准,音色也柔和,自己先被自己打动了。

"进步不小。"二林评价道。

他没听见,只顾自己拉着,忽紧忽慢,拉出了表情。终于在下把位的高音上结束了,余音袅袅,久久没有消散。

"我不能再这么着上街了。"二林忽然说,"我得好好干,这样,招工也能叫人想到我。"

"对。"三林答应着。他垂着头看琴,月光从窗洞里透进来,照着琴的面板,光亮亮的。他发现小提琴的形状很像五线谱的高音谱表符号。它很华贵,叫人觉得高攀不上似的。他温和地抚摸了一下,琴轴松了,发出一声怪音。

他拉小提琴,吕老师弹中山琴给他伴奏。吕老师不是胡乱弹的,是根据和声、对位等等,配好的伴奏。

他颤颤地拉着琴,吕老师"嚓啷啷"地弹着琴,倒也和悦。

"要有钢琴就好了。"吕老师总要这么说。

而三林是想也不敢想的。

"要有钢琴就好了。"吕老师再三地说。

三林渐渐地也敢想了。

"要有钢琴,多好。"吕老师日思夜想。

"是啊。"三林也传染上了,"要有钢琴就好了。"

他回家和爸爸商量,能不能去他学校弹弹琴,爸不同意:

"那是学校的财产。"

"当然是学校的,而我们只是弹一弹,不会弹坏的。"

"是公共财产啊!"父亲强调。

"我保证绝不碰坏,向毛主席发誓!"

父亲似乎受了感动,答应去问问,可是终于没有问出口,他觉得难以启口，这样的事，唉。直到一个星期天，正好排到爸爸值班，他才通知三林，可以去试试。

三林用自行车带着吕老师到了学校，上了四楼，钢琴就在顶西头的教室里。

吕老师小心翼翼地在落满灰尘的琴凳上坐下，庄重地揭开琴盖，眼神茫然起来。

"这个琴很旧了。"他说道，不忙着去弹。

"说是才买不久呢！"

"上当，上当！"

"呀！"他也很可惜。

"学校里有人会弹吗？"他问。

"教音乐的王老师，会弹风琴，能凑合弹几下。"

"哈哈，"他摇着头，"风琴和钢琴完全是两回事，会弹风琴的不会弹钢琴，会弹钢琴的反倒弹不好风琴了。"

"是这样！"三林听着。

"因为按键的方法是根本不一样的，风琴是按，钢琴是击。"他做着手势，却不去碰那琴键。

"吕老师，你弹一个听听吧。"三林忍不住要求道。

"当然要弹的。"吕老师伸开五指，又抓拢，再伸开，"活动活动手指，好冷啊！哪儿来的风？"他忽又停止活动，四下张望着。

"我把窗关上。"三林跑过去，乒乒乓乓地关窗。

吕老师活动完了手指，把手平平放在膝盖上，凝视着键盘。

三林等待着。

他抬起手，刚刚要击下去，又收回了，垂落在了膝上。

三林有点沉不住气了。

他抬起一只手，在键盘上爬了几下，怯生生的。琴声在空荡荡的教室里回响了一下，怯生生的。他终于弹了起来，可又停了："经常练习就行了。"

三林有点失望地看着他，终于明白过来：纸做的键盘终究是纸的。

他又弹了，声音微弱而断续，两手配合不好。于是他一会儿用左手弹，一会儿用右手弹，弹了一阵，不弹了，把琴盖砰地关上，站了起来。

三林抢着坐下去，把琴盖揭开，瞎弹着，钢琴乒乒乓乓地乱响。瞎弹了一阵，他开始摸索着弹曲子，用一只右手弹，弹得正上劲，不料吕老师却说：

"走吧！"

三林还想再弹一阵，看见吕老师不太高兴的脸色，便作罢了，站起来，跟着走出去，心里则十分地扫兴。

三林用车子带吕老师回家，顶风，骑得慢多了。沙子迷了眼，只能半睁着眼睛。他俩一直没说话，骑到院门口，三林让吕老师下了车，便回家了。两人仍然没说话。

下午他便回六堡了，走的时候，爸让他捎一封信给二林，厚厚的一封。他好奇，骑到半路上，就把信拆开看了。

父亲不知怎么晓得了二林在谈对象，通篇是规劝他的意思。父亲说，你还年轻，万不可为个人问题而分散了精力，你们这一代任重道远，万不可自暴自弃。有志男儿先立业，后成家。改造世界观的大事尚未竟成，岂能贪恋小家安乐。再谈到这些年对他关心不够，作了检讨，希望今后能时常谈心，交换思想，等等……有好几处，三林大受感动，鼻子酸了，眼眶热辣辣的。可是却又有些不自在，难为情似的，觉得不自然。父亲这般的情真意切，也只能在信上表示表示，当面是万不能的。三林读着这信，脑子里不敢去设想父亲的面容表情,他也有些为父亲害羞。他们父子兄弟间从来不流露些微温情,忽然写了长长的切切的这许多,总有些别扭。他不敢肯定,二林会听从这些规劝。

果然,二林接过信去,一目十行地看完,塞到灶头里去了。

"你怎么烧了!"三林叫了起来,这毕竟太过分了。

"看完了。"二林略略吃惊地看着他,解释道。

"你打算怎么办?"三林气呼呼地说,这会儿,他非常地恨二林。

"你说我打算怎么办?"二林反问道,嘴角露出讥讽的微笑。

"我知道你打算怎么办?"

"那你管我怎么打算!"

"你得给爸回个信。"

"我和他拉啥?"

"你咋这么说话!"三林火了。

二林不理他,扯着风箱,咕嗒,咕嗒。

"你得表个态。"

二林把风箱一送,回过头来说道:"你们别管我的事行不?我的日子好过一点了,你们就要来烦心!"

三林一时说不出话来了。

他重又拾起风箱,一拉一送,一拉一送。

火焰一跳一跳地往上蹿,舔着黑乎乎的锅底。

耿贵在村道上直起嗓子唱梆子戏:"朝霞映在阳澄湖上……"

浩浩荡荡的小提琴,走进幽幽静静的汾阳路。

学院的大门敞开着,小提琴浩浩荡荡地开了进去。

琴声从校园里流泻出来,汇成一条闪闪烁烁的河,流淌着。

"你说，咱还有啥玩头！咱别玩音乐啦，走家吧！"小军说。

太阳照着绿茵茵的草地，草地反着光。

"走吧！"他踢起一块石子，在头里走了。穿过浩浩荡荡的小提琴，穿过琴声。阳光从梧桐叶子里泻出来，斑斑斓斓地披了他一身。

空气清澄得像水洗似的，梧桐叶子很绿。

第十九章

汛期，河底涨水，涨了满满一河，把麦茬子盖没了。

他顺着河向前游，黑黝黝的胳膊划拉着清凌凌的水。

水，碧清碧清，打天上下下来的。下了三天三夜，把个干干的河底涨了满满的一河。

河底是黄河故道的河底，打城里过来，没过到两山口，就干见底了。到了汛期，又满了。

他划拉着清凌凌的水，清凌凌的水洗着他黑漆漆、瘦精精的身子。

游过了六堡的果园，有红似白的雨露桃垂挂着，空气都是甜沁沁的。

他顺着河向前游，河面很宽，一河的水清清凌凌地朝前淌。

游过了杨洼。河面宽了，弯弯曲曲向前蜿蜒，看不见头。

沿着故道一直向前游，能找到黄河吗？他不知道。

找到黄河，再顺着黄河游，能游到海口吗？他也不知道。

他知道照道理是能的，千条江河归大海嘛。

他也知道，道理是道理，事实上，路长，浪高，水急，滩险，大海很遥远。

他还知道这么着往前游,游,很痛快,水是清清凌凌的。

两山口在放炮,前不久开来一个师的工程兵,要凿通两山,挖飞机库呢!

炮声隆隆。

河水,清清凌凌。

高大的法国梧桐立在街边,蝉在树叶里面叫着,太阳照黄了柏油路面。

街面上敞开了几扇门,门口坐了一个穿花睡裤的女孩子,剥着青青的毛豆,或是捡着一种小叶子的青菜,上海人叫作鸡毛菜的。老师傅卸着门板,露出小小的店面,小小的玻璃柜台擦得干干净净,里面摆着香烟,手纸,练习本,信封,花花绿绿的糖弹子。宽宽敞敞的巷口,站了几个小青年,说说笑笑,抽抽烟,抖抖脚。

他顺着街朝前走,阳光攀着墙爬高了,爬到二楼窗口伸出的竹竿上,竹竿上晾了一条花格格的裙子,还在往下滴水。

他顺着门牌号码朝前走,门牌端端正正地钉在门上或者巷口墙上,清清爽爽的蓝底白字写着路名号码。

沿街的窗户猛地推开,把阳光猛不防地折射到他脸上,他眨了几眨眼睛,走了过去,明亮的玻璃反射着阳光。迎面走来一个小女孩,穿着雪白的小短裙,露出白白嫩嫩的小胖腿,脸颊像是透明的,吃着一支雪白的冰糕。

他觉着这个世界就像是一个刚刚洗涮过的玻璃器皿,亮晶晶的。

他看到了他要找的巷口,停了一下,向里走去。

一排排的房子,左右两边站着,三层的楼底下是小小的院子,院子里伸出粉红或粉黄的夹竹桃,有几幢楼房,爬满了牵牛花。阳台上晾着衣服，湿淋淋的。

　　一个胖女人，仰起头喊着什么，喊了半天没人应，他倒听明白了，是喊"三号三楼××电话。"他只是不明白这样喊着是什么意义。

　　邮递员的车从他身后骑上来，玩杂技似的一边骑一边朝后门里面扔着报纸。

　　一个乡里人，背着几圈棕绳，挨门挨户吆喝着，怪腔怪调的。

　　他看到了他要找的门牌，蓝底白字的嵌在黑漆铁门上方，围墙上爬着青藤，里面有孩子的尖叫声。

　　他敲门，敲不响似的。他稍稍用力敲着，里面有人问了。听不懂，大约总是问找谁的。他便回答：

　　"陶欢——"

　　"在二楼。"里面人回答，依然不出来开门。

　　他却茫然了，不知一楼不开门，如何才能到得二楼。

　　"走后门。"里面人像是猜出了他的疑虑，提示了一声。

　　他小心地顺着墙摸到后边，后边果然也有门，门上也有号码；不过那是稍稍马虎了一些的，直接用红漆写在了木板门上。

　　门没关，门口坐了一个小孩和一个大人，大人喂小孩吃饭，米饭里掺着水。

　　"陶欢在这里住？"他问。

　　那大人没理他，转过脸喊了一声："欢欢，有人找你。"

　　楼梯一阵响。

　　像一个梦境似的，幽暗的楼梯上，站着了陶欢。她身后有着一扇窗，光从后边照着她，照亮了她的轮廓，她好像刚刚洗完头。头发水淋淋的披在肩上，水珠子发着光亮。他听见陶欢轻轻地欢叫了一声。

他走上楼梯,握住陶欢的手。他看见她的手上有着一些淡褐色的疤痕,是冻疮留下的疤吧。

"你怎么来了?"陶欢声音有些暗哑,他看出她很激动,他感激她的激动。

"来演出的。"他告诉她。

"在哪里演出?"她引着他上楼,楼梯拐角处放着许多东西,倒是放得整整齐齐。

"徐汇工人文化宫。"他小心地绕过东西跟着她走,楼梯扶手很光滑地摩挲着他的掌心。

"徐汇工人文化宫,在哪里?"上了二楼,阳光挡在竹帘后面,一股沁凉。

"徐家汇。"他走进屋,站在光亮的地板上,竹帘将阳光梳成一丝丝地铺在地板上。

"我从没去过哩!"她笑了,让他坐下,坐在一张藤椅上。

房间很大,家具靠墙站着,很高大的立柜,很贵重的样子。

陶欢给他端来一杯凉开水,随着又进来一个老太太,穿着青布斜襟的褂子,黑绸裤子,白净净的头发整整齐齐梳在耳后。

"这是我奶奶。"陶欢说。

他站起来叫了声:"奶奶。"

陶欢乐了,朝他摆摆手,意思要他坐下。奶奶对陶欢说什么,陶欢回嘴,奶奶便摇头,又朝他抱歉似的笑笑,走了出去。

"奶奶要我给你拿烟,我说你不抽烟,她不信。"

他苦笑,不明白为什么都以为他要抽烟。

"人家总觉得像你这么大的男的,都抽烟呢。"陶欢说。

"其实我只比你大六七岁,这不算很大吧。"他说道。

陶欢有些惊愕地看着他,没说话。

他心里便有些忐忑，不知这报出的年龄是比她想象的大了，还是小了。

"你喝水。"她说。

他便喝水。

"为什么老不给我回信？"

"忙哩。"

"我也忙啊！多少课要听，多少书要看，要背单词，要考试。"她抱怨着。

他看看窗下一张偌大的书桌，桌上堆满了各种书，默认了陶欢要比自己忙，又说："乱得很呢！"

"这算什么理由？"陶欢微微地有点不高兴。他只好不强调理由了。

"我都不知道你这些日子在哪里，干些什么。"陶欢梳着头发，梳子是粉红色的，有着三排齿子。梳下来的水滴，溅到他脸上，凉沁沁的。

"你知道了，就要失望了。"他轻声说。

"这又是为什么？"

"和你也说不清。"

她不再说话，梳着头发，头发渐渐干了，有点发黄，有点蓬松起来。

"你平时都住在学校？"他问。

"住在学校。"

"星期天回家？"

"星期六晚上回家。"

"星期一走？"

"星期天下午走。"

"今天下午就走?"

"今天是暑假。"

"哦。"他觉着有些没趣,拿过茶杯喝水,手指头轻轻弹着薄薄的玻璃杯。

"那是什么?"他忽然问道,指着屋角一个模样奇特的家伙,蒙着一块带流苏的罩子。

"钢琴。"

"钢琴!"他吃惊地要站起来了。

"一架老爷钢琴。"

"老爷钢琴?"他又不明白了。

"就是旧的,很破的。"陶欢解释。

"你会弹?"

"不会。"

"我能看看吗?"

"你看好了。"陶欢站起来,把梳子插在头发上,走过去,揭开了罩子,果然露出了一架棕色的钢琴。

他小心地揭开钢琴盖,弹了一串不平均的琶音,有几个音不准,声音也哑了,可确确实实是一架钢琴,一点儿都没掺假。

"你会弹?"陶欢问。

"我瞎弹。"他说。

"弹一支曲子听听吧。"

他便弹《花歌》。

"挺好听的。"陶欢说。

"难听得很。"他说,"这是谁的琴?"

"就是在家里的,以前就有的。也没人去学,好多好多年了。"

"呀!"他上上下下地弹着音阶,胡乱弹着,房间里充满钢琴的叮叮咚咚声。稍一停下，便透出窗外的蝉鸣。

　　他偶尔一抬头，看见陶欢背靠在琴上，脸对着窗，静默着。她的头发干了，蓬蓬松松地披了一肩，有一绺贴在了脖子上，汗湿了。

　　"陶欢。"

　　"嗯？"她回过身子，朝他笑一笑。

　　"我弹得很糟。"他说。

　　"我听听还好。"她说。

　　"我没有学过，连基本的方法都没有掌握。我弹出来的不是钢琴的声音。"

　　"那是什么声音？"

　　"是，是一种什么也不是的声音。"他嗫嚅着回答。

　　陶欢很严肃地看着他，她那严肃的神情叫他觉得，他是被她理解了。

　　"我该走了。"他站了起来。

　　"在这儿吃饭。"她说。

　　"不，不，哪能吃饭！"他有些惊恐。

　　"在这儿吃饭嘛，奶奶已经说好了。"陶欢拦住他，不让他走。她的眼睛又呈现出那妙不可言的形状，他看着她汗湿的贴在颈脖上的几绺头发，心里颤动了一下。

　　"陪陪我嘛！"她央求道，央求里带了一点儿撒娇。他屈服了：

　　"好吧。"

　　两人重新又坐下。

　　"我在这里挺孤单的。"陶欢告诉他，开始梳头，分成两边，一边扎一把，"我和上海同学合不来，我觉得他们总有一种优越感，好像他们比别人都多点什么似的。在他们面前，我觉得自己是外地人。可是我和外地同学也合不来,他们总有些狭隘,好像人家欠了他们一些什么似的。在他们面前,我又成了上海人。你看糟不糟?"

"是挺糟的。"他忍不住想去抚摸她蓬蓬松松的两把小辫。

"到现在为止,我还没交上一个朋友呢,我时常想我中学里的同学。"

"时间长了就会好的。"

"不会的,都已经半年了。"

"半年不是长的时间。"

"能说明问题了,半年。"她坚持,"我和他们隔了一层似的,怎么也走不通。"

"你好像长大了,陶欢。"

"是吗?"她笑了一下,有点得意又有点羞涩。

他看着她,心里总有着一种心疼的感觉,尽管她并不需要什么心疼,她活得比他好多了。可他却总也掸不去那种怜惜的心情,他很想好好地疼她。

"你还好吗?"她问他。

"还好。"他回答,他觉得不能够把他生活的真相告诉她,"真的还好。"

她不相信似的看着他。

他微笑。

下午,他们去看电影,电影院有冷气,一走进去,心情便平静下来。电影院里静悄悄的,走进来自然把声音放低了,没人抽烟,没人嗑瓜子,没有人穿拖鞋,穿汗背心,地上干干净净的,空气很清澄。

"听我奶奶说,这个电影院在过去,专放原版片的。"陶欢告诉他。

"哦,没有翻译过来的?"

"没有。"

灯黑了,银幕亮了,他坐坐舒服,无意中碰到了陶欢的胳膊,凉凉的,滑滑的。陶欢就坐在他身边,坐得很近,头朝他微微侧过来,很天真地侧过来。他很心疼她,也不知心疼些什么,倒把自己的烦恼全忘了。

他忘记了一切,只是划着双臂,双臂桨似的划开碧绿的水。

碧绿的水温和地托着他,抚着他。

他翻了一个身,顺着河向前游。

"上来了,学生!"老乡叫他。

他一蹬脚,嗖地向前蹿了一截,水滑过他的身躯。水暗了,天暗了,像要下雨。

"上来了,学生!"

他沿着河向前游,他想:能游通吗?游通黄河故道,能找着黄河吗?找着了黄河,能游到海口吗?

"上来了,学生!"老乡们喊他。

天好像分成了两半,一半透亮,一半乌黑,两半斜斜地接起来,像是倒挂着一条巨龙,龙的尾巴慢慢摆动着。

灯光灼热地照着小小的舞台,舞台上跳着藏族舞,靴子踢踏着,地板空空地响,蓬起一阵一阵的灰。舞台太浅,后排的演员几乎是靠在天幕上了,动作做不开,敷衍着,潦潦草草收了场。

大幕还未闭缝,里面已经散了下去,四下里乱窜的下了场,只听得"哐"的一声响,锣掉在了地上。

观众们一阵哄笑，长连椅在水泥地上拖来拖去，磨出令人牙酸的声音。

幕拉开了，民乐队坐在台上，强烈的灯光照得面色露出了菜青，眼勉强睁开，没有一丝笑容。头发上了发蜡，黑得发腻，长长地搭到眉毛，又扫了过去，像戴了一顶帽子。

底下又是一阵哄笑，不知是笑什么。

报幕的上场了。曲秀丽穿着灰拓拓的演出服走上场来。演出服早是过时的样子，颜色也旧了，又不干净，越发没了光彩。声音却是好的，下面这才慢慢地安静了下来。唱完两支，居然还要求返场，于是又唱第三支，不料唱到中间，她忽然打了一个嗝，台上台下都怔了一下。

剧场没有空调，闷得几乎要中暑。台上的灯光泻下来，烘着观众席。有人进来卖棒冰，蹲在走道中间，四面便纷纷地挤出来买，争先恐后，挤成一团。

乐队没有定准音，只想着赶快收场，顾不得去看指挥的拍点，越赶越快，台上演员便像着了火，一个个脚不沾地的乱蹦。大幕刚拉上，观众还没退场，台上台下便吵了起来。

演员只和老田算账，老田便骂乐队，乐队则一起对付老田，搞得他心急火燎，站在场子中央骂开了娘。他这一骂，演员和乐队倒乐了，和解了，他则是更加地愤慨起来，找着最伤人的话骂着。

杨森实在看不下去，就去劝老田：

"老田，你干啥的？"

"这个团要完了，全完了！"老田煞白着脸。

"你犯得着这么认真吗？"

"我看透了，这个团里没一个正经干艺术的，都是二流子！"

"你别这么说话，把人都得罪完了！"

"我不怕,我说的全是实话。"

"其实大家都很辛苦,都很辛苦。"

"我不辛苦?你说,杨森,我苦不苦?"老田红了眼圈。

"你辛苦,我知道。别闹了,都看着你哪!"

观众一边出场一边回头,渐渐地走尽了。只有中排靠太平门的地方,还站了一个人。

"我干不下去了,我真想不干了!有地方要我呢。"老田呜咽起来。

"我知道,可是,老田,有时候,要忍一忍的,要忍一忍。"他觉得自己也要呜咽了。

观众走净了,剧场工作人员进来扫地。中排太平门的地方,还站着一个人。他好奇地瞅了一下,又瞅了一下,不由撇下老田,径直走了过去:

"陶欢?"

陶欢不吭气,咬着嘴唇。

"你怎么来了?"

"买票来的。"陶欢说话了。

"怎么还买?"

"你不送我,我只好买了。"她说,好像有点忧郁。

"不值得看的。"

"很值得。"

"你都看了?"

"看了。"

"从头看的?"

"从头看的。"

这下轮到他沉默了。

"出去走走好吗？"她说。

他跟着她走出了剧场，走出了文化宫的院子。徐家汇的夜晚很热闹，好几路汽车起点站上，排起长队。还有小贩，卖菜的，卖瓜的，这儿一摊，那儿一摊，人都走不动，走来走去老碰，碰着了便是黏黏的，热热的，痱子起来了似的刺毛。

她带他走，走过一条马路，人少了，清静了，凉风吹来了。

"这种剧场，你上海人都没来过吧！"他说。

"我见识很少的。"她说。

他看看她。

她的眼睛很诚实。

"我们的团很破，在你们上海人面前丢丑了。"

"什么'你们你们'，我也不是上海人。"陶欢有点火了。

他不吭气了。

他们走进一条小街，前面天幕前矗立着两座高高的尖顶，那是徐家汇天主教堂。

"你应该把你的烦恼告诉我，我会为你分担的。"陶欢说，说得天真。他几乎要笑出来，可是没敢，心里却有点被感动了。

"我是能够理解的，真的，我能够。你不相信？"她继续说。

"我相信。"他回答。

"我非常非常愿意帮助你，杨森。真的，我很想——"

"我知道。"他说，心里想的却是如何去帮助她，尽管她没什么需要帮助的。

他们慢慢向前走去，天主教堂的尖顶慢慢地在天幕前升高，升高，像两把剑，直插入深蓝的天空。在地上投下了巨大的影子，那影子遮住了他们小小的身影。

"你在最困难的时候，你就想，我在你的身边。"

他看着她的目光不由变得温存,他想笑,心里却充满了感动。
"我是真心诚意的。"
"我知道,我知道。"他不由自主地把手搭在了她的肩膀上,她的肩膀小小的,圆圆的。

她朝他偎了过来,他心里不由得一个热浪打来,眼圈都有些湿润了。他搂住她的肩膀,低下头,脸颊贴住她的头发,头发蓬蓬松松的,轻轻搔痒着他的脖子。他一整个心都融化了,化成一潭春水,化成一缕秋风,一切杂质都化去了,留下一片明净。

天主教堂的尖顶,矗立在他们身后,他们小小的身影融入那巨大的阴影中去了。他们就好像消失了似的。

"陶欢,你真是太好了。"他喃喃地说,心里充满了感激。

陶欢不说话,一动不动,听话地偎依在他宽宽的肩膀下面。他心中陡然升起一股责任感,他要尽力使她幸福,他要为她做一切能够做的。这么想着,他不由得精神大振,心里一阵清朗。

"陶欢,你真是太好了。"他喃喃地说,他觉得他那乱七八糟的生活忽然间呈显了一个简单明了的意义,就是,要为这个女孩子的幸福而奋斗。

"陶欢,你真是太好了。"他笨拙地把她搂得更紧一些。他从来没有接触过女人,他第一次发现,和女人的接触会有这么大的快感,无论是肉体还是心灵。他觉得,他过去,现在,将来,永远永远只爱过一个女人,也只可能爱一个女人,那就是陶欢。别的,都是扯淡。

他真爱她啊,他真不知道该怎么疼她才好了,他不知道该拿她怎么办才好。

陶欢从他的怀里抬起头,抬起眼睛,她的眼睛呈现出平行四边形来。她有些害羞,不好意思看他,越过他的肩膀,看着天主教堂的尖顶。

"陶欢。"

"嗯?"

"你知道我什么时候喜欢你的吗?"

"不知道。"她勇敢地看了他一眼,又垂下了眼睛,往他的怀里钻了钻。

于是他便从头说来。

她静静地听着,偶尔眨一眨眼睛,密密的睫毛便忽闪一下。

蝉,忽然一齐鸣响起来。天热得出奇,没有一丝风。

他把她送上汽车,自己慢慢地踱了回来。

都没睡,坐在院子里乘凉。地里的热气升腾起来,又被厚厚的云层挡了回去。扇子扇出的风是热的,要不扇,连热的风也没了。

都在骂团长。团长不知安的什么心,还想着派人去苏州、常州联系场子,从上海一路演回去。如今人们是一天都不想再演了,恨不能一步抄到家。没料到上海的夏天是这样,潮热,潮热,身上像粘了一层胶,汗都没处流。

局里来长途批评团长了,怪团长不该如此轻率地把队伍拉到上海。团长是两头不讨好,两头受夹,倒霉倒到这份儿上,倒泰然起来,不再烦恼了。这会儿,他正批评几位演员动作做得不到家,说着说着,竟站起身在地上拿了个大顶,全场愕然,连笑都没了。

他坐在边上,心里出奇地平静,他平静地微笑着,心里想着一些别的事情。

天热得真狠,天天三十九度,三十九度,四十度,四十点五度。

据上海人说,这样的高温也是少有的。一九七八年的夏天,少有的酷热,正巧叫他们碰上了。

天边，龙尾猝然甩了两甩，"噼"的一声，天像破了似的，雨漏了下来。

他听见雨打在水上啪啪的响，心里越发的痛快，只顾向前游去。

天很亮，白蒙蒙的，他穿行在白蒙蒙的天地之间。

雨把水面打翻了，像是开了锅似的。

他游得痛快。

第二十章

黑黝黝的前方，有一盏红灯。铃响了。

红灯亮着，铃在响。

红灯灭了，绿灯亮了。铃声停了，车动了。

车开了，缓缓地走出了上海站，越开越快，越开越快，穿过黑黝黝的夜色。

灯光辉煌的上海，留在了后边。

上海的灯光，久久地映在车窗上，闪烁着。

白皑皑的雪地，亮着马灯。

河工们扒开了一条河。扒透了冻土，扒到了暖土，脚底下的雪化了，把地搅污了，直打滑。

人们吆喝着，撑住劲，把小车推上坎子。

他憋足了劲，猛一哈腰，小车上了坡。上坡时，是一点迟疑、一点脚软也要不得的。否则，小车会倒滑下来，把人压倒。这是耿贵交代给他的。

吃饭时，要拼命吃，吃得要吐出来，这样才能撑得住，要不，上坡时就要脚软。这也是耿贵交代给他的。

指挥部的领导来找三林，要他编个鼓劲儿的歌给大伙儿唱唱。都传说他三林是个能人，是个艺术天才，会拉小提琴。连小提琴都拉了，还有做不到的事吗？给了三林半天的工，让他坐窝棚里抠脑子，三林是推也推不掉了。好在，这几日，吕老师正给他讲作曲呢！不就是"起承转合"吗？他也正想着来一次实践，便放手干了起来。

他从战报上找了一段词儿，七个字一句，四句：白雪皑皑红旗展，天寒地冻人大干，战天斗地不怕苦，千年旱地变良田。

写完四句调子以后，又写了一大段号子式的副歌："嗨唷，嗨唷，加油干哪！嗨唷，嗨唷，赶大寨哪！"诸如此类，可以无穷无尽地唱下去的。

没料到，这歌儿一下子在工地上传开了，都唱疯了。前边四句词儿马马虎虎，糊里糊涂地混了过去，唱到了号子，可来了劲，没完没了地唱了下去。歌儿就是这样，就怕不唱，只要唱了，多唱几遍，唱熟了，便觉出了味儿，越唱越有劲，越唱越好听。好像人和人交朋友似的，一回生，二回熟，三回四回就割头不换了。

县剧团学了去，配上乐队，在广播里唱。

三林成了名人。

开春，公社成立宣传队，点名要他参加，他挟着小提琴去报到了。

宣传队一共有十四个人，全是知识青年，六个女八个男，外加一个贫下中农做队长，叫元桥。宣传队要求一专多能，放下锣能拿起擦，经过一段时间的工作，还要进行一次挑选，适合的留下，不适合的，回生产队。待遇是这样，仍然在生产队记工，无论男女，全记十分工。至于演出期间的补贴，自然会另有考虑。

元桥召集大家开会，元桥是个复员军人，打过抗美援越，是见过世面的，也是有理想的。他决心把宣传队办好，和县剧团比试比试。他说，首先要进行组织建设，可惜的是，如今只有他一个党员，不能成立党小组。于是他建议成立一个领导小组。大家自然很同意，很快就推选出两位老高三的同学做副队长，一个男同学，叫袁建章，一个女同学，叫孙莉平。

三林不认识他们，都隐隐约约像是知道，那个孙莉平是四中的，有一年，市话剧团演《艳阳天》，借她去演过群众，那袁建章是铁中的，会说相声似的。

他们三人开了一个碰头会，即刻宣布了，元桥抓政治思想，袁建章抓业务排练，孙莉平抓生活。架子搭好了，宣传队很快就投入了热火朝天的工作。

宣传队的生活充满了欢乐。从繁重的体力劳动中解脱出来，每日里拉拉唱唱，简直就跟玩儿一样了。住在公社大院里，各人从生产队带了口粮换粮票吃，相处之间少去许多日常小事的摩擦，关系单纯了许多，又好像回到了无忧无虑的学生时代。人人都觉得十分幸福，像兄弟姐妹一般生活在一起。

生活揭开了新的一页。

领导小组规定了严格的作息制度，好比军队似的。早上五点半起床练功：吊嗓，压腿，练琴，练什么都可以，就是不可以闲着。七点吃饭，七点半排练，十一点吃饭，一点排练，晚上还要学习，九点熄灯睡觉。人人意气风发。

公社拨给了款子，给买乐器。袁建章便找三林商量，他在音乐方面是很重视三林意见的。而三林见这位老高三的学生如此器重自己，感激心情油然生起。

"我意思是，该买一架手风琴。"他说。

"对，我意思也是，手风琴很重要。"袁建章同意。

"手风琴音响丰富,能产生和声效果,也有气势,学起来也不顶难。"

"你看,让谁学呢?"袁建章请教他。

"我倒是想学,可……"他没说完,袁建章便打断了他:

"不行,你得拉小提琴,弦乐就指望你了。"

三林只有脸红了。

乐队很快就建立起来了,袁建章不愧为是抓业务的,他重视乐队的建设,这叫三林对他更加敬重。乐队的编制是这样的:一架四十八倍司的手风琴,两把小提琴,一把二胡,一把竹笛,一个鼓,一面锣,一个木鱼,一个铃鼓,管弦打击都具备了。第一次坐齐奏响的时候,三林的心都颤动了。他有生以来第一次,亲身处在这么大规模的乐声之中,他从头到脚沉浸在快乐之中。他从来没发现他的小提琴是这样好听,和这许多乐声参加在一起,他的琴声显得又渺小又伟大。他全身心都充满了感激,感激命运给了他这么一次机遇,让他参加了宣传队。他不能想象,要是他没有参加宣传队该是如何。哦,那以往的生活是多么黯淡。他黯淡地生活了那么多年,就为了这辉煌的一天,他真心实意地认为。

他试着给乐队写分谱。

他买了一本《红色娘子军》的主旋律谱,上面除了主旋律,还有副旋律,节奏型,一些简单的配器。他依样画葫芦,写了分谱。

第一次按照分谱奏响的时候,他听见了创造的效果,心灵颤动得几乎要落下泪来。他觉得这是世上最最妙不可言的音响了,他不明白如何才能把它们保留下来,永远不让它们消散。

他苦恼的只是他的乐队现有的编制常常得不到保障,拉二胡的侯军还要跳舞,第二小提琴刘思良还要唱歌,甚至于进而要来打他的主意,因为他的瘦,因为他的高,竟然要他去演伪军。是领导决定,他唯有服从了。他踉踉跄跄地跑过舞台,心慌得不行,踩了一下,台下哄然大笑,他更加慌张,逃窜了下去,更加强了效果。到了后来,他脸皮磨炼出来了,便大摇大摆起来,也晓得做戏了,或伸脖,或缩颈,不料却少去了先前那一派天然的纯真味儿,反减弱了效果。要凭做戏,他是做不过那些"专业演员"们的。所以,他们终于放过了他,他便可以安安心心地作曲,配器,坐在台侧拉琴,不过,脸却也是和演员们抹得一样的红,眉也是描过的,黑黑浓浓的。

他迅速地实践着从吕老师那里学来的一点理论,他感觉到吕老师对他的教养实在是太可贵了。如果不是认识了吕老师,哪有他三林的今天啊!他越加勤奋地向吕老师请教,看着一切吕老师推荐给他的作曲法,配器法,厚厚的书,不管懂还是不懂,只顾一个劲儿地往下咽,半生拉熟地学进来,再半生拉熟地用出去。反正,在这宣传队里,也没得人可以挑剔他的,他倒是放开了手脚,一往无前。写作了许多作品,有的演出了,有的因为人力物力的限制,演不了——他居然能写管弦乐队的作品,大钢琴,竖琴,小号,长号,不管见还是没见过的,一股脑儿朝上写。倒把宣传队的同事们唬得一怔一怔的,弄得远远近近都知道六堡出了个音乐家叫杨森。

这是他一生中最最辉煌的时候了,他生命中的高潮。

县上山下乡积代会召开了,他们宣传队作为先进集体也参加了会议。一礼堂的知青,就显出他们与众人不同了。脸很白,衣服很整齐,走路行动的姿态自有一派风度。进进出出,总有人看他们,他们自知有人在看,于是比平日更加矜持了几分。遇到同学、熟人,那优越感是想掩饰也掩饰不了了。他们简直成了知青贵族了,自然免不了有那么一些人,在背后唾他们。他们只是浑然不觉,心理上占着绝对的优势。

宣传队在会议上有一场演出。事先,袁建章把大家召集起来,强调了这次演出的重要。这次演出是一次宣言,向全县的知青战友们宣告,宣传队是一支什么样的队伍,他们完全无愧于党和人民给予的荣誉。同时,当然,这是私底下的话了,也让他们看看,他们宣传队不熊,不下地做活不是为了躲滑。他们在一招找了间空屋子,加紧排练,一招一式都不含糊。自然要引来一些看热闹的人,趴在窗户上朝里看,白看了戏还要骂:

"死样!瘟死赖活的!"

"酸倒牙哕!标准话说得可以上电台了!"

有人敲玻璃窗,有人扔土块,他们均不予理睬,专心着精益求精。时间长了,捣蛋的便也没了兴趣,一个个悻悻地退去了。

演出的那一天终于来到了,他们一个个早早地化了妆,不晓得是哪一道程序出了问题,颜色化得过重,呈出一种萝卜的红色,像关公,又像喝醉了酒。

袁建章检查着演员们的腰带,不论个子高低,腰带都要系在同一水平线上,这样便会造成一种视觉上的错误:演员们的身个就好像是一崭齐的。

乐队坐在幕侧,挡了一面纱屏风,是县梆子剧团借给他们使的。杨森早早地坐好,从幕缝里往下瞅。场子里几乎都坐满了,按着公社坐的,正在互相拉歌哩:

"塘湖公社来一个!塘湖公社来一个!"

西北角上嚷得最凶,把整个剧场的气氛全掀起来了。

"柳集唱得好不好?"

"好!好!"

"再来一个要不要!"

"要!要!"

东南角则向西北角发动了反攻,气氛热烈极了。

热腾腾的人群中走过来两个人,其中一个面生得很,不像是此地人。三林瞅着,那人额头很大,头发朝后梳,戴了副琇瑯架眼镜,挺有派头的。他边上那个小青年,脸色黑黑的,虽也面生,却看是本地人。两人在第一排坐下,两人稳稳地坐在那里,不大动弹,难得说一两句话,不知是什么人。三林心里有点奇怪。

铃响了,演出了。第一个节目是一场热热闹闹的歌舞——《上山下乡好》。然后是器乐小合奏——《大寨红花遍地开》。是三林写的曲子,配的器。他坐在台上,眼睛又瞅到了那梳大背头的,见他正笑,咧着嘴。他心里不由一咯噔,手软了,情绪忽然低落下来。他努力不去看那人,可又忍不住要去看。一看他,他还在笑,并且在摇头,一边摇头一边对身边那小青年说着什么,那小青年听了便点头。

他是在笑他们?笑他们的作品?笑他们的演奏?三林恨不能一步抄下台去问个究竟。

很快,大家都注意到那个人了,表情都有些沮丧,可又努力克制这沮丧。演出结束以后,袁建章已经打听得来,那大背头是从赣榆来的,是中央军乐团复员回来的,吹小号的。大家心里不由都有些发怵,感到后怕。

"兴许是从军乐团里撸下来的呢!神气啥!"有人鄙夷地说。

就有人反驳:"从军乐团撸下来的也比咱这一把子强!"

"咱们是业余的嘛!难道咱们是专业的?他专业的该去和专业摽,跟咱业余的摽着玩算啥好汉!"

这话颇有说服力,异类不比嘛!大家这才慢慢地泰然下来,哼着歌儿卸妆,洗脸,正洗着,有人喊了一声:

"领导来看大家了!"

后台立即充满了温暖和欢乐。

三林自个儿躲在幕侧,看着走得空空的剧场,心里难受得猫抓似的。他露丑了,这一回,他露丑了。其实,那大背头并没有说什么,谁知道他在笑什么?也许是笑着完全没关系的另外一些事,很可能的。凭什么要以为他是在嘲笑三林呢!可是三林安慰不了自己了,他只要想一想那人是来自正规的军乐团,只要想一想这一点,他的心就收紧了。他终于无可奈何地发现,自己心里实际上气虚得很,是的,十分虚弱。

"杨森——"大伙儿满场子的乱喊,他只得应了一声:

"哎——"

一连几天他闷闷不乐,他想去找那个人,拜他为师,可又不敢,有点怕,怕什么,他也不明白,反正,他有点怕。最后,他终于决定去找他了,并且打听到那人就住在一招,不过是后面的旧楼上。他悄悄地找了去,那人却早已走了。他松了一口气,心里却空空的,说不出来的寂寞。

唉——他叹气,抬头看看天,天上飞过一只鸟,一只鸟儿从湛蓝湛蓝的天上,轻轻快快地飞了过去。

火车穿过黑夜,穿过大桥,大桥上的灯像一串明珠,从黑夜里穿过去。

他凝视着灯光从漆黑的车窗上穿过,他总以为这是上海的灯光。

火车穿过黎明前的黑暗,走进鱼肚白的晨曦。

天亮了。

田野苍白着,大片大片。

灯光甩在后边了。

太阳升起了。

第二十一章

"可好?"耿贵来看他,见面就问。
"好。"他回答。
"食堂饭,能吃饱?"
"能。"
"白了。"
"白吗?"
"不胖。"
他摸摸下巴颏子。
"我,我生了个儿。"他忽然笑了,脸红到了脖子根。
"当爹啦?"他拍了耿贵一巴掌。
耿贵塞给他四个红鸡蛋,走了。走了几步又回头,说:
"你不知道,有个儿,多好!"

排练厅成了餐厅,摆开了十大桌。伙房从"三珍斋"、"鲁兴"请了三个师傅,炒、煎、煮、炖,忙得不可开交。演员队的小伙子做跑堂的,端着盘子在桌子间跑着台步。

是送梁爽呢!

梁爽考取了中央戏剧学院导演进修班，考取了。团长带头，一人出五毛钱，加上伙食盈余，好好送送梁爽。梁爽十二岁就来了剧团，是剧团看着长大的，是老演员的学生，又是新演员的老师。他是眼看着剧团从梆子戏团变成了文工团，从几十个人的小团变成了能演全场《红色娘子军》的大团。和着文工团经历过甜酸苦辣，走过沟沟坎坎。这会儿，他要走了，团里实在是不舍得的，可是话又说回来，这个团能有一个上中央学院的，有一个够上中央级的，那是文工团的脸面。文工团眼下的日子不好过了，往后还不知怎么的，让他奔锦绣前程去吧！——团长的一席话，说得大伙儿鼻子酸溜溜的。梁爽红着眼圈，嗖地站起来，高高地举起酒杯，举到齐眉，左右前后敬了一遍，然后一仰脖，干了。

东南角的第一桌是领导席，局里的干部都来了，趁这个机会讨讨他们的好。这年头，文工团实在没什么好孝敬的。往年，没什么东西好瞧的，文工团演出的票子成了宝；如今，连草都不如了。干部们喝酒自然喝得斯文，一个个很矜持地微笑着，说着客套话，别的桌子便也不好放肆。酒过三巡之后，局长脸色微红，十分滋润，笑嘻嘻地向团长伸出手：

"猜拳玩玩吧！"

团长也不推让，伸出手，手指尖搭住局长温暖的手指尖，然后二人将手猛一抽回："哥俩好哇！"

气氛顿时活跃起来，一时上，猜拳声震天响，杯盘乱叮当。西北角上的两桌是乐队席，大家喝得高兴：

"老田，我敬您一杯，往后排练少克俺啊！"有人敬老田。

老田心情很愉快，爽快地干了："咱工作时求严，平日里还是好朋友嘛！"

杨森真心诚意地敬老田："我敬你一杯，一切尽在不言之中。"

"我干了！"老田一仰脖。

气氛难得的融洽，老田也难得的好脾性，连小军也平和多了，向老田敬了一杯：

"我祝你早日分一套单元房。"

他的祝词最朴素却又最实在，老田真诚地感激他，接受了他的敬酒。

这么三五杯白干下了肚，老田脸红得像关公，说话舌头开始打绊，话却异常得多了起来：

"那、那乐队，几十把小、小提琴；倍司，就有三、三把。小号，圆、圆号，竖、竖、竖琴……那……才……那个！咱这乐队，不、不算乐、乐队，没、没声了！把、把你们好好的小伙儿，耽误了！你们，要干、干别的，兴许，都是、好样儿的！干、干这一行，那、不……那个了！音、音乐，要有、条、条件！"

他说的是知心话，却叫人们听不入耳了，便有人讽刺道：

"俺这些混饭吃的，叫你大指挥陪着受委屈了。敬你一杯，略表歉意。"

"哎，别、别这么说。"他笑嘻嘻地干了一杯，还站起来，把空杯子朝下空空，表示干了。没站稳，扑通一声又坐倒了。

少扬啪地站起，举起酒杯："难得大家好兴致，老田，我敬你一杯，祝你早日高升！"

老田摇摇晃晃地也要站起，却被杨森按住了："他不能喝了。"

"我、我能喝！"老田挣扎着站了起来，推开杨森。

"你别小看人嘛！"少扬对他挤挤眼，"要想喝，等一会儿。你也该敬我一杯，祝贺我今天，登记了！"

他咬着牙，极想朝少扬没有胡子的小白脸上揍一拳。这时，他

237

忽然发现，少扬的酒盅里，冉冉地冒着热气，他陡地站起来，握住少扬的手腕：

"你喝的是什么酒，让我尝一口。"

少扬脸微微一变，想挣脱手腕，哪里挣得脱。于是干脆一松手，酒盅掉在了桌子上，滚到地上，洒得干干的，然后他的嘴便硬了起来："你说是什么酒？"

杨森脸变了色："你当人家都是大憨子！"

"当然只有我才是憨子！"他微笑着。

"咱俩干！"杨森微微哆嗦着，斟满了两盅酒。

"对不起，不敢奉陪。"他轻飘飘地坐下了。

"孬种！"他骂道。

他抽烟，眯着眼，吐着烟圈。

"孬种！"他头脑昏昏然的，心跳得胸膛要炸开似的。

东南角上酒也喝到了时候，开骂了。团长敞开了衣服，一手叉腰，一手点着局长，破口大骂：

"文工团是私孩子吗？文工团不是大娘养的吗？要房子没房子，要钱没钱，要人没人。局里要找儿媳妇了，眼盯着文工团了！臭！"

局长也不是好惹的，一拍桌子："你是个什么玩意儿？你的底儿当人家不明白？你咋会从局里下去的？你干了什么好事了？……"

团长险些儿要过去揍局长，被人拉开了。

也有喝得唱起来的，那边合唱队的席上，老黎用筷子敲着盘子，捏着小嗓子唱："小曲儿好唱口难开……"博得阵阵掌声。

倒是厨房里几个师傅喝得消停，半天才咂一口酒，不大去动那菜，是真正会品酒的。

"闹啥哩?"一个师傅侧耳听了,问道。

"闹酒哩。"一个师傅回答。

"剧团嘛!"第三个师傅说。

小军硬把杨森拖了出来,拖到了院子里,风吹过来,沁骨的凉。他打了个寒噤,清醒了。

"大哥,你和他生气,不值得!"

"我想揍他!"

"那就是你的没理了。"小军懂事地劝道。

"唔,你说得也是。"杨森看看小军,小军好像有点变,长大了似的,又有些闷闷的。

"你玩不过他,他心毒。"小军又说。

"唔。"他感到脚有些软,顺势坐倒在传达室旁边的台阶上。

小军也坐了下来,抱住膝头,望着天。

秋高气爽,月亮在很高很高的中天。平车从院子外的石子路上拉过,咕噜噜响。路尽头大约在爆米花,听得"砰"的声响,一股子米花的香味顺风传来,飘进院子。

"小军,你咋这么闷?"杨森慢慢平静下来了,问道。

"没有啊!"小军低下头看地上,石子缝里长了一棵小草,细细的叶子,叶子边上有着细细的锯齿形。

"以前你多活泼,现在怎么话这么少?"

"我从来话不多。"

"胡扯,你说谁信。"

"就是的。"

"哼!"

两人一起看那棵小草,看了一会儿,小军说:

"不想说话哩。"

"怎么啦!"

"有时候,我觉得活着才没意思。"

"你胡扯个啥!"杨森气了。

"我真这么想哩!"

"你小小年纪,没经过多少事的。咱们团眼下不景气,乱得很。兴许过过就好了,全国有这么些个文工团呢,总要给个出路吧!像你们这些小青年,该送出去学习学习。慢慢总会好的,别胡思乱想,听见没有?"

"嗯哪。"小军应道。

"平时没事还得练练,别脱功了,到了用时急也急不来。"

"嗯哪。"小军听话地应着。

他心里倒忍不住一阵心疼,没得话说了。

"大哥。"

"嗯?"

"听我那同学邹力说,陶欢家才不高兴。"

"为了啥?"

"还不是为了你和陶欢的事。"

"他不高兴随他去!"

"他们家不会让你们成的。我说,大哥你别生气,你们要成,也难。"

"咋啦?"

"这不明摆着,分两地。"

"兴许我明年考上了上海音乐学院呢?"他脱口而出,自己都吓了一跳。

"你明年考上海音院?"小军惊讶地问。

"考。"他坚定地说,这个念头在一分钟之前还没有呢,可他却觉得他已经准备了有一年了。

"要真考取了，陶欢家就不会拦了。"

"就是。"

"大哥，还是你行，到底插过八年队。"

"哪里。"他谦虚道。大话说出了，心里却不由紧张起来。可就在这一瞬间，他忽然抖擞起来。他决定去试一试，为了陶欢。不错，就是为了陶欢。这是一个小小的目标，却是一个很实在很明确的目标。

他仰起头，看看清朗的天空，心里一片明净。

路尽头又是"砰"的一声响，小孩子乱叫着，一阵米花的香味渗透了秋夜清爽的空气。

"砰"的一声响，白花花的米花洒了一地。他从白花花的米花上面骑了过去，自行车"嗞溜溜"地溜下了一百米。

宽阔的淮海路，笔直地朝前伸去，一盏盏路灯掩映在树丛中，把路面照耀得水洗过似的光亮。

"三分五分的冰糕！"卖冰糕的叫。

风迎面吹来，吹进脖子，把衣服灌满了，像是撑起了一张帆。他蹬着车子，骑下了小路。

谁家的录音机里放着邓丽君的歌儿，这是当前最受欢迎的音乐。他烦烦地听着，听到后来不由得动了心。她就好像伏在耳边，柔声细语地说话，说的什么，总和爱情有着关系，由不得人不听。当他有点儿想听的时候，那歌声已经被甩在身后，渐渐地听不见了。

丁字巷幽深幽深，车子在石子路面上颠着，颠得屁股疼。他懒得下来走，摸着边朝里骑。

"喵"的一声，一只大白猫从他车轮下面蹿过去，几下子蹿上了墙，伏在瓦上睁着绿莹莹的眼睛。

台阶上湿漉漉的，谁泼了水，院门口石头上，坐着小慧，和着她厂里的小姊妹，叽叽咕咕说着什么知心话。她从农村上来顶替她妈，在毛纺厂工作，至今还没对象，脸黄了，干巴巴，显得老了。三林架车子不小心碰了她的腿，她便骂：

"瞎眼了吗？"

"看你拐的！"三林说她。

"把我裤子弄脏了！"

"我替你洗。"

"稀罕你洗！"

三林不理她了，径直进了院子。院子里也是一地的水。都懒得往外走两步倒阴沟里，直接把洗脚水泼在院子里了。院子越来越脏，人人只扫门前的一块地，中间的没得人扫。他爸星期日早上扫扫，可一个人扫哪经得住那么多人糟蹋。

他绕过曲里拐弯的小锅屋，来到自家门前。屋子里暗暗的，在看电视。家里新买的九吋电视机，二林他们紧接着把九吋的卖了，买了十四吋的，像要和家里竞赛似的。

电视里放着一个老电影，看过好几遍了，大家却兴味不减，聚精会神地看着，看得很得意，不时发出会心的笑声。玲玲已经趴在大嫂腿上睡着了。

"来看电视，三林。"妈招呼他。

"你们看吧，"他回答，拉亮了堂屋的灯，给陶欢写信。他要告诉陶欢自己的决定，这一决定使他和陶欢的事显得切实起来了。

正写着，隔壁灯亮了，电视机关了，像电影院散场似的，大哥一家子鱼贯而出，打着呵欠，玲玲喃喃地说着梦呓。

"三林。"父亲在里屋叫他。

他把信纸叠起来，进屋去了。

父亲坐在破了扶手的藤椅上，看着他，眼光很慈祥。

"什么事？爸。"他有些惊异，他看出父亲今天像有什么高兴事，好久没见到他这么舒心的模样。

"三林，你也不小了吧？"

"当然不小了，二十六七了。"

"也该考虑个人问题了。"

他朝父亲笑笑。

"你的想法呢？"

他又是一笑，不置可否。

"今天，你妈给你换床单，看到了这个。"他拿出一个天蓝色的日记本。

三林脸红了，这是陶欢送他的，上面写了一首天真透顶的小诗，他一直压在枕头底下。

"对不起，我看了，不要紧吧！"

父亲这么客气而亲切地对自己说话，他觉得有点不自在，都不敢看父亲的眼睛。

"我看了，很欣慰，我祝你们幸福。"父亲像是动了感情，很真挚地说。

"八字还没一撇呢！"他冲口而出。

父亲怔了一下："我很赞赏这个女孩子，不俗气，没有沾染如今年轻人那种市俗的风气，比如你二哥。"父亲的脸色黯淡了。

"二林有他自己的想法。"他虽然也不满意二林，可是又觉得父亲对二林不够公正。

"不谈他了。你有什么打算呢？"

"创造条件。我打算明年考上海音乐学院。"

"这是两件事情。"

"是一件事情。"他强调,"假如考不取,我就打算散了。"

"她不会这样势利吧!"

"这是我的意思。"

父亲看着他,似有些失望,眼神渐渐疲倦下来。

"我总要做些实际的努力。"他解释。

父亲轻轻地挥了挥手:"我的意思,总是希望你们不要沾染了那种风气,能建立真正的、纯粹的感情,这才是幸福的保证。"

他不再说话,只是非常非常沮丧地发现:他和父亲正好反了一反。父亲已经高龄,却还有一颗年青的心。而自己,人还没老,心却好像已经老了。他深感自己已经不会谈情说爱了,他对陶欢的每一点感情,全转化为一桩桩具体的事情了。父亲把天蓝色的日记本递给他,他便退了出来。坐在床沿上,翻开日记本,看看陶欢的小诗,只觉得烂漫得可以,这全是出自一片真情,全是真的,可却不能当真,就是这么一回事。他心里明明白白,只是没料到父亲竟会如此大受感动。

许是父亲太孤寂了吧!他想到了父亲的孤寂。他在上海演出时,四淇家扩建房子,直扩到他家墙根底下,把窗都堵住了。向他们提了意见,他们只是不理会。几十年的老邻居,为了几寸地盘,闹得翻脸,哪能把人情这么看轻哩!可就是这么看轻了。父亲终身信奉的人生哲学在这些年里,时常受到冲击,这些冲击越来越贴近过来。对大林二林的失望,越加缩小着他的阵地,他好像站在一个孤岛上。他是很孤寂的,他渴望着支持和援助,渴望着与人亲近。三林有点可怜父亲,可他悲哀地发现自己也不能使父亲满意的。他想和父亲亲近亲近,可一到了跟前,马上浑身不自在,只盼着忙忙离去,声音总是不由自主地变粗,变冷,变得淡漠。

墙角里一只蛐蛐儿放肆地叫着，墙，残破得越加厉害。顶棚完全塌了，露出阴暗的屋顶。

二林正和家里谈判，他的西屋让给大林，大林楼上那十五平方的房子归他，他再拿去和人换。父母一直没有给他答复，僵持着，可看房子的人却川流不息起来。二林对这个家庭没有了一点兴趣，只想着彻底脱离。然而，三林有时候静下心来想一想，这个家庭究竟有什么吸引人的，有什么理由要求二林对它有兴趣呢？对这家，究竟谁有兴趣？父亲有没有？他不知道。父亲对一切日常生活都像是没有兴趣的，淡泊如水，这是他的哲学，既然已经上升为哲学，就唯有尊重了。母亲很疲惫地撑着这个家，天天晚睡早起，忙得乱七八糟，谁都享了她的好处，谁又都埋怨她。而她任劳任怨，全凭着一种不容推辞的义务。大林一家子是全身放松地倚在这个家上，他们对这个家没有一点责任感。既是如此，又何必要求二林把自己赔在里面呢？这么想着，便觉得二林也没什么错处。然而，不管有多少理由为二林辩解，二林是父亲的儿子，这一点，是无可置疑的，是没有多少理由可反驳的。

三林心里怅然得很，想着父与子的关系，那压抑感不由得越来越沉重。

"你不知道有个儿多好！"

"有多好！"

"他像我呢，我这个眼皮双，那个眼皮不双，他也是这个眼皮双，那个眼皮不双！"

"龙生龙，凤生凤，老鼠生儿打地洞。"

"他挠我哩！"

"贱的！"

245

"和你拉啥!没娶媳妇没生儿,你知道有儿的好处吗?"

"我知道!"

"你咋知道的?"

"我有哩!"

"在哪?"

"这儿!"他爱惜地摸摸裤裆头。

第二十二章

波士顿交响乐团。

指挥——小泽征尔。

上海的节日。整个上海都在狂欢。

小提琴像天鹅绒,他发现他是第一次听见小提琴的声音。

他第一次听见交响乐。

他第一次听见音乐。

他这半辈子白活了!

音乐离他渐渐地远去,越来越远,越来越远,他是永远触摸不了它的。

可是,他多么爱它啊!

小泽征尔像一只黑狐,一个黑色的精灵,得意扬扬地停在波涛上,操纵着波涛,波涛起伏着他,把他托起,又把他落下。

他胆怯,他想退缩,可却动弹不得。

他心里充满了神秘的感觉,充满了宿命的感觉。

命运是这样地来敲门,完全不同于在总谱上的敲门,在录音里的敲门。在现场,它是这样地来敲门。

他逃不脱去的。

大幕拉开了,乐队奏起,鼓击响了而后又弱了下去,乐声渐轻,只留下一把二胡柔肠寸断地拉着,女声起来:

天上下雨湖里流,田里庄稼旱焦头,翻山越岭去挑水,滴滴水珠贵如油。

这是他新写的《向阳渠组歌》。

如今,宣传队已经扩建到二十八人,小提琴增到四把,甚至有了一把小号。今非昔比,鸟枪换炮了,大家都说。

宣传队的大门敞开得稍微宽了一些,就难免鱼目混珠地混进一些人来。有个女知青走了公社书记的门槛,她爸能买到日本尿素,于是就免试进了宣传队。不能唱,不能拉,就跳舞吧。个子却矮,腿么一丁点儿短。既是书记点的名让要,元桥也不好说什么了。宣传队内部也在开后门,袁建章开了一个,是他们同班的同学,叫邓涛,戴了个洋瓶底厚的近视眼镜,以二胡考进来的。二胡拉得很赖,倒是很大胆,响响亮亮的。既是副队长保荐进来的,别人自然又不大好说什么了。而邓涛进宣传队,却显然有着另一番目的,时常见他拿了个卷尺在公社院子内走来走去,量量这,量量那,不晓得准备干什么。有人逗他:

"老邓,是要搞爆破吗?"

他便笑着推推眼镜:"哪里,哪里!"

他吃得很多,吃完以后,两眼便眯缝起来,脸上带着浅浅的微笑,似睡非睡,十分陶醉的样子。有人嘲笑他,他便作一番详尽的解释:

"吃饱了,血液就会下来,到胃部去推动消化,脑子自然有些昏昏沉沉。"

演出的时候，他很容易上情绪，一上情绪就把三林写的分谱丢在一边，激情地拉着主旋律，也不管人家竹笛或小提琴正在独奏。三林向他指出，他抱歉地点着头："失误，失误。"可下回一激动，又忘了。

他邋遢得厉害，没有洗脚的习惯，而且又有穿错人家袜子的习惯，被人家发现之后，他便赶紧脱下来，双手捧着送还过去，那袜子散发着浓烈的脚臭，是再也穿不得了。要不是袁建章的面子，早和他翻脸了，心底下却都十分蔑视他，不爱搭理他。

人不搭理他时，他也不搭理，只是忙碌着，用卷尺量着，行动诡秘得很。可是不久就泄漏了，原来，他在设计一个自来水水塔呀！这消息不胫而走，一传十，十传百，闹得沸沸扬扬，全当作笑话来讲，那邓涛越发显得可笑得不能再可笑了。

从此，见面就要问水塔设计的情况，表示关心。女生打机井水洗衣服时，绝不忘说一声："就等着使邓涛的自来水了。"由于他的高瘦，有人干脆直呼他"水塔"。

面对这些冷嘲热讽，他只是笑笑，全宽容了。后来，居然听说，公社接受了他的施工方案，批下款子，派下了工。于是，他便从宣传队里"脱产"出去了。这时，大家的讥笑才稍事收敛，有了几分崇敬。

动工那一天，宣传队的人都跑去看。飒飒秋风里，几个社员在拾地上的碎砖瓦，拾了一筐抬到一边，再抬一筐。邓涛滴着清水鼻涕还在横过来竖过去地量，那场面实在没有一点雄伟，和砌个茅厕没什么两样。心中淡然了许多，又一窝蜂地跑了回去。

邓涛虽是脱产，吃住仍和宣传队在一起。大伙儿不再拿水塔与他开玩笑，只是不时提醒他"不要脱离群众"，"当了工程师别忘了根本"，"日后发迹了别忘记提携提携"。他也只是笑笑。

水塔日益高出地面，有模有样的了。样子不错，就不知好使不好使。终于有一天，完工了，水塔高高地矗立着，匀匀地抹了一层水泥，在阳光里闪着灰色的光芒。工艺也是非常讲究的，顶上还有四个小小的飞檐，体现了民族风格。邓涛说，建筑是科学和艺术的结合。

水塔凝重地立在阳光里，邓涛望着它，眼睛盈满了热泪。可是，这热泪很快就干了，那水塔中看不中用，打不上水来。

"不，不不不！"他嘴唇哆嗦着，忙不迭地扯开手里的图纸，"我计算过的，我计算过的。"

大家笑都不忍心笑了，沉默着，心里充满了怜悯。袁建章紧紧地抓住他的胳膊，好像怕他一头撞到水塔上去：

"你别急，没关系，没关系。"

"不，不不不！"他扯了一半图纸，胳膊又垂了下来。他垂着胳膊愣愣地站着，嘴里一个劲儿地"不不"，也不知在否认着什么。

大家把他拖了回去，把他按倒在床上，他一躺下便没再起来，一直睡了三天三夜。书记，副书记，武装部长，主任，都来看他，安慰他，要他振作，吃一堑，长一智嘛！第三天夜里，他起来了，自个儿悄悄地出了门。

三林没睡实，听见门响，见他出去，怕他要出事，便也跟了出去。

他径直朝水塔走去。水塔立在公社大院的当北面，临着一片稻田，月光把它照白了。夜里看起来，反显得很苗条，很优美。他站在水塔跟前，一动不动。

三林怕他发痴，走过去，扯了扯他的胳膊："回去吧！"

他吓了一跳，哆嗦了一下，回头看见三林，才定下神来。

"回去吧，风太凉。"

"我太幼稚了，你知道吗？我想的太简单了，事情没这么简单，你知道吗？"

"我知道，我知道。"三林当他在说痴话，只是一味地顺着他。

"我的基础不行，基础知识太差了，这不是一朝一夕能完成的，我落下的太多，你懂吗？"

"我懂。"三林认真地回答。

"自来水塔其实很简单，很简单的，你知道吗？"

"我知道。"

"很简单的原理。"

"是的。"

他不再说话，望着水塔，忽然嘿嘿一笑，又摇摇头。三林陡然地紧张起来，以为他要发癫。不料他回过身来平静地说：

"回去吧。"说完，很稳当地在前边走了，三林踉踉跄跄地跟在后头。不小心绊了一下，倒叫邓涛扶了一把。

自来水塔盈盈地立在月光下，上面停了一只栖息的乌鸦。

这是邓涛最后一次去看水塔，自后，他再不从那里走了。别的一切如故，他还是那么可笑，大家也还是经常善意地逗弄他。

宣传队日益地蓬勃发展起来，竟然决定演全场的《白毛女》，有名有姓的角色全齐了，群众少点就少点吧。乐队没问题，三林根据他们乐队特殊的编制另写了配器，布景道具能借的借，借不到的，就叫公社的木工厂自己打。服装嘛，重要的，买新的，不重要的，用旧的改，利用一切可以利用的材料，比如化肥口袋，那是日本出的化肥，口袋布十分结实，做好以后再染上颜色，像新的一样，像料子一样，不窝不皱。美中不足是那字迹染不掉，隐隐约约的依稀可见，背上或者胸前，有着"尿素"或"株式会社"的字样。不过，人都是来看戏的，谁瞅得那么真呢！

全场的《白毛女》，开幕了！

犹如一只黑狐，犹如一个精灵的小泽，指挥棒上萦绕着一个"幻想"，一个爱人幻化成的旋律，他把它交给天鹅绒般的小提琴，又把它交给透明晶莹的长笛。这幻想顺着指挥棒攀上了他的手臂，胸脯，像藤蔓攀上了大树，它骚扰着他，激动着他。他挣扎着，把这骚扰，这激动抖散了，散落在他脚下的波涛之上，波涛把它们荡漾开去，传播到天地之间。

一百多年前，一个名叫柏辽兹的法国人的迷失的爱情，缭绕在一百多年以后一个名叫小泽的日本人的指挥棒尖，萦回到了美国人的琴弦上，哨片上，在金光灿灿的铜管里激荡着深沉的回声，这是一种如何执着的梦想？

"你们想听交响乐吗？"袁建章问道。

大伙儿面面相觑，然后说："想啊！"

"我家隔壁有一条巷子，里面有一户人家，天天晚上要放交响乐，我带你们去听好了。"

"好啊！"大伙儿十分雀跃。

这一天，在地区三干会上演出完了，袁建章带着大伙儿去了。

这是一条伸手不见五指的巷子，又深又长，狭狭的，双手可以触摸到两边的墙，墙上面是楼，伸出长长的檐，遮住了天。就这么两手扶墙走了一阵子，眼睛渐渐习惯了这黑暗，才松下手来。两边的屋檐间，露出一线没有月亮的天，地上的水洼莹莹地闪着光。

"到了！"袁建章轻声叫道。

大家站住了脚，抬头望望。天稍稍开阔了一些，看见了半轮月亮，静静地照着一座石头台阶，台阶直上二楼，门掩着，报纸糊着窗,透出黄黄的灯光。

"你们听!"

大家屏气敛声,注意地听,听见一些声响。轰轰然地响成一片,犹如地震前的地声。

大家困惑地站着,不知所措。

那声响沙啦啦地响着,似乎有几十种声音同时响起,同时切断,声音是一块一块地响起,一片混沌。

大家困惑地站着,没有人说话。

什么也听不清,好像什么声音都没有,好像没有声音,只是一片混沌,一片糊涂,慢慢地渗透在这巷子狭狭的天空之下。

他向着台阶移了两步,想听听真,可是听不真。他抓不住这音响,他好像是个愚蠢的猎人,要同时抓住一群兔子,那兔子一轰而散,四下里乱跑,转眼间便无影无踪。他正惶惑,余光里却看见绿茵茵的草地里,有一群白茸茸的耳朵,悄无声息地向他过来。

磨秃的唱针在磨平的唱片上艰苦地走着,走出一片混沌,他茫然不知所措,茫然不知所措。

"走吧,走吧!"大伙儿悄声相邀着,走了。他也走了,摸着两边的高墙,在黑暗里摸索着,走出深深长长的巷子。那混混沌沌的音响,留在了小巷深处。走出巷子,走到深蓝的天空下面,听着小叫驴拉着空车嘚嘚地走在石子路上,恍然觉着一场梦醒了。

《白毛女》演完了,《红色娘子军》又开排了。特地派了几个人去市文工团学习样板戏,杨森也去了。他看见了一支交响乐队,小提,中提,大提,倍司,长笛,双簧管,黑管,巴松,圆号,小号……都齐了。乐队排练,他便坐在指挥后面,他第一次这么样贴近着交响乐队,这么样贴近着交响乐。

音乐响起了,那是他所熟悉的旋律,他不费力地抓住了旋律,除了抓住旋律,他不知道还有什么别的办法能够追随它。他听着,追随着,心里升起了一股信心:他是能够获得它的,他能够,只要努力。它是明晰的,亲切的,可琢磨的,他和它,是有希望稔熟的。

他极力不去想那天晚上,小巷深处的那音响,他不知道那究竟是什么音响,它叫他迷茫,叫他困惑,他让自己相信,那只是一个梦。

坐在市文工团的乐队旁边,他振奋起来。离乐队这么接近着,音响扑头盖脸地涌来,他应接不暇,心里却痛快得要命。

乐队很森严地坐着,他认出其中大部分不是本地人,据说从上海、南京招来了许多知青。他坐那里,像个土佬似的。

《红色娘子军》彩排了的时候,邓涛又一个设计项目也诞生了。他从失败中昂然挺起,不折不挠地又展开了第二个回合。这个项目,是一个散装水泥库。公社批准了他的方案,这正是公社亟需要的。不久,又将邓涛从《红色娘子军》剧组抽出,"全脱产"地进行施工。

就在《红色娘子军》在全县打响,三军五师地进行慰问演出的时候,散装水泥库冷冷落落地停在公社大院的西南面,里面停满了过冬的麻雀,从此,邓涛便不再去公社大院的西南角,东北角也不易去,矗立着自来水水塔,他真正是无路可走了。大家唯有为他叹息,叹息,他识不清时务,看不清当今是文艺的时代,而非科学的时代,生有一个科学的梦想,注定是要孤寂的。

于是,邓涛便总是寂寂着,在一个星光灿烂的夜晚,他一声不吭,打起背包悄悄地回了生产队。早晨天亮,看见他的铺位空了,先是惊慌了一阵,而后想到,他竟带着行李,可见还恋着人生,便释然了。不免要谈论他几句;谈起他的事迹,不免要笑几声;笑过了,便算了。杨森的眼前,却老是出现着这么一幅图画:满天星斗,他背着小小的背包一步一步远去了。星是大的,璀璨的;田野是宽阔的,人是一个背影。他怎么也掸不去这一幅图画了,而且这图画出现的时候,常常是最热闹的时候,于是就叫他有点凉了下去。从此,他的热闹里面就总夹着了那么一点点凄清。

全场欢声雷动。

小泽一抖擞,指挥棒活蹦蹦的。这是一股年青的精神,冲退了倦意。

小泽的血在沸腾,他迸发出那么汹涌的活力和欢乐,世界是充满了希望的。

世界是充满了希望的,他想。

他忽然觉着他和小泽在另一条路上接近了,绕过了音乐。他们必须绕过音乐,才能接近。

当他忘记了音乐的时候,音乐才与他接近。

他感到幸福。

第二十三章

"准考证带了吗?"陶欢问。

"带了。"

"你的号码是014。"

"我记着了。"

"别紧张。"

"紧张是不紧张的,怕是考不好。"

"怎么没信心了?"陶欢紧张地叫了起来。他怜惜地看着她,心想:自己是拖累了她,她自己考试的时候,都不曾这样紧张。

"你有信心吗?"陶欢追问道。

"这不是信心不信心的事情,这是很实际的事情。"他感到和她说不清。

"你要有信心,别泄气。"

他笑了,握住陶欢的手:"我会尽我力量的。时间差不多了,你别去,千万别去,就在这里等我,就在这条长凳上。"

"我再送你几步。"

"不,不,就在这里。"他把她按下来,扶着她的肩膀站了一会儿,然后在她肩膀上用力捏了一下,走了。

他匆匆地走过草坪,看见绿树丛中的清真教堂尖顶,在阳光下蔚蓝得可喜。

走出公园,穿过马路,林荫道很幽静,据说,在林荫道幽静的尽头,有过一座普希金像,后来没了,只留下个空寂的三角形的花园。

太阳透过树荫,洒了一地,小鸟叫。

门口围满了人,刚挤到门口,出示了准考证,却告诉他应去边门进考场。于是他走出林荫道,走上宽阔的淮海路,顺着围墙向西走,马路对面是法国式的尖顶洋房,绿树荫荫,有钢琴声传出。

边门要清静得多,还没到时间,他等在边门。已经等了有十来个人了,有人倚着墙看书。

"伙计,现在再看也来不及的。"他想对他说,却没有说出声。

门开了,向他们讨准考证看,看过之后,便让他们进去了。

太阳照得眼花。

走进一间教室,里面散乱地放着带写字板的扶手椅,一人找了一把,坐下,教室坐满了。

太阳照在玻璃窗上,明晃晃的,小鸟在叫。墙刷得很白,地板很干净,外面是草坪,绿绿的,还有树。

老师进来了,发下了试卷,有一段歌词,一段格律诗,要求写一首独唱曲;有几小节动机,要求发展成一小乐段;等等。

教室里毕静,老师轻轻地踱着,脚步轻轻地落着。鸟叫。

谁的笔落在了地上,椅子拖动了,摩擦着地板。

他心里十分平静,思路很流畅。他是出奇地镇定,真正到了紧要关头,他身上沉睡的力量苏醒了。阳光在房间里移动着,谁的表响得出奇:"滴答,滴答。"

有人交卷了。又有人交卷了。

老师换着脚站站，坐坐，又立起来走走，似有些无聊。

有人交卷了，又有人交卷了。然后，他也交卷了。

五月的太阳，到了中午，有点热辣辣的了。他从大门走了出来，沿着树荫下的围墙，往前走。无轨电车开过路口，橘红的车身在阳光下分外的鲜艳。微风吹过，树叶翻着金翻着银。他心里很平静，平和得略微有了些困意。他是在火车站一个小旅馆里宿的夜，八个人大通间，有晚睡的，又有早起的，火车汽笛声时时传来，一夜惊起了几回。

他走出汾阳路，从东往西开过几十辆小轿车，无声而迅速地开过，他等着。终于过完了，消失在闪闪烁烁的林荫里面。他穿过马路，来到公园门口，重新买了门票，进去了。

清真教堂的尖顶蓝光闪闪，太阳给反镶上了一道金边。

草坪上空无一人。隔着草坪，他看见陶欢穿着粉红朝阳格的小小的背影，她背对着草坪，低着头，一动不动。那娇小的背影好象在诉说着什么，又好像在缄默着什么。他忽然地激动起来，他几乎要朝她奔过去了。

他走近去，离她还有五六步远，她便回过头来，眼睛一亮，接着一暗，而后又亮了。她的眼睛明暗着看牢他，想说什么，又没说什么，最终开口了：

"中午我们怎么吃饭？"

他好心疼地望着她，他心里全是对她的怜惜，把自己全忘了。我是为你而考的，他在心里说，没有说出口，最终说道：

"买点面包在这里吃吧。"

"好的。"

"你等着，我去买。"

"我和你一起去。"她站了起来。

"也好。"他等她绕过长椅,忍不住抬起胳膊围住她的肩膀。

他围着她的肩膀往前走,她沉默着。他想着,怎么逗她乐一乐,想了一会儿,没想出来,白白浪费了几分钟,倒叫那沉默更深了。

"你下午回学校去吧。"

"不想回去了。"

"还是回去吧!"

"那就回去吧。"

"你要吃几个面包?"

"一个。"

"好的。再买两瓶汽水吧?"

"好的。"

他们买了面包和汽水,找了一条长椅坐下。

"汽水喝来像热的。"他说。

"真像热的。"

陶欢默默地咬着面包,面包不知是几天以前的了,干得直往下掉渣,她的嘴唇上沾着面包渣。

他想吻她。

"其实,"陶欢忽然说道,"考不取也没什么。"

他一口面包差点儿噎在了气管里,他说不出话来了。

她看看他,忽然笑了:"考试嘛,总要有人考不取的;否则,怎么能有人考得取呢?"

"我恐怕真的考不取的。"他脱口而出说了一句。

陶欢重新低下头去。

他沉默着,他不敢给她太多的希望,因为他不忍心她失望。

清真教堂屋顶,蓝光闪闪。

"这教堂很好看。"他说。

"小时候,爷爷还活着,常常带我来。"

"现在没有。"

"早没有了。"

"你爷爷是做什么的?"

"他是个医生,是我们国家比较早去日本学习西医的留学生。"

"哦,他去过日本。"

"他去过几次,大战前后都去过。大战以后的日本很穷很穷,根据奶奶形容,比我们三年自然灾害时还苦。"她扑哧一声笑了,精神稍稍振作了起来。

"是这样啊?"

"可是后来他们崛起了。这个民族很特别,很不容易,他们的民族性里,好像总有着一种悲剧感。"

他颇有些吃惊地看着陶欢,心中有点震动。这一瞬间,陶欢长大了。而他一直把她错当成个小女孩。不,她长大了,她有许多知识,她生活的背景比他宽阔,她生活的世界也比他宽阔,她又是聪明有见地的。他心里不觉有了一种恐慌,她和他之间,可别拉开了距离。

"我们同学,现在常常讨论这些问题。"她继续说,"我们班上,有一些老三届的同学,他们有过很坎坷的经历,很成熟,看问题,做学问,都很深,我挺佩服他们的。"

他听着。

"他们说要到中国的历史里去找原因,我忽然对历史也有了兴趣……"她侃侃而谈,眼睛渐渐清澈起来,刚才的阴影一扫而去,清明地映出了一片蓝天。

她是为了我才沉重的,他在心里说,她的生活一直不断地在向前走,我可别拖累了她。

她最后还是决定回学校去了。他把她送上车,望着车开走。

太阳照得浑身发烫,他困得厉害,脑子里混混沌沌的一片。他拧了自己一把,疼得几乎叫起来,可还是困。汽车开过来,开过去,折射出太阳的反光,像闪电一样,把他蒙蒙眬眬的意识照亮一下,而后又灭了。他昏昏沉沉地走在马路上,撞着人,被人撞着,眼前热热闹闹花花绿绿的世界,像个万花筒似的在变幻。

当他考完最后一门课,写完最后一笔的时候,他如释重负,走出校园。春日宜人,他眯缝起眼睛,背上给太阳烘得暖暖的,有点烫人。他立即去买了回去的火车票。

"为什么这样急?也许要参加复试呢?"陶欢说。

"再退还不容易?"他回答陶欢。

"你自己觉得有可能参加复试吗?"

"不知道,我不去管它。总之,我尽我的所能考了,我考了,结果,我就管不了了。"他说。

陶欢看着他,有些困惑,随即却笑了。

他明白她是理解他的。

她挽住他的胳膊,她这一年里真长大了,像个大姑娘了,像个真正的爱人那样走在他的身边。他想吻她,她是多么好啊,他在心底里感动地想。

发榜了,他自己去看榜:014!他在榜上呢!然后,他们俩一起去看榜。

再不会有比看榜更有趣的了。走过热热闹闹的淮海路,人挤人,人推人,好不容易走通了,再过马路。车子像流水,好不容易流断了,再向前走。就像排着队走似的,踩了人家的脚,便说一声

"对不起"。被人踩了脚,便说一声"不要紧"。马路上正没车,刚想穿过去,却叫警察瞅见了:"回来回来,走横道线!"于是,回来,重新走横道线,红灯却亮了。

走过热热闹闹的淮海路,走进绿荫遮地的汾阳路。太阳透过树叶,洒了一路金子银子,前头有个三角花园,原先有一尊普希金像,她告诉他,他便想一想,假如有一尊普希金像……她又对他说,她喜欢普希金的一首诗:

假如生活欺骗了你……

当然,生活从来没有欺骗过她——他想。

沿着灰色的围墙向前走,围墙里面有咚咚的琴声,有人吹小号……自行车从绿荫里骑过去,车辐条闪闪发亮,亮得晃眼。前边有人,许多人站着,看着墙,墙上贴着榜:从上往下找,找到了,在这里:014,014,014!

再向前走,走到了三角花园,三角花园空落着,曾经有过一尊普希金像,普希金曾写过:"假如生活欺骗了你……"围着花园走一圈。"走吧!"她说:"好的,走!"他同意。于是,往回走,走过大门,大门里是校园,绿树青草太阳红。走过大门,前边有人,许多人站着,对着墙,墙上贴着榜。从上往下找,找到了,在这里! 014,014,014!

"对了,还要退火车票呢!"他这才想起了。

"是啊,退火车票呢!"她叫了起来。

于是,退票这桩事也变得十分有趣起来。

退票之后便是更加艰苦的考试了。

老师"啪啪啪啪"一连串的和弦按下去,他茫然,他只写下了一个和弦,而且是猜出来的。

又是一串和弦。

他茫然。

……

乐器演奏考试，考生们像去门诊部看病似的，等在教室外面，听候召见。进去一个，其余的便一哄而上，扒在门上听着。

一个女孩子，瘦瘦小小的个子，可是却弹出一阵疾风骤雨般的琴声。她忘乎所以地弹着，昂起头，微微摇晃着身子，琴声汹涌澎湃地从纤细的手指间流淌出来。

"她弹得真好。"有人小声感叹。

"是附中学钢琴的，学不出来就考作曲。"有知内情的人说。

琴声在一个极强烈的和弦上终止了。大家散开来，坐回到长椅上。过了一会儿，门开了，那女孩翩翩地出来，目不斜视地走了。

"014！"里面在叫。

他站起来，呼出一口气，走了进去。他看见有许多双玻璃镜片对着他，玻璃镜片反射着午后的阳光，晃人眼。他径直朝钢琴走去，扑通一声，直直地坐了下去。

"弹什么曲子？"

"《花歌》。"他回答。

"什么？"

"《花歌》。"他又回答。

一片愕然的沉默，过了一会儿："弹吧。"

他弹了，自己听着难听，没了情绪。可他知道，必须弹完，必须弹完，不能停下来。

他感觉到身后沉默里面的不耐，可他必须弹完。"对不起！"他在心里抱歉着，必须弹到终了，尽管他自己也十分地不耐。

这一首《花歌》漫长得就像是永远也弹不完了，他背上出了一层凉汗。他忘了下一句，可是弹完这一句，下一句自然就出来了，却又记不得下下句了,他生怕会突然中断。他咬住牙,克制着倦意和不耐。不管怎么样,不管结果是什么,他必须弹完,他心里非常清醒。对不起,老师,他无限抱歉地想。

黑白键盘在他眼里交叉起来,可他的手指却永远不会错,永远按对了,按出了一种什么也不是的声音。

考完之后,他又去买了车票。这次,陶欢没有拦他,她把事先买好车票当作了一个好兆头,她以为,买好了车票,一定会去退,而事先要不买好,就怕到时候真要买了。

可是,这一次不须退了。

他们坐在嘈杂肮脏的候车室里,她坐在他身边,穿着一件朴素的藏青色上衣,显得沉静,把脸庞衬得白皙了。他忽然发现,要说放弃她是多么多么的不可能。他不能没有她。

他握住她的手,她的手很小,很柔软,中指上有个柔韧的茧子,握笔磨出来的。他紧紧地握着她的手,再也不舍得放开,他是多么多么地爱她。他把她的手放在膝盖上,轻轻地揉搓着。

她忽然低下头哭了,她用手背挡住眼睛,却碰落了一串泪珠。

"我辜负你了。"他说。

她摇头。

"我怎么办呢?"

她摇头。

"我还是不舍得放弃你。"

她不摇头了。

"是不是有点赖皮了?"

她又摇头。

"你真是太好了,"他揉着她的手,衷心地说,"这么好的女孩子哪里去找?"

人们忽然都站了起来，人头攒动，要检票了。他们也站了起来，他把她护在胸前，不让别人挤着了她。

她擦干眼睛，不哭了，她的眼睛呈现出平行四边形，他多么疼她啊。

队伍忽然挤了起来，慢慢挪动着，前进了几步，又忽然朝后退了，退了几步再朝前进。

手擎喇叭筒臂戴红袖章的工作人员，在人头上跨来跨去地维持秩序。到了检票口，他把着她的手，让检票员看了她手里捏着的站台票，然后再把自己的票递给检票员。

一出检票口，人便撒腿奔了起来，把他俩冲在了一边，他们便靠着边走。

找到了车厢号码，不急着上车，没有行李。他们站在月台上。

一部拉行李的车哐啷啷啷开过去。人们背着行李踏踏地跑来，车厢里拥挤着，堵塞着，行李在人头上传递。

窗户开了，行李传递进去，一个皮箱，一个网袋，一摞蛋糕盒，一个小孩。

他们站着，车门口的列车员看看他们，他们也看看他，他便不看了。

"我今年回去过暑假。"她说。

"那好。"他说。

一辆"甲壳虫""嘭嘭嘭"地开过来。

车厢里疏通了一些，走路的坐定了，送客的隔着窗说话。

"路上当心噢？"

"你回去吧，回去吧！"

"不要紧，不要紧！"

他俩站着，看两个大人送一个小孩：

"要听妈妈的话,孃孃给你买的乒乓拍要和弟弟一起玩。"

小孩敷衍地答应着,眼瞅着火车,急着上车。

"可不能以为,孃孃喜欢你,孃孃买的东西就不给弟弟玩了。"

小孩连连点头,点得那么热烈,反倒十分地可疑起来。

"走吧!"

小孩一溜烟地上了车,却不进去,在车门口看着孃孃,孃孃躲在姑夫身后,悄悄地哭了。

"你上去吧。"陶欢悄声说。

"好的。"他看了她一眼,刚要走,又站定了,说道,"陶欢,我考得不错的,我考得很好,我自己明白的。"

"我知道。"陶欢眼睛红了。

"可是,我耳朵不好,钢琴不好,我天分太差了。"

"我知道。"

他看着她,舍不得走了。

"我知道。"

"你真是太好了,欢欢,你真是太好了!"他转过身,上了车。

一天斗大的星,沉甸甸地坠着天幕。

一个孤独的背影,远去了。

"你走了?"

"走了。"

"你去哪?"

"不知道。"他忽然回头一笑,摇摇头,转过脸去,径直走了。

走进星光。

和星光融在一起。

一天斗大的星。

第二十四章

他闭着双目,庄严地抬起手,乐声起来了,渐渐地充满了音乐厅的顶穹。

他像一个大主教在传教,站在神圣的祭坛上。他负着一颗历尽苦痛的灵魂,又负着一颗最最欢乐的灵魂。乐声起来了,渗透着铭心刻骨的苦痛和最最透彻的欢乐。

顶穹,四壁,每一缕呼吸,每一粒尘埃,都在传播,碰击,反弹着那痛苦和福音。

他那么近又那么远地望着卡拉扬。

那音响把他笼罩了,他笼罩在这音响之中。

那音响又把他推远了,把他推远在这音响的十万八千里之外。

他忽远忽近,忽近忽远,恍若梦中。

元桥里里外外地找三林,找了一头汗。三林偏偏回了家,帮大林办手续。大林在家等了这许多年,终于等到头了。新下来的规定,凡是多子女下放的家庭,可以照顾一个孩子就业。规定是规定,要落实还得靠自己跑。大林是什么都不会跑,全靠父母弟弟们给他跑。跑街道，跑学校，跑招工办，跑……，三林对大林说：

"你自己也得跑跑。"

大林不吱声，埋着头往坛子里填辣菜，像个小媳妇儿似的。

"这是你自己的事，不能老依靠别人。"三林还说。

他还是不吭气，辛辛勤勤地往辣菜上撒盐，看了叫人可怜。妈就忍不住出来护了：

"三林，看你，给你哥办点事，这么多的话！"

三林还想说话，爸又开腔了：

"你不愿干，我来干！"

这么一说，三林要撒手也撒不得了。好容易，手续办齐了，大林去报了到，回来脸上闷闷的，像是受了谁的欺负，全家上前一问，原来是初来乍到的，觉得了陌生，这才松了一口气，陌生还不好办，过过就不陌生了。三林瞅不下去了，连夜骑车回了公社，元桥已经找了他两天带一宿了。

原来地区来了个通知，让三林去省里参加一个音训班，星期一就开班，星期天晚上就要到齐，这会儿已是星期天的凌晨零点十分了。三林懵了似的，不相信自己的耳朵。

"快睡吧，天亮了就收拾东西，赶紧地走，要迟了，怕人家就不收了。"元桥比他还急。

三林怔怔的，半晌才说："就叫我去？"

"叫你去哩！"

"除我，还有谁？"

"哪还有谁了？全地区就一个名额，给你了。"

"怎么给我了？"他还蒙在鼓里。

"就是给你了。"

袁建章给闹醒了，推了他一巴掌："你怎么像范进中举了似的，不过是个学习班罢了。"

"嘿嘿。"他笑了。

"快睡吧，要早起哩！"

"嘿嘿。"他还笑，一边笑，一边钻进了被窝，可是却没合眼，老听着鸡叫。直到天亮了，吃过早饭，收拾好了东西，上会计那里支了车钱，和大伙告了别，上了车，车子险些儿歪进路边的大沟，他还觉着像做梦似的。他不明白自己是怎么了，怎么会交上这样的好运。到省里去学习音乐——他是想也不敢想的。兴许，他想，兴许还真玩上音乐了。他越想越觉得自己和音乐有着缘分。

他用力蹬着自行车，自行车直溜地朝前驰去。后边开来一辆卡车，他放开扶手，搭住卡车车斗，不费力地向前溜去。卡车开得飞快，风在耳边呼呼地吹，吹得痛快，就是耳朵疼。

过后想起来，再没比在省里开音训班这一个月更快乐的了。他拜了老师，交了朋友，学了知识——他发现过去东捡西拾地学来的那些东西，全是操蛋！他过去写的那些玩意儿，也是操蛋！他懂得了什么是真正的音乐，真正的和声，真正的配器，真正的作曲，他懂得了很多很多东西，他神神气气地回来了。

他骑着车回来了。公路两边的稻田都是绿油油的，灌满了碧清的水，太阳照着，金光灿灿。他想着宣传队，想着元桥、袁建章，想着大伙儿在干什么？排什么新节目？想着该怎么给大伙儿显摆显摆，谈谈省里的见识。尽管发觉了宣传队全是在操蛋，可他还是感激宣传队，没有宣传队就没有他三林的今天，个中道理他是清清楚楚的。

他来不及下车，直接骑进了公社大院，骑到了宣传队那两间平房门口。院子里静悄悄的，没有往日的歌声、琴声、笑声、操蛋声，奇怪地静静着，他心中的热情不由平息了一半，轻轻地下了车,架好在树荫下,推门进去。

大伙儿都在,围在一起,像在商量什么事。听门响,"唰"地转过头来,紧张地瞪着眼。见是他,才都放松下来,却并没有特别热烈的表示,好像他只不过赶了个集回来。

"回来了?"袁建章说。

"回来了。"他也只得这么说。

"怎么样?"他问得笼统。

"不错。"他也只得笼统地回答了。

袁建章结束了对他的照应,又回过头去,对孙莉平说:"你今晚就去,好吗?"

"行。"孙莉平答应,"可是,他要问我上哪儿知道这消息,我怎么说?"

"你别漏出你知道什么的样子,你就是向书记提个建议,建议这段日子没有演出任务,把宣传队白养着,不如让咱到社办厂干活……"

孙莉平连连点头:"明白了。"

袁建章又指指那个以尿素为代价进了宣传队的女孩儿说:"你们俩一起去。"

大家又点头:"这样很好。"

三林只是丈二和尚摸不着头脑,想问个明白,又插不进话去,只得懵懵地坐着。

"咱们最好把元桥争取过来。"有人建议。

三林四下里看看,发现谁都到了,唯独没有元桥。

"元桥没问题,他对我们知青好,有感情。"

"只怕到时候顾不上咱们了。"

三林越听越不明白,实在憋不住,问了:"出什么事了?"

袁建章来不及瞥他一眼，简短地说："宣传队要散了。"

三林脑子里轰的一下，真正地懵了。大伙儿在说些什么，他一概听不见了，只是一片喊喊喳喳声。他满腔的宏伟大愿，都无法实现了。没了宣传队，他还玩什么音乐？不管这宣传队如何的操蛋，却总是他的一个阵地，没了宣传队，他写得再多再好，也还是操蛋！

"怎么办？"急切之中，他抓住了袁建章的袖子。

"这不，正商量着。"

"商量什么？"

"要求公社把我们全安排进社办厂。"袁建章耐心地告诉他。

"真要进社办厂可不错，比宣传队更强。"有人说。

"可是宣传队怎么办？"他急切地问。

"只要进了社办厂，宣传队没有也罢了。"袁建章说。

他失望地松开了手，不再说话。大伙儿热烈地讨论，与他没有任何关系似的，他没有一点兴趣。坐了一会儿，他悄悄地站起身，走了出去，轻轻地掩上了门，没有人发现他出去。

他推起自行车，往生产队去了。

他沿着干涸的河底走，自行车碾过高高低低的路面，把他屁股硌得生疼。他两眼直直地望着前面，心中的失望是无法说的。他原准备回来大显身手，轰轰烈烈地干一番的，原先他以为只要他想干，什么都能干成的。

他进庄的时候，家家烟囱都在冒烟了。独独二林那烟囱寂寂的，什么也没有。可是门却虚掩着。他推进门去，屋里黑洞洞的，什么也看不清。

"喂——"他叫了一声。

角落里的床上欠起一个人，朝他看着。

"二林。"他叫。

"回来了?"那人从床上坐了起来,望着他。

"二林?"他不敢确定地又叫了一声,走了过去。

"回来了?"那人又说了一声。

果然是二林,头发很长,胡子也很长,形容消瘦,像是叫霜打过了似的。

"你怎么了?"

"你吃过饭了吗?"二林问他。

"没有,你呢?"

他从床上垂下脚,摸着鞋:"我去打酒。"

他从灶旁摸了一个小瓶,提着瓶出去了,三林满屋子找着,找了几个蒜头,几个烂了心的土豆,他便开始切土豆丝。

半小时以后,哥儿俩就面对面地喝酒了。闷闷地喝了几盅,三林说:

"二林。"

"嗯?"

"我怕是要回生产队做活了。"

"怎么?"二林问。

"宣传队要散伙了。"

"散就散吧,那也不是一辈子的事。"

三林一肚子的委屈发不出来,只好不发了。

"三林!"二林叫。

"嗯?"

"你有钱吗?"

"要多少?"

"我也不知道。"

"你缺多少?"

"我也不知道。"

"你干啥用的?"

二林不吭气,三林也不问了。酒喝了有三两,土豆丝和炒鸡蛋没大动。门外,队长在叫出工了,哨子吹得嘟嘟响,鸡飞狗跳。

"二林。"三林叫。

"嗯?"

"宣传队一散,我去省里自学了。"

"哪能啊!俗话说,技不压身嘛!"

"俗话是俗话。"

"说到底,还是你们便宜了,这一年多都没做活,又叫你逛了趟南京,白饶的。"

"我不是为这……"三林觉得和二林说不清楚,就不说了。

酒,喝着喝着不辣了。家后的小学校在打钟,当,当,当,当,传得老远。

谁家的猪,闷闷地吼,拱着墙根。

"三林。"

"嗯?"

"我该死了!"

"哪能啊,还没活够呢!"

"妮妮有了,怨我。"

"你喝醉了吧?"

"没有,我喝不醉。"

"你,混账!"

"我想送她去蚌埠手术,缺钱。"

"活该,我不管!"三林吼道。

二林不响了，埋头喝酒，还吃菜。

三林心里闷得慌，一肚子的委屈没发出来，倒叫别人的委屈压住了。他扯开衣襟，不管有人没人听，只管自己说了起来：

"在省里学了这一个月，我一脑子的糊涂，清亮了，明白了，知道我过去玩的不叫音乐，全是操蛋，该整个儿的重来过。心想着回来好好地干一干，从头来起，可不曾想，散了！大伙儿忙着拱社办厂，没哪个心思在艺术上的，没人是真喜欢艺术的。我不怕苦，不怕累，只想干自己喜欢的……"他嘟嘟囔囔地说着，原不曾指望有人听的，不料二林却嘟囔了一声：

"我懂。"

倒叫他鼻酸了一下，哽住了，说不下去，端起酒盅喝酒，酒干了，只得摸筷子吃菜。

这下该轮到二林说了，二林放下筷子，一手扶盅，一手托腮：

"我不是玩她的，不是的，你懂吗？"

三林点点头，回报他似的。

"照我的心思，我立马就想和她结婚，好好地待她，可我行吗？不行，没个着落。是我上城里叫她养活着，还是叫她来乡里，跟我活受罪？我现在不能和她结婚。"

"那当然。"三林说。

二林满意地看了他一眼，继续说："我还得等着，熬着，有了工作，能糊口了，再娶她。她对我够意思的。"

三林抬起头，看看二林："他们正在商量着，让公社留我们在社办厂呢！要能那样，每个月有二十四元工资哩，拿了头一个月的工资，我就交你，你带她去蚌埠。"

"那当然好，怕是怕，社办厂你们进不去。"

"没准能进去。袁建章、孙莉平都是老高三的，精得很，有社会经验呢！"三林安慰二林。

"这事不能拖，你懂吗？"

"我知道。"

"你们的人要能进社办厂，就散不了。宣传队说不准哪天还得干起来。"二林安慰三林。

"对，召起来这么些人不容易，公社不能轻易散了，一定能进社办厂的。"

"现在就是搞文艺值钱，街上多少人在学拉学唱，眼下就是这条路宽。"

哥儿俩越拉越对心思，一会儿就烂醉了。两人趴在小矮桌上呼呼睡着，谁家的鸡进来，大摇大摆地踱了一圈，最后跳在三林的后脖梗上，站了良久。

太阳向西落下去了。

卡拉扬垂着双目，庄严地垂下双手，乐声下去了，波涛平息了。

提琴的面板，木管的键钮，闪烁着璀璨的光，铜管的号口旋转着辉煌的灯光，汇成一条富丽堂皇的波涛。

他心里忽然明白过来，他这个人，他这一生，是战胜不了它了。

可是，他从未像现在这样地爱它，懂得它。

在他懂得它的时候，他明白了，自己不能够得到它。

第二十五章

有一天,他遇到了邓涛。

"怎么样?老邓!"他问邓涛。

"怎么样?小三林!"邓涛问他。

邓涛造出了一个插秧机,乡里人不愿用,嫌它插得太浅,有时候又太深。

"你也该歇手了,何苦呢?"他拍拍老邓的肩膀。

"人活着,总有个喜欢,是吗?"他摸摸三林的脑袋。

"这是操蛋!"

"操蛋就操蛋,看谁能操得过谁!"老邓说完就走了。

他决定操蛋了!

他铺张开来,决定写一个交响组曲,听说,明年省里要会演,又听说,后年,全国有一个交响乐评奖。

他用上海音院一位副教授破译的敦煌五弦琵琶古谱和王维的塞上诗作素材,取名《塞上》。

这是一个宏大的计划,他怀着一种背水一战的心情,决定大干一场了。

乐队几乎每个星期都有人调离，有出息的调省歌，不想干的改行转业，剩下的都是看中了文工团的清闲，趁此机会结婚，生孩子。也有调进的，多半是把文工团当跳板，转成了全民企业后再攀高枝。聪敏人都看清楚了，这地方没指望了。

有时候，他定下神来，周围看看，也会不明白起来，不明白《塞上》写出来，谁能给他试奏。起先，他尽凑合着乐队，小提琴不敢写得太难，怕奏不下来；小号不敢写太多的三连音，怕吹不均匀；原来要写古筝，弹古筝的新近迷上了电吉他，不愿弹了，他便把古筝抹去了……可到了后来，他越写越不对劲，干脆，管他妈的，写了再说！写了再说，他决定。这才尽兴地、无拘束地写了起来，连编钟编磬都写了上去。可是，过于尽兴，心中又不踏实起来，这玄玄乎乎的，好像尽是纸上谈兵，那落实的可能更显得渺茫起来，他又写不下去了。

真是想操蛋也操不起来了。

每天早上，夹在挤挤的自行车流中去上班，候在排练厅里，等到点着自己的名，叫一声"到"。待到点完最后一个名，叫一声"解散"，人们犹犹豫豫地互相看着，然后争先恐后地挤出排练厅，散到院子里，却又茫然起来，不知上何处去。三三两两地站了一会儿，推起车子回家罢了。回去的路可是要寂寥多了，街上寥寥的没几个人。太阳红彤彤地照着大街，空荡荡的公共汽车慢吞吞地开过，马路沿上蹲着个老头，看着身边的鸟笼愣神，哪个小学校里传出了眼保健操的音乐，听了叫人惆怅。

他放开刹车，由着车子往下溜，溜得风快。这时，他看见郑瑛瑛一个人在前面走，走得慢慢的，有些迟钝似的。她新烫的头发，鸡窝似的卷卷的一头，穿了一件黑呢上衣，屁股大了，微微有些垂了下来,把裤子扯歪了。他想起她以前那苗条丰满的样子,觉得眼下就好像是换了一个人。他心里不由有点儿怜惜,车子滑到她跟前,便停住了。

"上哪儿去?"他问。

"上我姑家。"她回答,脸儿黄黄的,眼睛下面有点发松,老了似的。

"我带你吧。"他说。

"顺吗?"她问。

"上吧!"他上了车,骑得很慢。

她上了车,车子稍稍扭了一下,又稳了。

车子笔直地向前驶去,太阳迎着脸,眼睛都睁不开,他松开一只手,抬起来遮光。

"杨森,你对象在上海。"郑瑛瑛开口了。

"嗯。"他回答。

"上海可不好进。"

"嗯。"他敷衍她。

"那你也总要去上海的。"

"不一定。"他说。

"分两地不好。"

"也没办法。"

车子拐了一个弯,骑进巷子。巷子里是一条碎石子路,车子有点颠。

"杨森,你的眼光怪高。"她又说。

"谁说的?"

"都说。"

车子重重的颠了一下,她扶住了他的腰。

"人家到了大上海，会不会和你散？"

"不会。"他断然地说。

"难说吧。"

"不会。"他又说。

"不会就好。"她的手从他腰上滑了下来。

他听见她的呼吸，带着鼻音，像是感冒。

"郑瑛瑛。"他开口了。

"嗯？"

"你和少扬到底是咋的？"

"没咋的。"

"登记了？"

"登记了。"

"什么时候结婚？"

"随便什么时候。"

"真要在一起过，你们可不能再这么样，又打又闹，像犯了病似的。"

她不说话。

"你们是真好还是假好？"他问道。

她不回答。

"要真好，就别打了。可不能这么样过下去，这么样下去，你们俩都得毁。"

她不说话。

他回头去看她，看见她在哭，眼泪流了一脸。他一惊，车子一歪，他一脚撑地，她顺势下了车，往街边一站，正式地哭起来了。她抱住电线杆子，肩膀剧烈地颤抖着，眼泪"啪啪"地掉在地上，她掏着口袋，没掏出手绢。他想把自己的给她用，可掏出来一看，脏得可以，并且皱成了一团，像一颗辣菜，犹豫了一下又塞回去了，由她用手背揩着眼睛。

"你哭什么啊？"他局促不安地说。

她只是哭，不说话。

"要不行的话，趁早散啊。"

她摇头。

"其实少扬人也不错，就是脾气不好，你让着他一点。"

她摇头摇得更紧了。

"要真不行，就散。"

她摇头，哽咽着嘟哝了一句什么。

"你说什么？"他把耳朵往她跟前凑凑，大声问。

她又说了一遍，这会听见了。她是说："都这样了，还说啥！"

"这样了？怎样了？结了婚也能离婚嘛！"他说。

她只是摇头。

他把她从电线杆上扯开，让她脸朝着自己，再一次说："要不行，就离婚。"

她抬起眼睛看看他。她长长的睫毛被泪水粘成一股一股的，眼睛哭肿了，双眼皮双得更深了，他声音温和了：

"这是终身大事，不能马马虎虎的，你要决定散，我帮你。"

她不哭了，抽泣着。

"你想不想散？"

她点点头。

"你可想想好。"

她想着，过了一会儿，说："我害怕他。"

"他有什么可怕的。"

"他怪狠的，好像恨什么都恨得不得了似的。"

"他不喜欢你吗?"

"他喜欢我也像是恨似的。"她胡言乱语着,叫人听不明白,"他打我像要把我打死了才解恨。"

"你打他也像是要把他打死。"他冷冷地说。

"看着他那一股狠劲,我就像疯了似的。"她说。

"你们这么下去,真得疯!"他重新上车,她也上了,车子扭了一下,又稳了。

他载着她往前骑,骑上了黄河沿,风从河面上吹过来,耳朵有些凉。

"你应该戴顶帽子。"郑瑛瑛说,哭了这么一场,鼻音更重了。

"我从来不戴帽子。"他说。

"你看你耳朵都冻红了。"

"随它去。"

"咋能随它去,是你的耳朵呀!"郑瑛瑛又笑了,还在他背上拍了一下。

他没笑,心里却有点酸酸的为她难过。他想起郑瑛瑛总是想坐他的车子,而他总是不让她坐,现在想起来,总觉得她想要坐他的车子带着点寻求保护的意味,而他没有做到,因此便自觉得对她有了点责任。

他把她放在和平桥上,回头走了,走了几步,郑瑛瑛追了上来,抓住他的车后架:

"你真帮我做主?"

"我帮你做主。"他扭过头,不去看她那被泪水腌红了又绷紧了的脸。

"真帮我?"她又紧问了一句。

"真帮你。"他用力一蹬车子,走了。走了一段,回头看看,她还站在那里，怔怔着。窝窝囊囊的一身，老娘们似的。

他慢慢地骑回家，没进院子就听见玲玲的哭声。这孩子哭起来并不大声，哼哼唧唧的却没个完，叫人烦心。他进了屋，见她扯着奶奶的衣角，扭着身子，一张皱巴巴的小黄脸上，满是泪水和鼻涕。奶奶在和面，一双手插在面团里，只好用嘴哄：

"玲玲听话，奶奶蒸馍馍，蒸个小刺猬给玲玲。"

玲玲还是哼哼唧唧的不依。

三林从自己床上的枕头下抽出《塞上》的谱纸，进了爸妈的东屋，坐在爸的书桌前，摊开谱纸，望着《塞上》发呆。

无论事情是多么渺茫，他还得写下去。他得写下去，如果他不写，那么，他还能干什么呢？他究竟还能干什么呢？他咬咬牙齿，捂住耳朵，挡不去那哼哼唧唧的哭声，那哭声听着不吉利。

"找三叔玩去。"妈对玲玲说。

谱子上满满的画着音符，他匆匆忙忙地写着，好像只是在做填空似的写着。

"三林！"妈在叫。

"干啥？"他问道。

"你看一会儿玲玲吧！"

"我有事。"

"你又不上班，看我忙的。"妈嘟哝着。

他急急忙忙地写着音符，机械地，像做填空似的写着，好像不写就不行了似的。谱子不一会儿就写满了，可他却糊涂起来：他究竟是在写什么？他写下的，究竟是什么？他不知道。

"跟你三叔玩去。"妈又在撺掇玲玲，他听见了。

音符很奇怪地对他看着，好像无数只眼睛，有的睁着黑眼珠，有的瞪着白眼仁，他不知道它们究竟意味着什么。可是，他停不下来，他继续不断地画着眼睛似的音符，他不能停。要是他不写，那么他又能干什么！而人，总要干着点什么。陶欢来信，信写得简短，说她很忙，很忙，她要准备考研究生。他必须要干着点什么。

有人碰他的腿，还推他的胳膊，他的铅笔从谱纸上滑过去，斜划过整张谱纸。

"干什么？"他发火，却看见玲玲皱巴巴的小黄脸，心中又不忍起来，摸出辣菜似的一把手绢，给她擦了擦鼻子：

"出去玩吧！"

她扭了扭身子，依在他的膝边，倒叫他没了主意。

"那你就在这儿，别闹。"

她点点头，稀稀的黄毛，无力地贴着头皮。

他仍旧伏回到谱纸上，谱纸上斜划了一道铅笔印，像是一张作废了的谱纸。他看不明白那上面写的是什么，几大张谱纸，只有一个汉字的标题，很明确地向他表达着——塞上。其他的一切，全像是没有意义的，全显得那么荒诞不经。

院子里静悄悄的，一院的人都出去了，上班的上班，上学的上学，剩下几个不上班也不上学的，也忙得不可开交，蒸馍，焖干饭，炒菜，洗衣服。他听见妈用水舀刮缸底的声音，便叹了一口气，轻轻地推开玲玲，站起来挑水去了。

院子里的方砖，没一块整的了，全叫各家的小锅屋占去了边。他穿过曲里拐弯的院子，走下台阶，太阳照在台阶上。他穿过窄窄的巷道，来到水管子。水管子边有人淘米，有人洗菜，水哗哗地冲着，冲了一大片水洼。

"下班了？"有人向他招呼。

"下班了。"他回答。

"上的什么班？下班这么早。"有人说。

"就是。"他回答。

自行车过去，车梁上骑着孩子，背着书包，刚从学校里接来的。

水，哗哗地冲着。太阳照得他睁不开眼，他乏得厉害，想睡觉。

他就像睡不够似的，睡了还要睡，睡了还要睡，睡了这许多，人却不见胖，非但不见胖，还日见消瘦。他有一天带玲玲去打针，看到医院墙上贴的卫生小常识，其中有一段是讲癌症的早期症状：思睡，进行性消瘦……越看越觉得自己是生了癌。越觉得自己生了癌，便越是渴睡。每日里起床成了一桩极大的难事，他要花费好大的力气才能起床。千辛万苦地起了床，洗了脸，刷了牙，来不及吃东西，便往团里赶，赶去点名，喊一声"到"。于是，他干脆不去上班了，直睡到九点十点。父亲忧虑地看着他，最终忍不住开口了：

"三林，你应当上班才好，怎么能不上班？"

"上班并没有事。"三林粗声粗气地回答，被子仍然蒙着头。

"只要去了，总会有事。"父亲说。

"确实没事，您可以去调查。"三林心烦得很，没了好声气。

"我去调查什么？你要自觉才是。什么事不是事？哪怕扫扫院子，涮涮茅厕，也是工作。"

"我并不想做雷锋。"他回答。

父亲认真地生起气来了："我不指望你做雷锋，但我要你做个最起码的人。"

"我很累，爸，你让我睡睡吧！"他也认真地不耐烦起来。

父亲走了，整整一天没和他说话，第二天、第三天也依然没有和解的意思。三林也绝无搭话的愿望，他懒得搭话。可是，无奈的

284

是,他的床铺就在堂屋,父亲起床之后,刷牙,洗脸,早饭,全在他床边进行。到了这一刻,他无法再睡着,总是醒得异常清楚,父亲每一点动静,都打扰着他的平静。他将头深深地埋在被窝里,装作熟睡的样子,一动不动,异常地紧张。父亲一边吃饭,一边逗玲玲:

"玲玲,在爷爷碗里喝稀饭吧?来!"

玲玲嘶嘶地喝着稀饭。

"大口喝,喝大口的,才能长高哩!"父亲说。

他在被窝里听得一清二楚,不由想到,父亲从来未曾用过这样的口气与他们兄弟仨说过话,也从未同他们说过这样亲切平易的话。大约是上了年纪的关系,父亲对玲玲流露出异常的亲近,那是与谁也没有过的亲切。那亲切却令三林特别感到了父亲的孤寂,他鼻子酸了,心情柔和下来,可是他却绝不愿与父亲和解,他不能,他永远不可能和父亲亲近了,他和父亲在一起,总是不自然,没有办法。

"玲玲,就着爷爷的筷子咬咸菜,咬!好孩子!"

玲玲清脆地咬着咸菜。

父亲笑了,笑得很愉快似的。可三林却从中听出了寂寥,他一动不动,装成熟睡了。

"三林,该起了,趁着热吃了吧,省得再热。"妈叫他。

他不动。父亲便说:"你嚷啥,叫他睡去。"

"这孩子近来又黄又瘦,也不知咋的。"妈叹气。

"还是思想问题,精神消沉,也不出去,不见太阳,不像个年轻人!"父亲的声音冷漠起来。他眼眶的热泪退了回去,轻轻地吐了一口气,身体舒展了,放平了。他听见父亲走出门走下台阶的脚步声,听见父亲与左邻右舍寒暄的声音:

"吃过了?"

"早啊!"

院子里响着脚步声,自行车铃铛声,都忙碌着。他拉下被窝,早晨新鲜的阳光照进门里,十分亮堂,他心里充满了惆怅。逐渐地,他又回复了早起的习惯。他早起的时候,便看见父亲向他投来的欣慰和赞赏的目光,他避开那目光,再不想与父亲搭话。他早起也罢,晚起也罢,全有着自己的与父亲所希望的完全不同的理由,父亲是不必为之高兴的。

这一天,一进大院便觉得不对,文工团像开了锅似的,闹闹哄哄,好久看不见这样热烈的气氛了,人们神情紧张而又微微有点兴奋,站了好几堆,小声或大声地议论着。

乐队新来不久的圆号出事了,这是个十七岁的孩子,初中刚毕业进了团,来了不到一年。这孩子平日里就不大和人接触,不爱说话,沉沉静静的,长得白净,像个女孩子。谁也没料想到他会出事,并且是出这样的事。事情是这样的:

他和他家邻居小女孩谈对象,谈着谈着不知怎么就干上了,正在屋里行动哩,叫人家女孩子大人闯进来看见了,逮住他就揍,揍倒没揍得怎样,却把他吓毁了。本来他干着这事儿心里就害怕,这一来,还不知闯了多大的祸哩!吓得挣开身子就跑,跑到云龙山上,喝了四瓶敌敌畏,死了!

"啧,啧!"人们惊异着。

"啧,啧!"人们感慨着。

"啧,啧!"人们惋惜着。

"其实,他是什么都不懂得的,他是胡闹啊!"有人说。

"他小孩子家还以为犯了死罪哩!"又有人说。

"太小了,就当是什么过不去的火焰山了!"

他听着这些，困意全无，身上起着密密的鸡皮疙瘩，微微战栗着。他眼前出现了那孩子白白净净女孩儿似的小瓜子脸；他想他排练时从不操蛋，总是老老实实的；他想起他的一双眼睛有点像动物园里的梅花鹿，总是很温和却有点忧郁；他想起他每天早上点过名以后就在院子里来回踱着，踱来踱去，见实在没事可做，见人都走得差不多了，才敢走……他想着他，眼前不知咋的却出现了小军的脸，苍黄憔悴的脸色，头发油腻腻的披到眼睛上，眼睛阴阴郁郁，那么好说话的人却沉默寡言起来……他想着想着，情不自禁地一激灵。他转脸看看，哪一堆人群里都没有小军的影子。他上上下下地找了一圈，哪一间屋里也没有小军的影子。他跑到男厕所里，两个舞蹈队的家伙在大便，说着一个污秽的故事。他退了出来，跑到自行车棚，推出车子，直往小军家奔去。

小军是自己单独住的，住在黄河新村，是他妈给他搞的房子，为他有了房子好找媳妇。

他急急地蹬着车，往黄河新村驶去。

有好几天没见他了，上回在八一大楼跟前遇见他，问他咋不上团里去的，他说他睡得晚，二三点才上床，起得也就晚了，赶不上点名，就干脆不去了。问他睡这么晚干啥？他说不干啥。

轮胎没气了，蹬着费力，他不愿下车，使劲地蹬。

黄河新村是满满一大片新房子，一眼望不到边，漆成绿色的窗框在阳光下闪耀着清新的光彩。这是新盖的房子，还没有交通，买东西也不方便，当然，慢慢地会有的。

他骑进去，找到小军的那幢灰房子，架好自行车，上楼。他住六楼。

他一层一层地上，心里怕小军不在，他不在会在哪？他说他有时候自个儿去云龙湖划船，一个人划有什么劲？他回说，一个人划才来劲！这孩子近来说话越来越不顺气，心中像憋了多大的委屈。

他上了六楼，喘不成气了，他不等气喘平，就举手敲门。

门开了，露出小军巴着眼屎的脸。

他像一个破了的皮球一样，一下子泄了气。

"大哥，你咋来得这么早？"他揉着眼睛问。

"九点半了，还早！"他回答，跟着进了屋。

屋里暗暗的，挂着窗帘，一股子烟味和尿味，床上乱糟糟的。

"大哥，你坐。"小军扯过一把椅子。

"你快去洗把脸！"他吩咐道。

"噢，这就去，你喝水，大哥！"

"我不喝，你快去洗洗。"

他跑进厨房，自来水龙头响，哗哗的水声。

他看着房间，一地的烟灰烟头，枕巾黑漆漆的，被头黑漆漆的。

"大哥，你找我有事吗？"小军进了房间，脸洗过了，显得苍白。

"有事。"他说。

"什么事？"

他停了一下，然后说："咱们帮郑瑛瑛和少扬散！"

小军惊异地扬了扬眉毛，来了点精神。

"郑瑛瑛对我说了，她想和少扬散，要我帮她做主。"

小军惊异地看着他，全神贯注地听着。

"我看她一个女孩子家怪可怜的，她家里姊妹多，大人也顾不得许多。我想，咱们得帮帮她。"

小军点头。

"他们这么下去，两人都得毁，两人像是不正常了似的。"

小军点头。

"而且，我总觉得，"他低下头，停了一会儿，又抬起了头，"我总觉得，我对她像是有点责任似的。"

"我知道，大哥。"小军说。

"我不是那个意思……"他怕小军误会。

"我知道。"小军打断他。

"你和她是老同学，也有责任。"

"可是，他们已经登记了呀！"

"就是这话，否则，她还来找我帮忙？"

"可是，夫妻吵架的事很难说的，最好别插手。俗话说：小夫妻吵架不记仇！"

"不不，他们和一般的人不一样，没有像他们这样打的，有一天，会打死的。"

"可是，打过以后，他们又好得不得了，等不及地又好上了。"

"他们好得也不正常，他们在一起，不会过好的。"

"少扬不会饶你的。"

这话反而激将了杨森，他"唰"地站起身，推开椅子："你不干算！"

"谁说我不干了？"小军说，赶紧地套上毛衣，穿上外套，一眨眼工夫，成了个干干净净，利利索索的小伙子。两人精神抖擞地出了门。

太阳照着崭崭新的高楼，绿色的窗框闪闪发光，楼中央的草皮栽活了，星星点点地绿了一片，两个小孩在扯线线玩：

"杀鸡，买菜，咕噜咕噜跑快，打酱油，买香干，一个馒头吃三天！"

"咱小的时候唱的歌。"小军对他说。

"咱小时候也唱过。"他对小军说。

两人一起上了车,车子滴溜溜地向前驶去。

"大哥,咱这里还要修水池子呢。"他告诉杨森,有了点事可干,他像是活跃了一些。

"真是的吗?"他表示惊讶,他要小军快活起来。

"还要立一个雕塑呢!"

"还立雕塑啊!"

"听说,一路车也要往这边开了。"

"那好!"

阳光洒了一路,他们迎着阳光骑去,阳光照得人暖洋洋的。

"大哥,你说俺团还有指望吗?"

"有,"他蹬了一脚,"只要人活着,都有指望。"

"对。"他点头。

杨森抬起手,拍拍他的肩膀,想夸奖他,鼻子却酸酸的,开不了口。

"大哥,你眼怎么了?"他看看杨森,奇怪地问。

"太阳刺眼了。"他回答。

他们迎着太阳驶去,影子留在了身后。

他写音乐日记,他用音乐写日记,写了厚厚的一本。

"抡了一天的大锤,还不歇歇胳膊。"有人劝他。

"这累不着胳膊。"

"累着脑子了。"

"累不着。"他回答。

灯灭了,那边在谈女人,讲哪个胸高,哪个腰细,哪个屁股生得好。

"三林,你真是铁心要搞音乐了?"有人问。

"不敢说。"

"你咋这么喜欢音乐?"

"人活着,总有个喜欢,对吗?"

"没有喜欢,也得活着。"

他不理他了。

他也不理他了。

那边在谈女人和男人的事,哪个和哪个谈了,哪个和哪个抱了,哪个和哪个亲嘴了。

第二十六章

音乐厅前灯光明亮，车水马龙。

他站在音乐厅前一百步光景的地方，手里擎着一元钱，向着每一个朝他过来的人。

每一个朝他过来的人都绕过了他，用厌烦或鄙夷的目光瞅他。

他不泄气地站着，手里擎着一元钱。

他看见一个小伙子，有点面熟。他想起那年考上音，同他一起候在考场门口，等着里面招呼进去，考视唱的。他尚记得，小伙子的名字是郑方。他胸前别着上海音乐学院的校徽。他低下头，绕过了郑方，其实他也知道，郑方未必能认出他。

朝他过来的人们互相热切地打着招呼，绕过了他。

有个人对他说："要是我等的人不来，这票就让给你。"可是，他等的人来了，是个很优雅的女孩子。

门前的人群渐渐稀落了，渐渐安静了，七十一路车开过来，又开过去，灯光明亮。

炉火很红很红地烧着，很红很红的火苗蹿上来，舔着他裸着的胸和背,把他的胸和背舔黑了,黑得发亮。

他抡着大锤,落在小锤的指点上,叮当,叮当,叮当,叮当。

汗水痛痛快快地泻了下来,他觉不出热,只觉得痛快。这是他所过的最痛快的夏天。他听不见门前大树上的蝉鸣,他只听见大锤小锤的叮当,叮当。汗水,把体内的热全泻了出来,十个小时下来,他只觉得饿和乏,顾不得去体味炎热了。他天天夜里睡得烂熟,醒来之后,身底下是一片水汪似的汗。他睡得痛快。他也顾不得去体味别的任何一种心情了,心里敞敞荡荡,十分平静。音乐日记,他不写了,没有时间也没有心情了。日记本压在枕头底下,有几页撕了下来解大便用了。

农机厂里,有吃有喝有活干,独独没有女人,会计是个女人,可已经变得和男人差不多了。男人不敢说的话她敢说,指着人鼻子说:"我 × 你——"腰粗膀大,放屁嘭嘭响,谁也不拿她当女人待。因此,大伙儿仍然想女人。

有一回,孙莉平来农机厂找袁建章,一进厂门,大伙儿都怔了,一个伙计脱口而出:"真白!"他是由衷地感叹,没有一点邪念。农机厂里看不见女人,更看不见白嫩的女人。

炉火烧得通红,火苗子舔着人脸,大锤随着小锤叮当,打出一副副犁铧,锹板,叉头,抓钩……

又有一回,传达室的老杨头家里来了,从乡里来赶集的。他把女人留下了,夜里,就在小小的传达室里过夜。大热的天,用麻袋片把漏缝的地方全遮得严严实实。大家伙坐在院当央,不远不近地对着传达室骂:

"你个老缺德鬼,不怕中暑死了!"

"遮那么严实干啥?没人瞅。谁个没经过!"

"你可快点完事,立马就地震哩,别砸死在里头了!"

人们笑骂着。

遮得严严实实的传达室岿然屹立,纹丝不动,像一座小而坚固的堡垒。

人们更加不歇气地骂,终于把老杨头骂出来了,光着半个湿淋淋的身子,笑着讨饶了:

"弟们,别操蛋了!"

"你操蛋哩!"大家回敬他。

天不亮,他女人就走了,大伙儿连个面儿也没见着。

天亮了,炉火烧起来了,大锤追着小锤叮当。三林胳膊上长出了硬邦邦的肌肉,胸脯子厚了,看不见肋骨了,长高了一大头。夜里,他听着人们讲那些色情的故事,心里也有了一种奇怪的骚乱。他好像听懂了一些什么,心里惴惴地不安着,而又暗暗激动着。

孙莉平来看袁建章,见三林衣服上掉了颗扣,便从小钱包里抽出一根缀着线的针,替他缝扣子。她就直接在三林身上缝着,三林站着,她坐着,一手拿针,一手扯着三林的前襟。三林看见她编得很整齐的短辫和一排崭崭齐齐的刘海,头路子分得笔直,露出白白的头皮。她的手不时要触着三林结结实实的胸脯,每触一下,三林的心就"怦"地一跳。他心里烦乱得很,手捏着拳头,手心里湿漉漉的,全是汗。他不懂得一颗扣子咋会缝这么长时间,他后悔不该让她缝这颗扣子。

终于缝完了,孙莉平低下头,凑近去咬线,她的脸颊几乎伏在了三林的胸脯上,三林一阵慌乱,用力往回一挣,把线挣断了,倒把孙莉平吓了一跳。

"怎么了?"

他慌慌乱乱地扣上扣子,顾不上回答。

"怎么了?"孙莉平只得问袁建章。

袁建章摇头。

这天夜里，睡在院子当央的席子上，他做了一个梦，做了一个娶媳妇的梦。梦醒了以后，他恍然明白，什么叫作娶媳妇。耿贵在那稻田的窝棚里干的，老杨头在那遮得严严的传达室里干的，他全明白了。他也明白了，孩子是怎么着来的。

他睁开眼睛，望着布满繁星的夜空，心里又平静又激动，又快乐又痛苦。他不明白是怎么了。充满了一种怪异的心情，他好像是变了一个人似的。他变了一个人。

星星布满在深蓝色的天空，星星好像慢慢地在朝他落下来，落下来。他好像在慢慢地升上去，升上去。他好像变成了无数颗星星中的一颗，星星在他周围。他静静地眨着眼睛，星星在他周围。

音乐厅前静了，检票的门关上了。七十一路汽车开过去，灯光明亮。

透过玻璃门，看见门厅里空无一人，大理石的楼梯上空无一人，台阶一级一级升上顶穹。

在那玻璃门里，在那台阶深处，皮里松正指挥着《三角帽》。听说那是一个女人战胜男人的故事。

没有一点音响传出来，听不见一点音响。一扇玻璃门，一梯台阶，隔开了，干干净净地隔开了。

他无法走通这隔阂，他走不通。

灯光明亮。

第二十七章

满天的星星。

"你不知道娘们有多好。"

星星在眨眼。

"男人,不能没有娘们。"

星星在眨眼。

"我就不信,你能不娶媳妇?"

"我娶。"他叹了一口气,在心里向耿贵认输了,"我得娶。"

他在席子上翻了一个身,风吹在他火火热的脊背上,凉丝丝的。

他趴在枕头上,伸直了身子,他觉得有一颗星星停在了他的背上。

"欢欢,我太拖累你了。"他给陶欢写信。

"不,不要这么说,"陶欢给他写信,"我的生活太顺利了,顺利得不真实了。有了你的人生和我的人生交叉重叠,我才感受到了真正的人生,真正的生活。"

"欢欢，你真是长大了，你成熟了，而我，怕要落后了，你会对我不满足了。"

"这是个问题，这是我们要努力克服的问题，有了这个问题，我们的生活才有了目标，才更加一致了。"

"欢欢，你真是长大了，你真是太好了。"他反反复复地喃喃地写道，他真想亲亲她，可惜办不到，他们离得那么远。他原以为欢欢至今不与他分手，只是因为他们之间的悬殊，他的失败，正巧符合了她浪漫的想象，使他们的爱情平添了传奇的色彩。不曾想到，欢欢有着这么深厚切实的考虑。他想，欢欢是上帝派来补偿他的。他想，他这半生中，最大的胜利便是得了欢欢这样一个女人，这是他人生的大胜利。他要牢牢地抓住她，他再不能失去欢欢了，假如没有欢欢，他不明白这半生的辛劳他失去偌多，得到的究竟是什么了。可是，这个欢欢又交给了他多少任务，他担心自己配不上她，担心她走得太快，而自己走得太慢。他要接近她，他一定要接近她。他明白，假如有一天，欢欢离他而去了，那是一点都怪不得她的，一点都怪不得的。只能怪他自己。想到这里，他便陡然地紧张起来。

不知从哪一天开始的，他的情绪全凭着欢欢的来信而起落了。他从外面回来，进门迎着妈的问候："回来了？"回答的总是"有信吗？"只要有欢欢的信，他的脸色才和悦一些，假如没有，他便沉下了脸，再没个笑影儿，似乎是妈妈对他犯了什么过错似的。妈也以为是自己得罪了他，难免要问长问短，问了十句却得不了一句的回答，爸看不下去了，就说："他不愿说话，你何必？"爸这么一说，他却像报复似的开始和妈搭腔了。父亲不再说话，只顾和玲玲玩，玩扯绳，玲玲唱着那首不朽的儿歌："杀鸡，买菜，咕噜咕噜跑快，打酱油，买香干，一个馒头吃三天。"父亲便笑："这是打哪儿想起来的,风马牛不相及!"玲玲又重头唱。

他和妈有一句没一句地说着,耳朵却听着那边的动静,玲玲一遍又一遍地唱着,父亲一遍又一遍地笑,说着:"风马牛不相及,"像是也在注意他的动静。晚饭就在这和平气氛中过去,可是他和父亲依然不搭话,一无和解的希望。

夜里,他一觉醒来,却见东屋还没灭灯,父亲正和母亲说话:

"孩子大了,只有随他们去了!"

"那姑娘也不知对他究竟怎样,是个什么心,我就是见三林可怜。"

"他去上海算了!"

"上海哪是容易进的!"

父亲不吭声。然后灯熄了,没动静了。

他却睡不着了,想着陶欢。没有办法,他总是想着陶欢,每日每夜,在心里要和她说多少话啊!他深知父亲是爱自己的,自己的儿子,绝没有不爱的道理。可是,他深知父亲是理解不了自己的,永远理解不了了。父亲从来没想过要去理解他们,从来没有理解他们的需要,因而,也使得他们从来不去理解父亲。到了如今,无论他们内心里是多么渴望着彼此了解,怜悯着对方,却做不到了。他们接近不了,中间有着什么强有力的东西隔膜着他们。

新近,团里排了个话剧,是根据运动中一个手抄本改写的,名叫《楼梯上的脚步声》。征集话剧音乐,谁都可以写,写出来都给试奏,谁的好用谁的。他放下写了一半的《塞上》,开始写话剧音乐。

"我是为你写的。"他在心里喃喃地说。欢欢总是和他在一起,他时时刻刻和她在一起,不停地对她说着,也不怕她心烦。

有了切实的目标,又有了可行的计划,内心自然充实了一些,精神也振作了，他全力以赴争取夺魁，倒暂且把陶欢放在了一边。父亲见他有所改变，脸色不由和缓了许多，几次都有要搭话的意思，而他却作看不见，毫不配合。他明白，他努力争取实现的，是他自己的希望，而绝不是父亲的希望，这是两个完全不同的希望。不知不觉地，在他那固执的沉默中，有了一种挑战的意味。

最后，他的音乐录用了，正式排练了。他的作品是第一次在文工团的乐队里排练，可是乐队已经不是原来的乐队了，小提琴只剩了四把，圆号只剩一个，大管没有了，钢琴没有了，长笛，是由吹竹笛的人吹，他把长笛吹出了竹笛的声音……当这乐队阵容整齐的时候，他的作品还不成熟，如今他的作品稍稍成熟了，乐队却——他唯有感叹了。可是，他的作品毕竟是第一次在管弦乐队演奏。当小号嗒嗒地响起时，他的心幸福地战栗了。他没想到，一张苍白的谱纸上几行稀落的音符，居然会有着如此宏大的声响。可是他马上就听出这声音的空洞和不平衡，小提琴太少了，弦乐没有密度，铜管太重了，压倒一切，小号的三连音永远带着副点。

老田敲敲谱架，停了下来：

"少扬，你错了，应该是嗒嗒嗒，嗒嗒嗒，没有副点。"

"我是对的，就是这样的。"他坚持。

"你让大家来说。"

大家沉默着。

"杨森，你来听听。"老田叫杨森，杨森只得走到指挥台前，看着总谱。

少扬又吹了一遍，然后放下号，挑衅地看着杨森。

杨森沉吟着。他知道，少扬正找着茬和他干呢，他知道郑瑛瑛和他散，是杨森给她做的主。这几日，他简直想把杨森一口吞到肚里去了。

他挑衅地看着杨森,脸色苍白,眼睛微微眯缝着,射出凛厉的光。

杨森沉吟着,乐队只有一把小号,假如一把小号没有,那是不行的。当然,没有指挥,也是不行的。他抬起了头,抱歉地一笑。

"你们都没错,是我错了。我把谱子写错了,应该是少扬吹的那样,少扬,你对了。老田,你也对的,是我写错了。"

老田脸红了,却不好发作。

少扬眯缝着的眼睛圆了,也不好发作。

排练继续下去。

他坐在排练场的后边,心里有点难过。他从来不是个狡猾的人。可是,欢欢,没有办法,没有办法,我必须要乐队奏响这个东西,我没有别的机会,我不能失去这支乐队,无论它是多么残破不全。

排练结束了,他听见一片赞扬之声,他深知是不配的。他只是用了一些花哨的手法,把人唬了一下。实际上那是很表面,很空洞的。可是他必须唬大家一下,他必须唬住大伙儿,从而才能建立起他的权威。他没有别的机会了。

乐队从他身边走过,留下他一个人在空荡荡的排练厅里。

院子里传来小号声,吹的是《拿破里舞曲》,吹得柔和,是少扬在吹。虽然他的高音上不去,三连音吹不平均,可是他中音区的音色是好的,并且,他演奏起来,尚有一些激情。像这样有点激情的人,或许不是坏人。他忽然有些怜悯他。

《拿破里舞曲》柔柔和和地在院子里回荡。

他想起少扬练功练得很苦,他练得太苦了,练出了肺结核。于是团里就不想要他了,想请他开路了。据说,那回,他躺在地上哭得打滚。他不敢想象少扬躺在地上打着滚哭的模样,有点心酸。也许他过去不是这么恶毒的,是后来才变的。他以为整个世界,整个人类都在与他作对,所以他也和整个世界、整个人类作对,可是,到头来,吃亏的还是他自己呀!

他撺掇郑瑛瑛和他散了,这是不是太过分了,他不敢确定。可他坚信,他们两人在一起终有一天会彼此折磨死的。他们不是爱,而是折磨;这折磨里不知有着点什么牵住了他们,就是这些。他们应该解脱出来,他想他是对的。可是,他又有点怀疑。郑瑛瑛好像又变了一个人似的,那么郁郁寡欢。本来一个无忧无虑的傻丫头,有了心事。她将来怎么办呢?她该谈对象了,可是谁能对她宽宏大量呢?他怕自己到头来反而害了她,害了她不说,还把自己扯进,永远背了这么个包袱。

小军再三地对他说:"郑瑛瑛对你有着意思呢。"

他一听便有些恶心:"你别提这个了。"

"陶欢靠不住,大哥,你别傻等了。"

"住嘴!"他喝住小军,"没有陶欢,我也不和郑瑛瑛。"

"你是觉得她已经,那个过了吗?"小军问道。

"不,你别提她了!"他烦躁地说。他不愿人家把郑瑛瑛往他身上贴,觉得受了玷辱。不仅是他,陶欢也受了玷辱,而陶欢是神圣不可侵犯的。

"其实,郑瑛瑛不比陶欢差!"小军也火了,提高了嗓门。

"你别提陶欢!"

"怎么了!她是皇后?她要是真心,她毕业后该分回来,她该回来!"

他忍不住要去推小军,而小军挺着脖子站在那里,像一只好斗的小公鸡。

"郑瑛瑛又怎么了!你也占过人家便宜,你拧过她的胳膊,你挨过她身子！"

他给了小军一巴掌，小军还了他一巴掌，接着说：

"你也想玩人家的，玩不上手罢了！"

他给了小军一拳，小军还了他一拳，两人牙齿都出血了。他冷笑着说："你要觉得她好，你怎么不和她谈。"

"谁说我不谈，我就去和她谈！"小军涨红了脸，随即又白了。

"你去，你去哪！"他激他。

"这就去！"小军煞白了脸，转身就走了。

他倒傻了，呆呆地站在了那里，说不出话。半天，才想起朝地上吐了一口带血的唾沫。

话剧上演了，他的音乐被录成录音，由舞美队掌握着，到时候就放上一段。他场场去听，听多了，便有些腻味，听出了许多的毛病。他要求再改一下，可是乐队却不愿再排了，导演说，挺好，挺好，就这样。说实话，来看戏的，有哪几个是为听音乐，有哪几个注意到了音乐。只有他自己注意到了。于是，他便不再去听，不敢再听，听了就觉得恶心。

然而，不管怎么，有过这一次试奏，他对《塞上》重新又有了信心，他把以前写的推翻，从头写起。

"我是为你写的。"他在心里说，他是为欢欢写的。他觉得，他的生活全是为了欢欢，他的奋斗全是为了欢欢。他只有一个目标了，那就是欢欢。他一定要得到她，他不能没有她，假如没有她，他的生活该是什么样的，他不敢想象。

欢欢给他展开了一个完全新鲜的生活，那是与他的完全不同的生活。这新的生活使他再不能回到旧的生活里去了，可是，他又进不去那新生活。失去的已经失去了，得到的还未得到。真正是青黄不接。

他知道，他要全力以赴抓住欢欢，他要抓住。别的，他都不顾了。

终于有一天，他的《塞上》完成了。他拿给老田看，老田只是淡淡地扫了一眼，说道：

"你自己的作品，自己排吧。"

上次的事情，使得老田认为，他被杨森这个小子出卖了，他们之间的友谊破裂了。

他又拿给团长看，团长在理论上是支持的，至于排练，那就是他自己的事了。没有奈何，他向乐队求助了。他一家一家地跑，好话说了几大筐，帮助他们抄好分谱，求着他们练一次，只练一次，就练一次。最后，他找到了小军家，他把小军放在最后一家，他没有勇气去找小军。

小军果然和郑瑛瑛谈了，两人一同进，一同出，毫不避讳人家的议论。大伙儿议论够了，也就不怎么议论了，倒反渐渐觉得他们俩很合适，而且，小军，很够意思！郑瑛瑛经历了那么一场，变得温顺极了，小军也有了个寄托，头发理得整整齐齐，气色清朗了许多。

他不敢见他们，远远地看见，便绕开了。在他们俩面前，他有一种自惭形秽的感觉。可是，这回，是不能不上门了。小军是乐队唯一的圆号。

小军一个人在家，见他来，怔了一下，随后便闪开身子，让他进去了，他觉得自己像是溜进门去的。

小军跟在他后边，他在前边走，好像被小军押着，就这么进了屋。

两人站在房间里，沉默着，又各自找地方坐下了。他坐在床沿上，小军坐在窗底下的椅子上。黄昏的光线照亮了他的轮廓，他的轮廓是很不难看的。

"怎么样?"他开口了。

"就这样?"小军回答。

"每天干啥了?"

"不干啥。"

他稍停了一下,说明了自己的来意。

"行。"小军说。

他不曾料到小军这么爽快;"真行?"

"那有啥不行的?大哥你的事,就是我的事。"

他不由脸红了一下。他转过脸去,看见小桌上放着郑瑛瑛的一张剧照,还是那年跳《白毛女》喜儿的照片。那时她很小,脸颊嫩嫩的,腰身很苗条,一双大眼睛十分清澈,一点心眼也没有。他看着剧照。

"你喝水吗?大哥。"小军问。

"不喝。"他回答,过了一会儿,又说,"我说,我上回说的是气话,相骂无好言,你别当真。"

"我没当真。"小军回答。

"你可不当真了。"

"不,我是真想和她谈。"

"你真喜欢她?"

"她不错,就是疯点,现在,她不疯了。"

"她已经……"

"人怎么不是过一辈子。"小军打断了他。

他只觉得自己卑劣得可以,不再说话了。

房间渐渐暗了下来,小军侧着脸坐在窗前,好像一幅剪影。

他俩谁都没站起来开灯,听凭天色暗下去。

"你比我强。"过了半晌,他说道,声音有点打颤。

"大哥你说的哪里话,"小军回过头来微笑了一下,"说真的,我还要谢你呢!"

"你别操我的蛋了!"他苦笑。

"谁操蛋了!我说的是真话。"小军认真地说,"要不是你那句话,我还不知要找多久才能找着对象哩!"

"凭你这样,还怕找不着。"他真心地说。

"可不是找不着,找来找去,不料想就在眼皮子底下。其实才简单,其实才简单个事叫咱们都弄糊涂了。"

"你说得不错。"他小声说。

天,完全暗下来了,两人谁都没拉灯,坐在黑暗里,也不再说话,各人想着各人的心事。

排练的那天,乐队全到齐了,全是看在杨森平日里待人厚道,凭着情分来的。连少扬也来了,这倒是出乎杨森的意外。杨森站在指挥台上,腿脚略略有些打颤。他用指挥棒轻轻点着谱架,装作在看总谱,心中却是十分激动。

他终于拥有一支乐队了,尽管只是暂时的,可这会儿,就这会儿,这乐队是他的了。

他抬起头扫了一眼乐队,钢琴前空着,琴盖上落满了灰尘,小提琴只剩了三把,小军扶着圆号独自个儿坐着,旁边的位子空着,他眼前不由浮现出那张白白净净、斯斯文文的女孩儿家似的小脸儿……

他终于拥有一支乐队了,尽管残缺不全,可这残缺的乐队,这会儿,这一小会儿,是他的了。

他轻轻地点着谱架,想说话,声音是哑的。他轻轻地咳了一声,开口了:

"弟们，"他这么说，"弟们，咱们开始吧！"

他笨拙地抬起胳膊，胳膊是僵硬的，没有受过任何训练，难看得很，暂且也不去管它了。他的指挥棒笨拙地、犹犹疑疑地划下了，乐队犹犹疑疑地参差不齐地起来了。他听见了自己的声音，很古怪的声音。他来不及去琢磨，去推敲，去体会，只顾打着棱角分明的拍子，一小节一小节地奏下去。

乐队凭着长年合作的默契，互相迎合着，渐渐找着了他的拍点，整齐了，往下奏着。

他渐渐地自如了一些，分得出心去听那声音了。那声音奇怪得很，奇怪地陌生着，并不是他想象的他要表达的，而是另一种什么也不是的声音。他背上出汗了。

乐队别别扭扭地奏着，勉勉强强地往下进行，一种很奇怪的音响充满在排练室里。

不对，他明白，这不对，不是这样的，应该是那样的。可是，怎么才能够那样，他不知道，他不知道。他要的不是这样的音响，全不对了。他不知道应该如何表达自己的意图，不知道。心里全有，全有，可到了笔下，就没了，全没了。他明白自己缺少的是什么。

他缺的是学习，他应该上学。他想起吕安蓓说的，一定要上学，这里面有着许多技术的东西，要学。可是，学习的年龄他早已过了，求学的机会，他失去了。他怪不得别人，他只怪自己。命运给他机会了，给他上学的机会，给他试奏的机会，可是他没做好准备，他全晚了一拍。晚了一拍，结果就全晚了。他不能怪别人，只怪自己。也许，更主要的，他缺的是天分，他也许从头就错了，一开始就错。

他机械地划着拍子，那是在家里对着镜子练过几十遍的，不用思考，手臂自己就能完成。

排练室里灌满了奇奇怪怪的音响，他不明白这音响是什么，这音响要表达什么，它全然像是没有意义的，可是，它是有意义的，他明明是赋予它们意义的。然而，他弄错了，他全弄错了。

一种刻骨铭心的悲哀充满了他的全身心，他发现自己没有音乐的天分。他实在不该搞音乐，要说起来，他下的功夫不算少了，或许他修炼得还不到家，可他又实在不明白，他还能够去做些什么。

可是，他多么爱音乐啊！

要是没了音乐，他究竟拿什么去和陶欢平衡呢！

哦，陶欢！她是那么样的节节胜利，而他正好是这么样的节节败退。

要是没了音乐，他就只有一个陶欢了。

他不能没有陶欢！

星星停在他的背上，沉甸甸的。

"你不知道娘们有多好！"

"我知道。"

"你上哪儿知道？"

"我生下来就知道。"

"你咋知道的呢？"

"我妈是女的。"

星星在辽远的夜空里闪烁着，猛一抬头，它们就在近处，再一凝神，它们又渐渐地辽远起来。

第二十八章

美国，罗宾斯芭蕾舞团。

队伍看不见头，也看不见尾。

九点钟才卖票，这会儿是七点钟。

有人推着车过来卖面包，汽水，就在马路对面。

他不敢过去买，生怕自己的位置被人挤掉。

"师傅，"前边的女孩子叫他，"你帮我看好位置，我过去一下就来。"

"好的。"他答应。

她从从容容地过了马路，买了一只小圆面包，又从从容容地回来了。

有人拿着粉笔来写号头了，101，102，103，直接写在袖子上了。

他小心地端着胳膊，生怕被人蹭了去。

"写到号头的都能买到。"人们在说。

"后天的票总有的，明天的票大概都是内部买掉了。"人们在说。

可是，后天他就要走了。

队伍慢慢地动了。

火苗慢慢地舐着他的胸脯，烫得舒坦，他不紧不慢地挥着大锤，跟随着小锤的指点，叮当，叮当。烧红的铁在锤下慢慢地改变着形状，他特别想唱《国际歌》。忍了忍，终于没唱，这毕竟太操蛋了。不过，这念头却搔得他心痒痒的，老想乐。忍了忍，终于没笑出声，怕人说他发痴。

大锤跟着小锤叮当，火苗一会儿欢快，一会儿矜持。

"三林！"有人叫他。

他没听见，他耳朵里充满了大锤小锤欢乐的叮当声。

"三林，你聋了！"

他终于回过头去，看见眼前站了元桥，穿着纺绸衬衫，戴着草帽。

"你出来一下，烤死了。"元桥说着，在头里走了。

他跟了出去，迎面一阵凉风，凉到心里去了。可很快就觉出了闷热，太阳在头上照着，蝉在大树上叫着，汗，流不痛快了。

"县里办文艺宣传学习班了，咱公社研究，要你去参加。"元桥对他说，并且递给他一张油印的通知。

大锤小锤的叮当声远去了，蝉叫得密不透风。

"明天就去报到，别干活了，收拾收拾去吧！"

"这学习班是什么意思？"他打听。

"地区要会演吧，县里抽人搞一台节目，咱公社就叫你去参加了。"

"怎么单叫我呢？"

"袁建章、孙莉平，咱们一起研究的哩！去吧！"元桥脸上流着汗,顺着草帽带子流到下巴颏上,再滴到地上,草帽带子叫汗腌黄了。

"好哎!"他突然清醒了过来,拔腿就跑,往宿舍跑去。这才真是天不绝人哩!或许,他这辈子真能干音乐了,他真和音乐结亲家了!他自觉得,他的路顺得很,眼看着要绝,要绝,不料山回路转,又有了。

他不明白,怎么好事尽轮到他呢!他忽然感到有点抱歉,对大伙儿。宣传队的弟兄姊妹全分布在各个社办厂:农机厂、麻刀厂、水泥制件厂……都累得喘不匀气。偏偏这好事轮到了他,他自觉得不能露出太得意的样子,叫人看了心里难过。于是便放慢了脚步,沉沉重重地走回了宿舍。

令人欣慰的是,大伙儿全知道他要去县里学习,都替他高兴,一个个很豁达的样子,他才泰然起来,欢欢喜喜打起背包,搭上了进城拉货的拖拉机。

拖拉机突突突突往前开,颠得他屁股疼。他爬起来,蹲着,双手抓着车斗挡板,望着路边的白杨树一颠一颠往身后退去。好多天不下雨,路上的浮土扬起半天高,把日头遮暗了。他眯着眼,透过尘土看着日头下的大路,大路弯弯曲曲,曲曲弯弯地伸向前方,看不见尽头。

这次学习班集中了金县二十个公社的文艺骨干,力量很强,乐队也庞大,小提琴有了六把,甚至有了一把大提琴,一把长号,可惜那长号永远吹不准,永远要比人慢半拍,可不管怎么,坐在一起,看看也是很威风的。

三林又重新投入到他热爱的事业里去了,他乐思如涌,差不多一天便能写一个独唱曲子,第二天连配器也写好了。他浑身迸发出那么汹涌的热情,几乎不能自己。他把那年在省里学习的笔记、作业重新拿出来整理，每一点知识都得到了实践。他感到幸福极了，最幸福的事莫过于聆听自己的作品了，自己写下的每一句旋律都那么样的妙不可言。他常常被自己的作品感动得说不出话来，他不晓得别人能不能领会，自己是全部领会了。

当他们这台节目初具规模的时候，元桥来看他了，告诉他，底下在招工了，为了争招工的名额，宣传队的人都翻了脸。袁建章提出，照顾家里有困难的、姊妹多、下放多的人，就有人不同意，吵得开了锅。现在谁见谁都不说话，分头干自己的。反正，八仙过海，各显其能，看自己的了。

"不是说要生产队、大队推荐吗？"三林说。

"是啊，公社把宣传队作为一个独立单位，由公社直接推荐，说着推荐，里头名堂挺大。"

三林说不出话来，他感到失望，失望得沮丧起来了。他想到宣传队原本是多么和睦，像亲姊妹亲兄弟似的。

"其实，他们都早已知道要招工了，所以这次叫抽人到县里开学习班，找谁谁也不愿来，怕走开了错过了时机。最后商量了叫你来，你也就来了。"

三林又说不出话了。

"不过，你不用急，你还小，他们好几个都是老高三的，也确实不小了。"

"是啊，我无所谓。"三林说道。

"在这里还好吗？"

"好。"他振作了一点。

元桥走了之后，他情绪低落了好一阵，直到晚上彩排，锣鼓音乐响了起来，他才重新抖擞了起来。

在热热闹闹的乐声中，他忘记了一切，他聆听着自己的音乐，听着二胡咿咿呀呀的穿插在吱吱嘎嘎的小提琴中,听着小号高亢地盖过了一切声响,听着竹笛忽而欢快,忽而抒情,听着它们组合成一片音响,他爱这音响。他心里慢慢地平静下来,不管怎么,他依然感激,感激命运给了他这么个机缘,他很幸福。

接下来便是会演了。八个县八台节目,都是集中了各县的精华,真可谓群星璀璨。市文工团,地区梆子剧团,京剧团,等等专业团体,每晚演出都到,物色着节目和人才。

八台节目各有特色,最令三林吃惊的是赣榆县的铜管乐团,在那位中央军乐团下来的大背头指挥下,奏起《新四军军歌》,其高亢,其嘹亮,其威风,其气派,真是无与伦比,令人热血沸腾。他坐在台下,只有浑身打颤的份儿了。

赣榆团就住在他们一个楼面上,刷牙,洗脸,上厕所,常常与那大背头迎面而来,擦肩而去,却不曾搭话。三林看见他,心里总有些打醋,不敢接近。

有一天,他在水池子洗衣服,大背头也在洗,洗一条格格的床单,一边洗,一边嘹亮地吹着口哨:"莫斯科郊外的晚上……"忽然,口哨声停了,他说话了:

"小伙子,帮个忙。"他这么说,操着一口标准的北京话,听起来便觉得有了身份。

他不知为什么的红了脸,丢下手里的衣服,过去抓住格格床单的一头,帮他拧。

"不,你得和我反着方向。"他说,并且笑了,笑声很爽朗,用了丹田之气,很气派。

他脸更红了,反过方向,用力拧着,水滴在地上,溅到他的鞋上,湿了一大片。

"谢谢!"他说,收回绞成蛇似的床单,放在盆里,"哪个县的?"

他嗫嚅着告诉了。

"搞什么的?"他又问。

他又嗫嚅着告诉了。

"哦,咱们同行啊!来我屋里坐坐吧,就在204。"说完,他端着盆走了。

他漫不经心地搓着衣服,心里怦怦乱跳。一刻钟以后,他就已经坐在了大背头的床沿上。其实,大背头和蔼得很,非常容易接近,赣榆团的那些小伙子,和他说话随随便便的,管他叫作大老周。他也随随便便的,很打成一片,一点没有架子。三林心中对他更加敬重,心想:毕竟是有学问的人啊!他问三林学了几年音乐,跟谁学的,然后说:"不容易。"然后又说:"你应该学学管乐的配器。"接着就一连气给他的管乐配器指出了几十个错处。

三林一一答应着,最后红了红脸说:"我拜你做老师吧!"

大老周扬起脸哈哈大笑起来,然后说:"互相学习,互相学习。"

三林心里充满了感激。每一点知识对于他都是新鲜的,有用的,他就像一片干裂了的土地,每一滴水都迫不及待地吸收了,溶解了。他感觉到自己渐渐地在充实,在提高。他看得见自己的长进,因此,他充满了信心。

会演结束了,他收拾好东西,打算回家看看,然后就下乡。不料大老周来了,带着两个陌生人。虽说是陌生吧,却有点面熟。三林一时想不起来在哪里见过他们,等到大老周做了介绍,他才恍然大悟,这位是文工团的,那年他去文工团学习《红色娘子军》见过的。那一个高高帅帅的,不就是指挥老田!认出他俩,他不由得紧张了起来。他隐隐地感觉到,有什么重要的事情要发生了,这事情也许与他整个命运都有着关联。他这么隐隐地觉着,手心里攥出了冷汗。

他们三人坐在床沿上,聊着闲天,他耐着性子听着,心跳得很快。

"小提琴太少了,没有厚度。"老田说。

"要照正规的编制,一个小号就该配有二十把小提琴。"大老周说。

"一共连十二把都没有啊。"第三个人说。

"上海的几个知青,技巧好,工作能力却不强,在乐队里不大起作用哩。"老田说。

"《沂蒙颂》的音乐还好?"

"那没治了,中央级的。在某些地方,我个人认为,比《红色娘子军》好。"

"至于吗?《红色娘子军》的音乐可不一般啊!"

"那可不……"

他们聊着闲天。他耐心而又性急地等待着,等着他们对自己说什么。他隐隐地觉着,他们必定会对自己说什么来着。

"音乐很有灵气,英嫂的主题很准确,是沂蒙山小调作的素材……"老田哼了起来。

"不错。"

"里面的民乐用得也不错,色彩性很强,总之,有味道。"

"啊,等你们演出了我去看。"

"我给你送票,可一定来。"

他们三个人聊得火热,把他忘了似的。他耐心地等着,心想,他们必定会对自己说点什么的,一定会的,他有一种预感。

"我们的小号不行。"

"小号是哪个孩子!"

"叫彭少扬,高音上不去。他生过肺结核,照理不该吹了。"

"那不能再吹了。"

"他又不肯回去。"

"那当然不肯回去的。"

他们聊个没完,他倒渐渐地镇定了下来,手心的汗也干了,凉凉的。他坐在那里,脸上甚至露出了微笑。他做出很有兴趣的样子,听他们聊天。

"低音也不行,倍司不行,倍司是拉二胡的代的。"

"那差得太远了。"

"不过,当务之急,是小提琴。"

"小提琴……"

他们终于想起他来了,朝他回过头,略略审视了一下:

"你拉一个听听好吗?"

"拉不好。"他谦虚道,可却很快地拿出了琴,很快地调着音,他出奇地镇定着。他老练地拉着双弦调音,一边说道,"拉个《新疆之春》。"

他镇定地拉了起来,拉得比原速慢了一点,却很稳当。他的沉着,博得了在场的好感。

"拉个练习曲,好吗?"老田说。

他便拉《开塞》第一课,滚瓜烂熟的,一溜到底,一点结巴没有,熟练得叫人还没回过神来他已经顺利结束了。

"基本功差点。"老田说。

"不知道实际工作能力怎样!"他们讨论着。

"我向你们推荐他,并不只仅仅因为小提琴。这孩子音乐素养很好,培养培养,可以搞些配器啊,作曲啊,也能当个声部长,帮着排练。工作能力是一定有的。"大老周为他作宣传,他感激他。

最后,他们站起来,告辞了。走到门口,老田回过头对三林说:

"你先来工作一段,试试,看看这样行不行?"

"行!"他回答,声音有点打颤。

"暂时没有工资,只是帮忙。"

"行。"他回答。

他们走出门去,走过走廊,下了楼梯。他站在楼梯口,看着他们的背影消失在楼梯的螺旋下边,心里一直恍恍惚惚的,不明白发生了什么事。

当他坐在了真正的管弦乐队里,坐在最后一把小提琴位置上,看着指挥的指挥棒轻而果断地划下,宏大的乐声骤然而起!他眼睛里忽然充满了泪水,生活真是太厚待他了。

他的琴声,像一滴水汇入了大海,他听不见他的琴声,可他的琴声又渗透了他。他忽然明白了什么是音乐,音乐就是声音;世界上最悦耳、最动人的声音,就是音乐。

宏伟的音响忽然静悄下来,一把柳琴清清灵灵地弹着,弦乐贴地而起,如歌如泣。

生活真是太厚待他了,他满心地感激着。

他抬起眼睛,沿着小提琴的四根弦望过去:小提琴、小提琴、小提琴……中间横着中提琴、中提琴、对面是大提琴、大提琴、倍司,定音鼓,再从定音鼓看回来:长号、小号、圆号、双簧管、单簧管,亮闪闪的,多么富丽堂皇啊!

队伍慢慢地在移动。

美国,罗宾斯,芭蕾舞……

队伍慢慢地在移动。

日头到了正午。

他终于看见了售票的小窗口。

他终于贴近那窗口了。

他忙不迭地递进钱去,拿到两张票。

票子是后天的。

明天他就要走了,明天就要离开上海了。车票已经买好,要早知道,晚一天买。可是,事情总是这样阴错阳差。

尾声

大提琴唱着男性的歌,像一个男人在抒情,在哭泣。

小提琴回答着,甜美的颤音叫人心醉神迷。木管进来了,铜管进来了,像台阶,大理石的台阶,连起了楼层。

他好像一滴水,终于归入了大海。

他想:生活真是太厚待了。

乐声宏大,重重叠叠,结构起一幢富丽堂皇的宫殿。

他像个乡巴佬一样,仰望着这宫殿,帽子从后脑勺上落了下来。

他终于明白了,他终于彻底地明白了,他不能够干音乐了,他不是搞音乐的料,他不是。从他出生的那一天起,就注定了,他不能够搞音乐。可他偏偏搞了这么多年,吃了这么多的辛苦。命运真是玩弄人啊,没什么,这都是上帝的考验,没什么。

而恰恰也就是这时候,他有点真的喜欢音乐,他觉得他是真的有点懂得它了。也正是懂得了它,他才明白,自己是不可能获得它的。他不能,他不能!

他回头望望那三十年,发现那全错了,全是错,全是错。

他把《塞上》从总谱架上合起来,对着乐队说了声:

"谢谢了,弟们!"

第二天,他听说,文化局决定不参加省会演了,他们将拨下的汇演经费,拿去给局里造宿舍楼了。大伙儿听了,个个义愤填膺。本来对会演毫不热心的,这会儿却都觉得被人剥夺去了什么神圣无比的权利。唯有他十分平静,他十分平静。

那么多家庭三代同堂,那么多该结婚的没有住房,只好跑到黄河沿去。他的一个小小的机会,比起这一大幢楼房来,终究是微不足道的。并且,如今,这个机会,他已经不那么重视了。

他根本不应该搞音乐的,他根本不是搞音乐的料,这种不可能是与生俱来的,他所以搞了这么多年,全因为错了,错了,错了!

他出奇地平静。他平静地整理好自己的一大堆东西,想烧掉,可毕竟有点不舍得。想了想,装进一个大信封,封上了,放在床底下他放东西的纸箱里。家里正天翻地覆,二林搬走了,大林搬下来了,和二林换房的是一对正要结婚的小青年,正叮叮咚咚地在楼上修门窗,准备做新房。

他迎着那叮叮咚咚的响声昂起头,看见两扇雪亮的玻璃窗,折射着午后的阳光。椿树被伐倒了,院子宽敞了,却空落落的没了个荫蔽,暴露出一院子乱七八糟的小锅屋,反倒凌乱了。两扇玻璃窗一晃一晃,阳光一晃一晃,锤子敲在钉子上,叮叮咚咚作响。这屋子不再是他们的了,他有些怅惘。他想起了奶奶,他从来没见过奶奶,他对奶奶所有的印象就是那一箱子的破布条儿,一个破竹榻,一个破拐杖,那是奶奶的东西,大人们从不让乱碰,一直在那楼上放着,如今搬下来了,却不肯丢掉,放了大林他们的床肚里。他想起了表姑,把这小屋收拾得那么干净,那么明亮,那么充满了一股活泼泼的生机;假如不是表姑,这小屋在他印象里,怕永远是灰暗而阴森的。他想起了二林小时候,在那上面挨过了多少孤独的时光，后来大林上去了……

玻璃窗砰地关上了。阳光移上了墙根。

"二林搬走了。"父亲喃喃地说。

他吃惊地一回头，不明白父亲什么时候站到了他的身后。他有些窘，红了脸，不知该回答一些什么。

父亲平静地又说："搬走也罢了，他有他自己的想法。"他平静地对着三林站着，似乎父子之间并没有发生过任何芥蒂，而细细一想，却也真是没有过什么了不起的芥蒂。他却不安起来，嗫嚅了一会儿，说道：

"还有大林和我们在一起呢！"

"大林嘛，将来有条件也可以自己过去，老和父母在一起终不是长法。"

"这倒也是。"他答道。

"你怎么打算呢？"父亲和蔼地问道。

"我，搞音乐怕不行了。"

"古人说：有志者事竟成。真要泄了气，就真没办法了。"

"有时候，事情并不是这样的。"他想对父亲解释，却又深知是解释不清的，就住口了。父子俩那么近地站在午后的阳光里，彼此却都觉得十分辽远。他们无可奈何地对视了一眼，父亲先转身进了屋，玲玲扑上去，吊住他的裤腿，父亲由她摆弄着，并不教导她，父亲奇怪地对她宽容着；三林明白自己，包括两个哥哥，都是没有荣幸得到这种宽容的。

他移开眼睛，掸掸身上的土，推出车子，上团里去了。他到团里去请假，如今团里很好请假，没事。最节约开支的办法就是不演出，这是经过这么多年惨重的失败得出的经验。

院子里很清静，不知谁无聊地弹着钢琴，一只手在弹。他走过乐队排练室，看见老田一个人在，坐在房间中央，对着总谱架看一厚叠总谱。见有人走过，抬起了头，看见是他，目光停了停，又低下头去。他走了过去。

他走了，他要去上海。他要去找陶欢，向她正式提出，和她结婚。他要发起最后的进攻。过去，他一直是很保守的，因为总有点生怕自己拖累了她。可是现在，他不能客气了，他不能放弃她了，他决定要赖住她了。他知道这样做很无耻，可是他不管了，他管不得许多了。他不能没有她。他已经放弃一样了，他再不能放弃了。他要死守着她，守到实在守不下去的时候，再说吧！

在一个八月的深夜里，他上了从北京开往上海的十三次特快。

这天，为了疏通河道，加速排水，动工炸毁了废黄河上的一座石桥。水，渐渐平了。

……车开了，车站的灯光从窗户上闪过，他透过窗户看见了一条夕阳下的河，黄河的故道——

夕阳很灿烂，河水染得金红。金红的水从他墨墨黑的臂膀上滑下来，又滑上去，厚重的水覆盖着他细小的身躯，又被他细小的身躯穿破。他游得不快，也不慢，却从容。

"三林，上来了！"四淇叫着，他赤条条的穿着一条湿淋淋的裤头，他拖着一个树墩，树墩上放着他的衣裳鞋子。他向着夕阳跑着，裤头上的水珠滴下来，金灿灿的。

他不回答，不紧不慢地向前游，游到了桥洞。

桥上面摆着西瓜摊，鲜红红的一瓤一瓤，破了边的蒲扇赶着蝇子。西瓜浓郁的香味搅和着桥下河水的腥味。

他游过桥洞。

"三林，上来了！"四淇喊。

太阳落在河边一片屋脊下了，河水变黑了，黑黝黝的河水与他墨墨黑的身躯融为了一团。

他却听见了一点乐声，小提琴单薄如纸，长号吹破了，一把圆号孤独地唱着，小号奏着不平均的三连音，很难听却很顽强地进行着。

1985年2月4日　一稿于上海
1985年4月3日　二稿于上海
1985年6月4日　三稿于上海